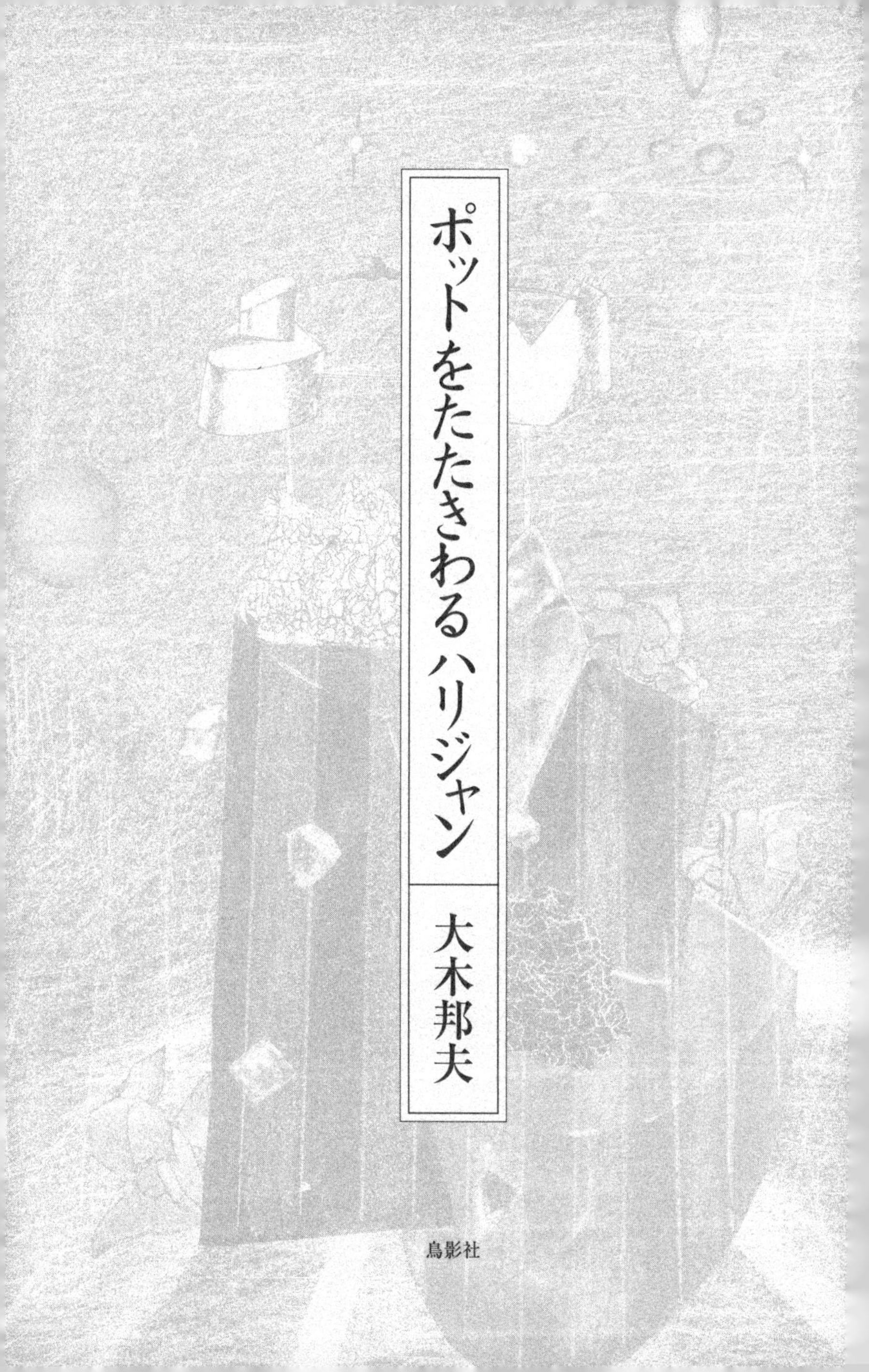

ポットをたたきわるハリジャン

大木邦夫

鳥影社

ポットをたたきわるハリジャン　目次

第一部

第二部

第三部

第四部

ポットをたたきわるハリジャン

第一部

ナマステ

ナマステ（Namaste）は、インドを訪れた人は誰でも出会う挨拶の言葉です。両手をあわせて相手を優しく見つめ、この言葉を発するのがヒンドゥー教の本来の挨拶です。この言葉の由来は、元々はサンスクリットです。その本来の意味について、私の師アイヤーさんがメールで何度も説明してくれたので、その深い意味をここで紹介したいと思います。アイアーさんは述べています。

ナマステ。我々はすべての手紙をこの言葉で始めます。ナマは、私はお辞儀をします。テは、あなたに対して、という意味です。この言葉を我々は眼前にいる人への挨拶や手紙での挨拶に使用します。

ナマステ。そうあなたに言うことによって、私はあなたの心の中に住む全能者を敬っているのです。あなたの前にひれ伏す、という意味でもあるナマステを、手を合わせながら言うことで、あなたの心の中の全能者を敬う行為、それが挨拶するということなのです。

ナは否定を表します。マは私のものを、テはあなたのものを意味します。したがってナマステは、私の持っているものは私のものではなく、あなたのものである。あなたは創造者であり、私の周りのすべてのものを創造しました、ということを意味します。この言葉を発しながら、我々は両手の平をあわせて、お互いが向かいあって、祈りと謙虚な気持ちを込めて挨拶するのです。

ナマという言葉は、あるマントラの言葉です。マントラはヴェーダに記された聖なる言葉で、サンスクリット語で記されています。ここでのマントラはアンクラ・マントラと言います。アンクラとは芽を出すことを意味します。両手を閉じた手のひらのことをアンクラ・ムードラと言います。ムードラは身振り手振りという意味です。植物が種子から芽を出して成長するように、我々人間の心の成長は謙虚な気持ちと目の前の、相手の心の中に住む全能者に対する祈りから生まれてくるのです。それがナマステという挨拶の意味です。

このような他人に対する謙譲と祈りの態度は、膝を折り曲げて、頭を深く下げる日本人の挨拶にもみられます。このように広く東アジアの諸国にみられる習慣は、謙虚さを重視し、他人の中に神聖さをみるこれらの諸国の、古来の文化を暗示するものです。しかしながら時の経過と外部社会との混淆《こんこう》により、これらの気高い理念は希薄になり、意味のないものになり、そして世代を経るとともに、ついには消え失せてしまうかのようです。

親愛なる大木さん、あなたがナマステの起源をメソポタミア文明にまでさかのぼるのではないかと言いましたが、私の知る限り関係はないようです。これはサンスクリット語で、ナマとテに分解できます。テはあなたを意味し、ナマは平伏することを意味します。したがってナマステの全体の意味は、私はあなたの前にひれ伏しますということになります。文字通りの意味は、ナマは私ではない、あるいは私のものではないという意味です。ナは否定の意味です。他者に挨拶をしながらナマステと発するように、我々は礼拝においてもナマステという言葉を使用します。その隠された本当の意味は、私はあなたの中に存在する神聖なものを敬いますということになります。

アイヤーさんはこのように私にナマステの意味を説明してくれました。手紙をくれるたびにナマステの個々の単語の解釈が微妙に変わってくるのは、サンスクリット語そのものに、そのような多様な解釈を許す要素があるからなのかもしれません。最後の引用は、私がナマステの本来の意味と単語はメソポタミア文明にまでさかのぼるのではないかと質問したことに対する回答です。ナマステの精神、他者を敬うこと、そしてそこから導かれる、他者への思いやりは、古代文明に共通する、さらには人類一般に共通するものではないかと思われたからです。アイヤーさんの答えは日本人の挨拶の精神にも言及しており、彼も人類共通の普遍的遺産としてナマステの精神を考えることを否定はしていないのです。

アイヤーさんは一九六八年、インドと日本の文化交流で日本に三ヶ月ほど滞在しています。したがって日本人の挨拶の意味、日本人の他者への思いやりをよく知っています。ホームステイした家庭の主婦が、菜食主義者である彼のために一生懸命おいしい料理を作ってくれたのを忘れないと書いていました。

ガンジーは『自伝』の最後に述べています。

人は、自由意志から、自分を同胞の最後の列に置くようにしない限り、救いはない。

（蝋山芳郎訳、中公文庫）

厳しい、謙譲の言葉ですが、ナマステの精神に通じる言葉です。これはインドの大地から発せられた言葉であると同時に、普遍的な人類の言葉だと思います。

（二〇一二年一月二五日）

自転車の旅人

十数年前のことでした。まだ今よりも足腰が丈夫だったころ、私は休日になると近くの小山を一、二時間ほど散策したものです。その中には「関東ふれあいの道」と称して行政により整備された山道があります。この道の一番高い場所は平地になっていてちょっとした畑も広がっていますが、代々この地に住んでいたキリスト教徒の魂を弔うのか、大きな石碑が建っています。ある秋の日の午後、私がそこを通り過ぎて畑の中の明るい山道に出た時、向こうから自転車を引きずりながら登ってくる人物と出会いました。重そうなリュックを車の前後に括りつけて、汗をかきながら登ってきたようでした。五〇代前後に見えたその男性は、私とすれ違った時、かすかに頭を下げて通り過ぎていきました。

なぜここまで登ってきたのだろう。キリスト教徒の石碑に行こうとしていたのだろうか。それともとにかくどこまでも行けるところを進んでいこう、どこまでも、夜になれば野宿をしながら。しかしどこへ。どこでも地の続く限り。九十九里を銚子に向かい、利根川を渡って更に北へ行くのでしょうか。古びた自転車と地味な服装で、旅の様相としては、今どき出会うことはないものでしたが、しっかりと着込んでいて、何かはっきりとした意志を持って旅をしているようにも見えました。しかしその重い表情からは、ぬぐい去ることのできない悔恨を背負った旅なのか、自己を鍛えるための旅なのか、彼がある心の重荷を引きずりながら、全国を遍歴しているようにも思えました。彼とすれ違っても、私は振り返ることはありませんでしたが、難儀をしてここまで登ってきた自転車の旅人の印象を心に残しながら山を下りました。

本当のことを言うと、そのとき私はかすかに心が温まったのを覚えています。昔は日本でも彼のような旅人に出会うことはまれではなかったことでしょう。彼らの多くは、芸や職を身につけていて、全国を巡り、定住して安住の生活を送っている人々の前に現れました。中世から近世にかけては、傀儡子《くぐつし》として人形などを操ったり、漫才師として玄関前で縁起のいい舞をまったり、木地師としてお椀などを作って売りにきたりした旅の集団が全国に住んでいました。現代でもまだ私の幼い時代には、着物をきた虚無僧が玄関前で尺八を吹いたり、職人が鍋鎌や傘の修理に訪れたり、様々な旅人が巷を行き来していました。彼らはどこへ消えていったのでしょうか。多くの人々のようにどこかへ定住し、どこかで働き、やがて日本の高度成長期の豊かな生活を求めて一般の人々と同じような生活をするようになっていったのでしょうか。年に何回か我々の前に現れていた彼らの存在は、まさしく「まれびと」の類いとして我々の生活に密接に結びついたものでした。しかし今ではただ懐かしく彼らの存在を思い出すだけです。

私の出会った自転車の旅人は、そうした旅芸人でも職人でもなく、ひたすら旅をしているような孤独な男性でした。それでも私にとっては「まれびと」でした。

この安住の生活、何かに守られた生活のなかで、私は解決すべき問題を先送りにしてここまできてしまったのではないだろうか。そう考える時、私はいつも彼の姿を思い出します。

（二〇一二年一月二八日）

細い糸

私が最初にインドを訪れたときの話です。インドのコルカタの博物館を見学した後、南インドに向かう飛行機に乗るために飛行場に向かいました。私が博物館前から地下鉄に乗ったとき電車は既に満員でした。私は一時窮屈に立ったままでしたが、座っていたインドの青年が急に立ち上がって私に席を譲ってくれたのでした。確か私は大丈夫だと言う合図を一瞬したと思います。しかし彼は立ち上がって私に自分の席を譲ってくれました。しかも彼は私の目の前に座っていたのではなく、四、五人隔てた左側の席から立っていた人々を押し分けて私に譲ったのです。インドでは、空いた席には我も我もと押し寄せてくるものですが、そのときはどういうわけか私が座るまで席は空いたままでした。今思い出してもあのときの場面は不思議なものでした。青年は異国の疲れた旅の老人を気の毒に思って席を譲ったのでしょうか。そんなに私は疲れた表情をしていたのでしょうか。確かにチェンナイに向かうための飛行場まではまだ三〇分以上もあったので歩き疲れた私にとって、座れることは大きな安らぎでした。しかし立ったままが維持できないほどの衰弱した状態ではなかったはずです。それに青年はすぐ降りるのではなく、私と同じように終点で降りましたが、その間満員電車の中でずっと立ったままでした。終点で私がお礼を言うと、はにかんだ様子を見せながらも、にっこり笑って遠ざかっていきました。

電車に乗り込んできたときの私の表情がどうだったのか、そして彼が何ゆえ離れたところから私に席を譲ってくれたのか、いまもってよく分かりません。彼の優しい表情はよく覚えています。そして私は一度拒否しながらも、彼に促されるようにシートに座ったとき、安堵の気持ちと同時に、このような親切を与えてくれた青年に深く感謝しました。そのときの私のインド旅行は、ブッダが最初に教えを説いたとされる聖地サルナートで足が動かなくなるなど、まだ始まったばかりにもかかわらず様々な困難に巡り会っていました。これから本格的に始まる南インドへの旅に際しても、なにがしかの不安がありました。しかしコルカタの地下鉄で出会ったこの青年は、これから旅を続けていく私に、何か新鮮な力を与えてくれたのでした。

そしてそのときどういうわけか、私は学生時代のことを思い出したのです。渋谷のハチ公前で何か反戦のための街頭募金活動をやっていました。募金をしている学生は私だけではなく大勢いました。私はむしろ後ろのほうにいたのです。するとどこかのお嬢さんが母親と駅の改札口に向かっていましたが、突然母親と離れて遠くで突っ立っているわたしのほうにまっすぐ向かってきて、署名と募金をしていったのです。私はそのときはぽかんとしたまま、どうして見ず知らずの私のところまで来て募金をしたのか不思議な気分に襲われました。誰も募金してくれそうもない様子だったので飛んで来たのかもしれません。そういうことがあったのです。そのときどういうわけか私自身もああそんなものかなあと自分を客観視すると同時に、そんな自分にさりげなく対応してくれた親切に感謝したものです。そんな気分だったのです、インドの地下鉄での出来事も。人と人との何かの縁で一時的につながった細い糸にすぎません。しかし私にはそれでも嬉しくなることがあります。それだけ本当にどうなるか分からないが行動せざるを得ない。インドへ行かざるを得ない。そういう時にふと出会った細い糸のつながりが本当に勇気を与えるものなのです。本当に私たちは確固とした考えで自らの行動を決めて生活しているのではない。迷いながらも何か行動せざるを得ない。これでいいのかと。しかしそうした中でふっと、自分に広がってくる細い糸のような何かに出会うことがあります。それはその後の自分につながる何か重大な出来事ではないのですが、何か独りで生きているわけではないなあと思わせるようなほのかな気分なのです。

私たちが、自分の行動がどう社会とつながっているのか、理解するのは結構難しいことではないのかと思うのです。家族という組織がある、職場という組織がある、友人たちとの付き合いがある、そうした中で我々は社会とのつながりを持ち、自分のアイデンティティを維持しているかのようです。しかし、一人一人の人格をかたちづくる核となる精神のようなものは、意外と別の形で社会と、人々と、あるいは世界とつながっているのかもしれません。ですから、偶然出会ったある表情や仕草が、細い糸ではあっても、我々の心に深い共感をもたらすことがあるのかもしれません。

何ゆえの細い糸なのか。私は、私たち一人一人の心の奥底のどこかには、未来に向かって実現すべき共通の課題のようなものが広がっているのではないかと思うことがあります。いつの時代でも、人々は、自分は、社会は、世界は、このままで良いのかという素朴な疑問を抱きながら生きてきました。しかし実際には自分一人では何もできない。今の生活に縛られて、頑張るしかない。大多数の人々は毎日そう思うしかない生活を続けています。それでもなかには、今とは違う生活があっても良いのではないかと思っている人々もいます。

インドの青年が私の表情に、私がインドへ旅した意図を読み取ったなどと勝手に想像することはもちろんできません。しかしそれでも私は、そのとき、このままインドを旅しても良いのだよと、どこかから声が聞こえてくるような感じを抱いたのです。私は、決して裕福そうに見えなかったその青年に心の中で話しました。君の心と私の心の中には何か共通のものが流れている。それは何だろう。何かもっと違った世界が開けてくるような感覚だ。今世界中の国や企業や経営者たちは、世界中の需要を求めて、また世界中に需要を作り出し、利益を奪い合ってめまぐるしく戦い続けている。そうした果てしない戦いに、巻き込まれて、神経や体力を使いつくして働き続けるしかない人々。世界は加速度的にそうした人々の生活を一括りにし、そのテンポを速めてきている。だが、そうした世界、そうした社会はもうごめんだ。本当のゆったりとした自分の時間が、本当に自分がやれることが、少しでも実現できる社会で生活してみたい。君も僕もそう思っている。だから僕たちは今こうして出会えた。なんだか私はそんな勝手なドラマを思い描きながら、地下鉄を降りて次の目的地へと向かったのでした。

（二〇一二年六月五日）

ポットをたたきわるハリジャン

私が訪れた南インドのヒンズー教の施設は、古来のヴェーダの教えを二人のアーチャリアが受け継いで、人々に教えていました。彼らの先代は一〇〇歳まで生きましたが、インド中を歩いて教えを広めたことで、世界的にも有名なマハーチャリア（偉大なアーチャリア）でした。彼は膨大な講義録を残しています。（『ACHARYA'S CALL』published by Sri Kamakoti Peetam Second Edition 1995）その中で次のような挿話を語っています。

ある時、バラモン階級の若者が、カーストの階層化による差別に悩み、最下層の不可蝕民（ダリット Dalit）と呼ばれた人々の部落を訪れます。そして彼が最初に出会った不可蝕民に、あなたと私は本来何の差別もない人間なんだと、手を差し伸べます。そうすると、その不可蝕民は近寄らないでくださいと言って、水差しのポットを彼とバラモンの間に置くのです。そして言います。あなたにはあなたの行うべき任務があります。私には私なりの任務があります。どうかこのポットよりこちら側には近寄らないでくださいと。そう言ってポットを持ち上げるとそれを地面にたたきつけて粉々にしたのです。そしてそのポットは彼の唯一の貴重な所有物であったというのです。なんともある意味では理解しがたい、悲しくもすごい話です。

若者はその後どうしたのでしょうか。マハーチャリアは何も語っていません。若者は不可蝕民の強い意志を示す行動に驚いて、その場に立ち尽くしたことでしょう。それにしても、若者が彼らに示す同情に従おうとしない、その不可蝕民の強い意思表示はどこからきているのでしょうか。これだけの挿話から、我々は様々な思いを巡らすことができます。マハーチャリアはそれ以上何も語っていません。彼はガンジーとも対談していますが、ガンジーと同様に、古来インドに続くカースト制度に、深い造詣と洞察力を持ったマハーチャリアは、それ以上何も語ってはいないのです。

不可蝕民は接触するどころか、見られるだけでも穢れを広げる存在とされていたので、世間からの非難を受ける前に若者の接近を拒絶したのでしょうか。あるいは素直に若者に応じてしまうと、他の仲間たちから村八分にされてしまうので、拒否の意志を示したのでしょうか。当然それらのことは考えられます。また、彼は自分たち不可蝕民にとっては、思いもよらない、高貴なバラモン階級の若者の訪問に感動しながらも、若者のためにも、強い意志で、そのようなことをしてはいけないと諭したのでしょうか。

一方で、若者は、彼の目の前で大切なポットをかちわってまでも、彼の接近を許さなかった不可蝕民のまなざしの奥底に、悲哀と同時に若者にはない強さと、何かは分からないが深い信念を見て取ったのかもしれません。若者も大いなる悲しみを抱いたまま、その場を立ち去るしかなかったことでしょう。そしてその後、彼はこの消え去ることのない悲しみを、バラモン階級の長老に訴えたのかもしれません。教えてください、長老様、私はこうして貧しさとは無縁のところで、学問に励むことができます。一方で不可触民たちは、そのような機会とは無縁のところで、つらい生活を親から子へと引き継いでいかざるを得ません。こうした差別に私は堪えることはできません。教えてください、なぜ同じ人間なのに、彼らはこのような悲劇を永遠に背負っていかなければならないのですか、と。

長老は何と答えたのでしょうか。実はこの答えを見いだすことは、古来のインド哲学、ヴェーダの教えの根幹に関わる問題なのです。根幹であると同時に、我々現代の民主主義社会に生きているものにとっては、言葉を慎重に選んで表現しないと、誤解や皮相的な解釈で終わってしまう問題なのかもしれません。

長老は何と答えたでしょうか。長老は若者の悲しみを十分理解し、長老自身も不可触民の不幸な存在を良しとはしなかったことでしょう。しかし彼は若者にそのようなことで同調もしなかったと考えられます。古来何ゆえにそのような階層が存在してきたのか、おまえはこれからもしっかりとヴェーダの教えを学び、それがおまえの心と体で理解できるようにならなければならない、そんな答えともならない答えを、若者に返したのかもしれません。言葉では表せない深いまなざしを若者に注ぎながら。

ガンジーにとっても、カースト制度の問題は、生涯彼を苦しめると同時に、それはやがて西洋列強の民主主義に対抗するための、伝来のインド哲学、ヴェーダに依拠した武器となっていくのです。彼は不可蝕民のことを「ハリジャン」（神の子）と呼ぶようになります。

ところで、この意味深い挿話を語ったマハーチャリアは、講義録の別のところで次のように語っています。人間一人一人にはそれぞれ異なったダルマ、すなわち実践すべき与えられた義務や課題、また彼独自のカルマ（運命）が与えられている。他人のダルマやカルマは自分のダルマやカルマのように理解することは決してできない。他人のダルマを我々は決して背負うことはできない、他人のダルマを実践しようとするのなら我々は誰でも地獄に堕ちてしまう、と言うのです。他人のダルマやカルマの中に立ち入ろうとするのは、死をも意味するのでしょう。この世からの撤退や破滅をも意味するのかもしれません。不可蝕民のポットの破壊には、そうした意味が隠されているように思えてなりません。他人の顔や境遇には我々が立ち入れない場所がある。その場所で他人も我々も、もがき苦しみ、また立ち上がることもできる。ヴェーダの解説書であるウパニシャットでは、下層の民であっても、その逆境の中で切磋琢磨し、勉学に励めば、バラモンになりうる、またバラモンであっても、財産や地位にあぐらをかいて、節制し簡素な生活の中で人々に教えを広めるという本来の役割を放棄するのなら、あっという間に下層に転落する、と説かれています。（ウパニシャット全書八『ヴァジュラ・スーチカー』神林隆浄訳、東方出版）

（二〇一二年一〇月六日）

観光バスツアーの楽しみ

今まで家族旅行は、電車、バス、マイカーなどを利用してきましたが、一番多いのは、意外と観光バスのツアーかもしれません。それも自宅を朝の五時前後に早起きして、東京駅からスタートするものです。ほとんどが一泊二日のエコノミーコースなので旅館や途中の食事なども料金相応のものです。二〇年くらい前までは車内で煙草を吸われたり、前の席でリクライニングを倒されたりして、閉口したものですが、今は車内禁煙で、リクライニングも使用しないよう添乗員から注意されます。お客は相変わらず集合時間などを守らなかったり、車内では、大声で話したりするものもいて、抵抗がありますが、それもだんだんなれてきました。それに、私の妻が観光バスを気に入っているのです。というのも、妻にとっては、私と二人だけの旅行だと、なんだか自分に閉じこもって、むっつり顔の私が面白くないようです。それよりも添乗員やバスガイドがおもしろおかしく旅の途上を楽しく盛り上げてくれる観光バスツアーを楽しみにしているのです。宿は耐用年数が過ぎたような部屋で、料理も冷たいものが多く、ありきたりです。それにツアー会社は安い料金を補填しようと、やたらとお土産屋に立ち寄り、リベートを稼ぎます。それでも妻は、途中でお土産を物色したり、アイスクリームを買ったりして楽しんでいます。バスツアーを利用し始めたころは、そんな妻を横目で見ながら、なんでこんな旅行が楽しいのだろうと思ったものです。しかし考えてみたら、いつも自分の書斎に閉じこもって、自分の世界に浸っていた私は、たまには妻を日常生活から解放してあげなければすまないという気持ちはありながらも、自分で企画して準備する旅行よりも、観光バスツアーを申し込んでバスに乗るだけの方がずっと楽ではありました。ですから私には格安バスツアーの文句を言うすじあいはないわけです。ところが最近はそんなバスツアーを日本独特の文化ではないかとまで思うようになりました。

そう思い出したきっかけは、六年ほど前、結婚二五周年の記念にと、妻と二人で北上する桜前線を追う東北への観光バスツアーでの出来事でした。まだ同居する両親が健在だったので、二泊三日の旅でした。東京から盛岡までは新幹線を利用し、そこからバスで東北の桜をめでるプランです。一日目は北上展勝地から角館・桧木内川のしだれ桜やソメイヨシノの大群落を堪能することが出来ました。問題は二日目でした。天気予報では二日目は天候不順でかなり寒いとのことでした。それで我々は今回の一番の見どころである弘前城の桜の開花はあきらめざるを得ない状況でした。まだつぼみ状態で、この寒さではとても開花しないだろうと添乗員も言っていました。ところがです。私の妻は当時大変な晴れ女でした。今はその神通力にもかげりが見えてきたのか、最近の旅行では雨にたたられることも多くなりましたが。そのときはあっと驚く二日目の朝、見事な快晴で、気温もぐんぐん上がっていきます。それでも当初から、全面開花はあと一週間ほどではないかと聞かされていました。途中からバスに乗ってくれたバスガイドも、まあちと早かべかも、と言っていました。そのバスガイド、ずんぐりむっくりの六〇を過ぎたおばさんでした。退職したんだけど、シーズンのかきいれ時は、臨時のガイドとしてかり出されるのだそうです。しかしバスが出発して一時すると、待てよ、これ意外と、ええ案配に咲いでぐれるかも、とそのおばさんはしゃべりだすのでした。乗客たちは半信半疑でしたが、バスが北上するにつれて、おばさんの口調は浪花節調になってきて、それもう弘前では五分咲きから六分咲き、それぞれここいらからすると、もう八分咲きだべがなと、外の温度がぐんぐん上がるにつれて、トーンがあがっていきます。我々もすっかりのせられて、バスが北上するのにあわせて、車窓に飛び込んでくる桜がどんどん開花していくような気分にさせられていったものです。おばさんはときおり宮沢賢治の詩なども朗読するんだから、たまげました。そして弘前に近づくと道路は大渋滞。でもおばさんは言います。この渋滞がよがばと。これであんたら弘前に着いたらちょうど満開だべ。昨日のお客さんは気の毒なことしたな。まるっきり蕾ばかり。あんたがた、運がよがべ。本当に、まさかとは思ったのですが、弘前城についたら超満開の桜でした。寒い日から急に気温が上がると東北の桜は一気に満開になるのです。おばさんは長年の経験からそれをよく知っていたのでしょう。それを最初はお客を残念がらせながらも、徐々に期待を膨らませていく、その浪花節調の盛り上がらせ方には、本当に恐れ入ったものです。それ以来、私は観光バスもまんざらでもないなと思うようになりました。

今までいろんな添乗員やガイドさんと出会いました。みんながそれぞれお客を楽しませようとする天性の能力を持っていました。若い入社したばかりの添乗員は、根っから人々を喜ばせるのが好きと言ったタイプの女性でした。まさしく、そのような能力を開花させることで自分の自己実現を図ろうとするかのように、一生懸命でした。観光スポットでは、出来るだけ多くのお客のカメラのシャッターを押し続けていました。お客が喜ぶとそれ以上に自分も笑顔を見せていました。またあるときは、中年の男性が、なれない様子で添乗員をやっていたことがありました。それでも汗だくになって、バスの中をお客の注文に応じて動き回っていました。夜中にようやくバスが千葉駅に着いて、そこから我々夫婦は自宅まで電車に乗りました。そうすると目の前に、仕事を終えたその添乗員があわてて飛び乗ってきたのです。どこかの会社をリストラされて、まだ非正規の社員として、今の旅行会社に雇われているそうです。夕食がまだだったのか、コンビニで買ってきたおむすびをおいしそうにほおばっていました。これからここで何とか頑張って家族を食わしていかなければならない。それでも、無事にひと仕事を終えて、陽気に笑顔を見せる中年の添乗員でした。

格安バスツアーで、最近気がついたことがあります。それは独り者の旅行客が意外と増えてきたということです。もちろん家族連れや友人同士の客がほとんどですが、昔はたまに一人くらいいたのですが、最近は四、五人くらいは独り者の客が同乗しています。それも六〇から七〇前後の年配者が多いようです。高齢化に伴って、一人で旅行プランを立てるよりも、このようなバスツアーに参加する方が楽なのかもしれません。寡黙な人が多いのですが、バスの中のにぎやかさをそれなりに楽しんでいるようです。

土日の観光バスツアーは、どうしても渋滞に巻き込まれてしまいます。夜遅く、やれやれと我が家へ帰宅してまた明日からの日常生活が繰り返されます。それでもいっときは、添乗員やバスガイドのにぎやかな笑顔とともに、どこかをバスでせわしなくぐるぐる回っているような感覚に浸されるのです。

（二〇一二年一二月九日）

一枚の絵

私が県で訴訟に関する手続きの部署で働いていた時のことでした。ある冬の日の朝方、私は裁判所の執行官とともに、県営住宅で長期に滞納している居住者の家財などの差し押さえと明け渡し請求のための強制執行の手続きに入りました。部屋の中は誰もおらず、電気も止められていました。家族で夜逃げでもしたのでしょうか、競売にかけるような家具類はあまりなかったように記憶しています。ただ居間の壁には一枚の絵が飾ったままだったのをはっきり覚えています。

絵のなかで二人の男女が抱き合っていました。男の胸元に女が頭を寄せてかすかに微笑んでいます。男は優しく女を抱擁していました。暗くてそれが油絵だったのか水彩とかパステル画の類いだったのかは分かりません。明らかに素人が描いた絵でした。しかしそれは一時その前に私を釘付けにするに十分な絵でした。顔の描写はつたないものでしたが、抱き合う男女の上半身が三角形の安定した構図を形成していました。そうした構図の中で男の胸に顔を寄せて女が微笑んでおり、男も女に視線を注ぎながらやはりかすかに微笑んでいます。三角形の構図で聖母子などが体を寄せあう構図はダヴィンチやラファエロの絵で見られるものです。それら古典的な名画にも劣らぬ感動をその絵が与えたとしたなら、それは二人が優しく微笑んでいるにもかかわらず、絵全体がもたらす、何とも言えぬ悲しみの雰囲気でした。もちろんこの絵の作者は、そのような雰囲気を意図して表現しようとしたわけではないかもしれません。二人のうちひとりは作者で、もうひとりは妻か夫、あるいは恋人なのでしょうか。二人の変わらぬ愛を描いたと思われる絵が、図らずも人間というものの深い悲しみを、生きていく悲しみを表現しているように思えたのでした。

画家にとって人間の顔を描くことは、自画像にしろ、他人の顔にしろ、とてつもない労力を要する仕事ではないかと思います。顔は露出した人間の真実ですから、真実を描くことを画家に要求します。どんな虚飾や飾りつけも顔は拒否します。画家はこの表現の苦難に一度は立ち向かわなければならない。ゴッホが描いた農民の様々な顔の何枚もの習作、そして自画像、レンブラントの自画像、これらの作品に我々は画家という職業の苦悩と成果を認めることが出来ます。また、見事な人物描写と言えば、宮廷に仕える従者たちやマルガリータ王女の一連の描写をこの世におくったベラスケスをあげなければなりません。彼の描いた人物像から我々は様々な思いに浸ることが出来ます。そこからはやはり人間であることの荘厳とも言える悲しみが見ている我々に迫ってきます。

年老いた執行官が、もう何もないや、そろそろ終わりにしましょうと言ったとき、私はもう一度居間に戻って、男女が顔を寄せあったその絵を見ました。この絵はこうしてこのままここに残していくのだろうか。それともそのうち誰かが引き取りにくるのだろうか。わたしはあたかもこの絵の雰囲気をもっと心に焼きつけようとするかのように、再び絵の前に立ち尽くしました。待ちくたびれた執行官が再度私に声をかけました。額縁だけは立派だが、こんな子供騙しの絵なんて、一文にもなりゃしませんよ。こんな暗いとこにいつまでいても寒くてしょうがない。さあ、おしまいにしましょう。

（二〇一三年一月八日）

父の看病その後

父の認知症も極端に悪くなってきたというわけでもないのですが、注意しなければならないことは徐々に増えてきました。元々戸締まりにはうるさい父でしたが、日中暑くなっても部屋をすべて閉め切って、それも何を着ていいのかも分からないのか半袖ポロシャツの上に長袖のシャツまで着てじっと横になっていることもあります。それであわてて服を脱がせて、部屋の窓や戸を開けてあげるのですが、それでも私がほかの部屋で仕事をして戻ってくるとまた部屋を閉め切っているのです。いくら注意してももはや新しいことは記憶として残ることはありません。ガミガミ言われるのは嫌なのでしょう。庭に出て草を取ったり水を撒いたりしていますが、それとて雑草どころか芽が出たり、植えたばかりの苗を引き抜いたり、ホースの水も勢いよくバラにかけてせっかくの花を散らしたりしています。注意をしても何のその、黙って答えもせず我が道を行くといった感じです。逆に何か手伝いたいのでしょうか、父の衣類を洗濯している時、途中で洗濯機を止めて、まだ洗剤がついていてビチョビチョのまま外に干そうとしたりします。また無事干したとしても、生乾きのまま勝手に取り込んでどこかにしまってしまいます。どこにしまったか聞いても分かりません。一番目が離せないのは風呂に入る時です。気持ちがいいのか浴槽に浸かったままなかなか出てこない。私もうっかりしていつものタイマーを仕掛けていなかったりすると、ふらふらになって浴槽を出てくることもあります。着替えの下着を出しておいても、それを洗濯機の中に放り込み、自分で新しい下着を棚から出したりします。洗濯機の中はいつも汚れた下着といっしょに大量の新しい下着も混ざってしまうというわけです。いちいち見張っているときりがなくストレスがたまることもありますが、まあ慣れてくると、この程度のことならまだましだと思うようになります。家を出て徘徊したり、訳の分からないことを叫んだり、怒ったりして、もっと他人に迷惑をかけているわけではありませんから。

確かに介護する私自身の個人的な生活は制限されます。これが毎日続くのなら大変ですが、週の二日はデイサービスにいってくれるので助かります。元々本人も人と話すのは苦にならないたちなので、デイサービスセンターでもみんなの人気者らしいのです。たまにやる寸劇では主役をやらされてみんなの喝采を博していると聞きます。家にいるよりかよっぽど生き生きとしているのかもしれません。それでも夕方帰ってくるとぐったりして、ああやっと一日が終わったと言います。こっちも一日自由にさせてもらったので、おじいちゃん「お勤め」ご苦労さんと言って、ねぎらってあげます。

しかし基本的には、父の日課にあわせて自分の日課も組み立てる毎日です。私の場合はもはや退職した身ですし、父の生活にあわせやすい面もありますが、まだ働き盛りの方で重い認知症の患者さんを抱えていると大変だと思います。私でさえ当初は、何の因果でこんなことになったのかと鬱《ふさ》いだこともありましたが、今ではこれも私自身に与えられた試練なり、運命だと思っています。つまり万が一介護する私の方が介護される父よりも早く、このまくたばったとしても、この先そんなことで文句は言えない生活を築き上げていくしかないというある種の覚悟です。父は九〇歳ですが、私自身もうすぐ六五歳と老人の仲間入りですし、孫も生まれました。おいしいものを食べて、旅行に行って、観劇や催し物に出かけたりして、人生を楽しむという生活もそれはそれで結構なことです。ただ私の場合は介護をしながら自ずからもっとシンプルな生活に慣れ親しむようになりました。深まる父の病状を見つめながら、人間の一生というものについて様々なことを考えるようになり、それがまた、この歳になって私の内面に新鮮な問題意識を生み出してくれるのです。心に今までとは違った広がりを感じるとともに、身近な生活の中にも小さな喜びを感じるようになりました。その一つが家事です。

家事というのは、もちろん洗濯、掃除、料理などの家事です。今漱石の伝記物などを読んでいますが、あの時代の男性の家事に対する無知と無理解にはあきれかえるばかりです。あの時代は一般家庭にも貧しい家や農村から出てきた女中などが家事の一端を担っていましたが、それにしても主婦の苦労はいつの時代でも同じです。もちろん漱石の時代は水道、電気、ガスもそれほど普及していなかったことでしょう。私の幼いころでさえ、母が家の外の井戸から水を運んだり、風呂も遠くの風呂屋まで歩いていったり、近所の風呂をもらったりしていたのを思い出します。洋服いつの日か、例のぐるぐるしぼるローラーがついた洗濯機が現れて、母が喜んでいました。

とて、ほとんど母がミシンと手縫いで作ってくれました。そんな時代から今日に至るまで、家事を担当する主婦や女中は様々に創意工夫して男どもの外での働きを支えてきたのでしょう。今の時代、電化製品が普及して、昔に比べると家事が楽になったとはいえ、ちゃんとした家事をこなすのは大変な仕事です。それなりの能力も必要です。それが父の介護をしながらこの歳になってようやく分かってきました。というのも、私の妻も、実家に認知症の母を抱えているために、昼間は実家で世話をしなければなりません。場合によっては夜まで面倒を見なければならない日もあります。そのため、父の食事や身の回りの世話は私が一人でやらなければならないことが多くなります。それでまあ独身時代のことを思い出して見よう見まねでやっていると、たまに見ている妻から、そんなことでどうするのとしかられます。結局妻から手ほどきを受けてしまいます。台所では、野菜の切り方、芋などの蒸し方、味付けの仕方、後片付けの仕方など、洗濯では衣類の種類による洗い方、効率的な干し方、乾いた洗濯物のたたみ方、風呂やトイレの掃除の仕方、下着のゴムの入れ替えなどです。教わって妻のやり方が分かると、やはりさすがだなあと思ってしまいます。効率的な家事をこなすことは一つの芸術だとさえ思ってしまいます。これを知らない男性どもは人生の半分も知らないのではと思ったりもします。ほんとに父の看病などという巡り合わせがなければ、漱石のように何たって俺が稼いでいるから暮らしていけるんだと妻に威張り散らして当たり前と言ったところだったかもしれません。もちろん漱石は威張る割には、自分を含めてそれぞれの人間のやるせない立場を理解できる男でした。だからこそあの時代にあれだけの小説を書けたわけですが。とにかく家事というものは、それあって家庭が維持できるものですし、昔から家事を担う女性たちはそれなりに創意工夫をしてきた歴史というものがあります。この歳になってそれに気づき、今となっては私自身がぼけないためにも、家事は私にとって欠かすことのできない仕事にさえなってきているのです。

しかしそれでも最近物忘れはひどくなりました。外に出かけることがあったり、お客さんが来たりして次の日疲れて何もしなかったりした時には、時間が過ぎていくばかりで、これではいけないと思ったりします。ただあまり無理をしすぎると歯茎が腫れたりして体にすぐ現れます。従ってほどほどに体を動かして、かつやるべき仕事や課題をしっかり頭の中に植えつけて生活を送る必要があります。やるべきことや悩み事がなくなれば、誰だってぼけの症状は出てきます。それが人間というものです。朝の散歩と夕方のヨガはなるべく欠かさないのですが、それでも疲れて時々億劫になります。一連のヨガは四〇分以上もかかります。従って今では小分けにして、その日にやるべきことを徐々に終えながらその間に挟んでやり遂げるようにしています。

ところで先ほど父の介護で風呂に入れるのが大変だと書きましたが、今ではスマートフォンで九分以上湯船につかるとブザーが鳴るように設定すると同時に、そのスマートフォンにダウンロードした小説を風呂場の近くで読みながら監視するようにしています。結構片手の操作でページをめくりながらかなりの量が読めるものです。最近は漱石、藤村、志賀直哉のものを読み直したり、新たに読んだりしています。特に漱石は意外と面白く、明治の初期からこのような作家が日本に出たということは、一つ考えてみなければならないことだと思っています。このような知識人を生む土壌が既に江戸時代に形成されていたということ、そして彼が社会に対して自己矛盾的に存在せざるをえない個人としての人間を、自分自身をさらけ出しながら書いていくという犠牲的な精神の持ち主でもあったということ。そこらあたりについて近いうちに考えをまとめてみることができたらと思っています。

（二〇一三年六月二三日）

子供の眼

柳田國男が東北への旅で出会った出来事を綴った『豆手帳から』という文集があります。その中に『子供の眼』と題して、彼が石巻の道ばたで遭遇した出来事についての文章があります。この文章については、すでに『タラの芽庵便り』の折口信夫に関する注解で紹介しました。ここで再び引用するのは、人間にとって、予期せぬ出来事に出会うということの意味するところを、あらためて考えてみたいと思ったからです。柳田は、きわめて簡潔に、次のように述べています。

遠くに休んでいた馬車の馬が急に首をまわして車を引いたまま横道に飛び込んだ。小学校を出たばかりの小さな馬方が綱を手にしたまま転んだときには、馬車の後輪が腹を乗り越えていった。それでも子供はまっすぐに立って三歩ほど馬を追って振り返ってちょっとこちらを見て、腹を両手で押さえてまた倒れた。とにかく病院へ連れて行かれて、そのときは助かったが、ただの一瞬間の子供の眼の色には、人の一大事に関する無数の疑問と断定とがあった。その中で自分に問われたように感じたのは、折も折り、どうしてこの刻限にここを通り合わせることになったかという疑問で、それがまた朝からいろいろの手配の狂い、計画の数回の変更がちょうどこの場へ今、我々の自動車を通らせることになったのを、一種の宿命のようにもとることができたからである。

（定本柳田國男集第二巻　筑摩書房）

柳田は馬車に轢かれながらも、反射的に立ち上がって一瞬こちらを見た子供の眼に「人の一大事に関する無数の疑問と断定」を見てとります。予期せぬ出来事は子供を襲いました。わけの分からない強大な威力が子供の身体に打ち当たり、通り過ぎていきます。立ち上がった子供は一瞬柳田を見つめます。その一瞬のまなざし、襲ってきた何ものかに、自分一人だけで対峙している子供の緊張が、偶然その場に立ち会った柳田の感性に突き刺さります。それほど印象的であったため、柳田は自分がちょうどそこに遭遇するに至ったその日の経緯を宿命のようにも感じ取るのでした。

ある人間が予期せぬ事故に遭遇した現場に出くわしたという意味では、私にも幼いころの経験があります。私が小学校三年のころの出来事でした。三階建ての古い木造校舎の下で、私を含めた数人の生徒が竹箒などを持って、何か清掃作業をしていました。すると三階に設置されていた一枚の木製のガラス窓が、どういうわけか我々の頭上に向かって落下してきたのです。ガラス窓は私から二、三メートル離れた場所にいた男子生徒の頭にあたりました。あたってガラスが飛び散り、生徒の眉間から血が噴き出しました。それと同時に、生徒は、急にけたたましく泣き叫んで、あてどもなく走り出したのです。現場にいた私の感覚は子供心にも不思議なものでした。私にではなく、彼の頭上に落ちたということが、何か彼自身の宿命のようにも感じたのでした。もともとあまりしゃべらない生徒でした。端正な顔立ちの子でしたが、事故後眉間に大きな傷跡が残りました。そのためかますます寡黙になっていったような気もします。小学校を卒業してその生徒がどうなったのか、その後彼に会ったり、音沙汰を聞いたことはありません。皮膚の手術によって傷跡を完全に消すことが出来たのでしょうか。傷跡を背負ったまま生きているのでしょうか。あのときの災難がその後の彼にとってどのような意味を持つにいたったのか、彼とはそれほど親しくもなかった私には、分からずじまいになってしまいました。

何ゆえに自分にこうした災難が、危機が降り注いできたのか、古代、人々はその理由や意味を知ろうとしてきました。単なる偶然、運が悪かっただけといった処理の仕方ではなく、事故がその特定の個人に起こったことの意味を知ろうとしました。一方、現代社会では、巷に氾濫する事件や事故は、客観的因果関係の究明と社会的な再発防止の観点から処理されていきます。予期せぬ出来事に直面してしまった個人にとっては、たまたまその場に居合わせてしまったのが悪かった。運が悪かった。我々ではなくそのひとが。そのように整理をつけることによって、人々はまた明日から同じようなパタンを繰り返していくのです。

古来、事件や事故に遭遇した少なからぬ人々にとっては、何ゆえ自分はそうした事故に遭遇したのかという問いは、決して簡単にはぬぐい去ることの出来ない、しかも将来にかけても一人で問うていくしかない営みでした。昔の人々は、そのような遭遇は、誰でもない、自分に対して与えられた、あるいは仕組まれた何かであり、その意味を探ろうとしました。それは決して過去に執着し、いつまでも過去に引きずられているからではなく、いまだ過去の深さと広がりが、未来へと連なり、そうした連なりを生き抜くことこそ本来の自分自身になりうるのだというような、ある種の覚悟と知恵ではなかったのかと思われます。しかし、科学的な因果関係の向こうに多くを見ようとしない現代社会は、そうした知恵を失いつつあるような気がします。

柳田國男は東北で出会った子供のまなざしの彼方に、予期せぬ出来事に遭遇した昔の人々の、綿々と受け継がれてきた知恵の営みを見いだそうとしていたのかもしれません。

（二〇一三年一〇月一〇日）

巨匠とマルガリータ

息子夫婦が生後八ヶ月の長男を連れて我が家にやって来ました。孫はさっそく部屋中を這いずり回って電源コードなどを引っ張ったり、噛みついたりします。まだ歩くことはできない。しかし興味のあるものを見つけると両肘と両膝を泳ぐように使って素早くそこへ到達します。そして何でも口に入れたがる。じっとしていないので、見ている方は大変です。日中も寝てばかりいる認知症の父は、そんなひ孫を見てたいそう喜んで、どういうわけか久しぶりに外へ出て畑仕事をし始めたのです。ひ孫からパワーをもらったのでしょうか。ますますテンションがあがって、その日は夕方暗くなるまで畑仕事に専念していました。もういいかげんに部屋に戻りなさいと言って、作業着から息子夫婦が九〇歳のお祝いの時に父に贈った上下の黒いトレーナーを着せて休ませました。ところが一時して父は私の部屋にさわやかな表情をして現れました。ロシアの艦隊が来ているので、我々は現地に船で向かわなければならない。そろそろ時間だから港に一緒に行こうと言うのです。もう戦争はとっくに終わったよと答えるのですが、いや、そんなことはない、自分はもう海軍の軍服を着ている、と言って、新品の上下のトレーナーを着込んだ自分の姿を誇らしげに見せつけるのです。それは軍服ではない、トレーナーだよと言っても、父はもうどこかの港までその姿で出かけるつもりでした。

父を説得して、もとの状態に戻すのに少々時間がかかりました。最後は納得したのかどうか、ああそうかと言って自分の部屋に戻りました。ロシアの艦隊とは何なのだろうと思いました。自分の体験から思い出したのなら第二次世界大戦なのだろうし、そうでなければ、日露戦争時のバルチック艦隊でも思い描いて出動しようとしたのでしょうか。父の妄想というよりも、何とも朗らかに生き生きと、それも確信を持って出かけようとしていたので、そこまで父を行動に駆り立てたもの、あのはっきりとした高揚感は何なのだろうと思いました。記憶の底にあったものが急に噴出したのか。それは父個人の記憶なのか、それとも父と同世代の人格に漂う何かなのか、それほどリアルな感覚が父を襲い、そしてまた私を困惑させたのでした。

実は数日前、スターリンのソ連体制下に生きた作家、ミハイル・ブルガーコフが書いた『巨匠とマルガリータ』（上下巻、法木綾子訳、群像社）を読み終わったばかりでした。ロシアの作品、そして内容が妄想と現実が混在し、しかも妄想が単なる妄想ではないと思わせる力を持った小説でした。そんな本を読んだこともあってか、私は父の唐突な「ロシア艦隊への出兵準備」に出会い、そこに何か意味を探ろうとしていたのかもしれません。

この長編小説を読もうと思ったのは、エスペラントでの文通を始めたロシアの女性が最近この本を読んでいるということからでした。近くの図書館に翻訳されたものがあったので早速借りて読んでみました。私には、活字が細かすぎて読むのに時間がかかりましたが、読み終わって、これは作家自身が楽しんで書いたものだなと思いました。幻想と現実のからくりを極めてみようだとか、幻想と現実の表現の矛盾や整合性に気を配ろうとか、そんなことにはおかまいなしに、魔術師や悪魔、魔女などが思う存分活躍します。スターリン体制下の鬱憤ばらしといった側面もあることでしょう。当然そういう体制にとって好ましくない小説は、生前発表されることはありませんでしたが、そのことを承知の上で、彼は書くこと自体を楽しんだと言えます。ロシアの小説には伝統的に、このような幻想と現実が織りなす反体制的な世界が根付いています。最近、兄に次いで弟が亡くなったストルガツキー兄弟のSF作品も反体制的な風刺には事欠きません。『ロードサイド・ピクニック』（英訳、Orionbooks）でも、彼らの主人公は、幻想的な空間描写の中で、体制的な生活やインテリゲンチャのこれ見よがしの生活を乗り越えようとする強い意志を感じさせます。

『巨匠とマルガリータ』は、イエスを磔刑に処したローマ総督ポンティオ・ピラトの苦悶を描いた小説を書く売れない作家（巨匠）と平和な家庭をなげうって巨匠の創作活動を支えようとしたマルガリータ、そしてピラトの物語を評価する黒魔術師たちを中心に描かれています。巨匠は結局精神病院で失意のうちに亡くなりますが、黒魔術師は巨匠とマルガリータの魂を救い出し、彼らは手を携えて飛翔し、遥か眼下にどす黒くうごめく町並みを見渡しながらも、月夜の天空を滑空するのでした。

飛んでいくこと、飛んでいけ！　大空へ広がる自由な感覚を抱いて飛んでいけ！　もちろん我々の現実世界はスターリン体制ではなくとも、どこでもどす黒く閉鎖的な社会が広がっています。容易に飛ぶことはできない。どこにでも閉鎖的な、宿命としての人間社会がうごめいています。しかしそのどす黒い社会は、自由を求める人格にとっては、創造的な試み、飛翔への発射台、土台ともなりうるものでした。そのために失意と犠牲を伴うものではあっても。

人間社会では組織はますます巨大化し、そこでの人々の果てしなき争いは大方昇進や人事に関する悲哀がともなうものです。人事を掌握した一部のものが、仲間うちを固めて、他を蹴落とし、場合によっては相手に不当な濡れ衣を着せて、自分たちの仲間を役職として優遇していく。退職後も外郭団体を渡り歩いて高給をせしめる。彼らはいつまでも仲間たちとお互いの安住の境地を確認しあいながら生きていけると思い込むのです。そんな、安易な画策で転がり込んだ幸運と惰性的で贅沢三昧の世界は、地球上のどこにでも見られる現象です。『巨匠とマルガリータ』では、黒魔術師たちがそのような虚飾に群がる連中に貴金属や札束、高級なドレスなどをばらまき、連中はそれらに飛びついていく。そして時が経つにつれて札束はただの紙切れに変わり、彼らが身に着けていた衣装や貴金属は突然消え失せて、彼らは街頭で下着だけになる。モスクワ中が混乱のるつぼと化していくのです。

こうして『巨匠とマルガリータ』では、スターリン体制下の抑圧された人間社会を揶揄すると同時に、いつの時代にも人間社会に巣くう虚飾と欺瞞に満ちた人々の存在を当然のものとしながらも、逆にそこで抑圧されることによって、虚飾にとらわれずに、自由な創造を目指していく人々の存在をも、当然のものとして描いているのです。私たちは決して、既存の社会や組織にいつまでも束縛されて生きているわけではない。束縛されるしかないのは、自分の中に、生き生きとした躍動を発見できない人々、いつも自分の外の地位や名誉や財産に憧れるしかない人々なのだ。つらい生活ののちに、自分の中に生き生きと発信し続ける何かを見いだした人々は、私たちの思いや意識は、決して個々の身体にとどまっていることはできず、人々の心を求めて時空を超えて飛び交い、結びつきあうものだということを発見する。そういうことを作者は表現したかったのでしょう。

私たちは、いつかは遠くを見渡せる場所にたどり着き、解放される。それはどんな状態なのか。私がそんなことを考えるのも、どういうわけか、父の突然の奇妙な行動に遭遇したからかもしれません。部屋中をぐるぐる這って未知なるものに対面しようとするひ孫の無邪気な明るい意志、そのひ孫に力をもらって、私と一緒にロシア艦隊に向かって出撃しようと語ったときの、父の生き生きとした表情、これらのイメージがロシアの小説『巨匠とマルガリータ』と不思議にもどこかで繋がって、まだ私の頭の中をぐるぐると廻っているかのようです。

（二〇一三年一一月一九日）

師アイアーさん

アイアーさんは、私が二〇〇七年の夏に南インドのヒンズー教の施設を訪れた時に大変お世話になった方です。当時退職間際の私と変わらないくらいの歳に見えたのですが、八一歳だと聞いてびっくりしたのを覚えています。それ以来彼とはずっとメールのやり取りが続いています。現在八八歳ですが、南インドのチェンナイに、娘さんの家族と一緒に生活されています。まだお元気で、私は彼から今なお英語でヴェーダの解説を、サンスクリット語を交えて熱心に教えていただいています。この元気さはどこから来るのでしょう。インド古来の菜食主義や節制した生活態度も影響しているのでしょう。日本人には考えられない「後期高齢者」です。彼とはもう七年近く文通している訳ですが、この間いろんなことがありました。彼の奥さんが癌で入院して長い闘病生活が続きました。彼は病院に通いながら一年あまり看病し、近代的な治療を受けながらも、良くなったり、悪くなったりする奥さんの病状を克明に私に伝えてきました。奥さんが亡くなったときも淡々と事実を伝えてくれました。昔、六歳になっていた一人息子を、ローカルバスに轢かれるという事故で失った。そのとき以来、妻と二人で悲しみに耐えてきたが、今度は娘たちと妻を失った悲しみを耐えている。しかし神は彼女から末期の苦しみを除いてくれた。今は安らかに眠る彼女を思うばかりである、と。その一年後、今度は私の母がやはり癌で最後まで苦しみながら亡くなりました。彼の奥さんと全く同じような状況に至った母の最期に対して、心からのお悔やみをいただきました。その二ヶ月後、東日本大震災が起こったのですが、彼からすぐに私や家族の安否を確認するメールが届きました。この巨大なカタストロフに耐えている勇敢な日本人のもとに我々の心は飛んでいきます、と。こうして私が退職してからは彼とのメールのやり取りが生活の一部になってきたのでした。

アイアーさんはインド国鉄に務める技術者でした。彼がバラモンの出身だったこともあってか、彼の幼いころはまだ義務教育で英語だけではなくサンスクリット語も教わっていたと言います。彼は勤めながらも南インドのカーンチプラムにあるヒンズー教の施設で当時世界的に名を馳せたマハーチャリアを師（グル）と仰ぎ宗教的な生活を実践していきます。マハーチャリアは彼のもとにガンジーやダライラマも訪れたことのある聖人で、裸足でインド中を行脚して教えを広めていきました。彼の詩が国連で高らかに朗読されたこともあったようです。彼は一〇〇歳まで生きました。（一八九四—一九九四）粗末な服を着て、掘っ建て小屋のような場所にすんでいた彼の写真を見ると、深い精神性と同時に宗教の本来の意味を感じさせられます。実際私がヴェーダについて多くを学んだのも、アイアーさんからの教えのみならず、施設を訪れたときに若い信者からもらったマハーチャリアの講義録を通じてのことなのです。アイアーさんの生き方や考え方そのものが彼のグル、マハーチャリアからの直接の教えに基づいているのです。

アイアーさんは、一九七〇年、彼が四四歳の時、マハーチャリア（当時七五歳）からインド思想における重要な古典バガバッド・ギータの一部分を印刷してアフリカの子供たちに送るようにというミッションを授かります。エドウィン・アーノルド（Edwin Arnold）が翻訳したギータの英訳本、『神の讃歌（Song Celestial）』の第四章と第五章のみを何の注釈や前書きなしに、何十万も印刷して、小中学校を卒業する間際のアフリカの子供たちに送るようにと命ぜられるのです。この、気の遠くなるような難題に答えるために、アイアーさんは必死に協力者を捜します。心当たりの友人にお願いの手紙を出すと、友人は手紙が届く前にマハーチャリアのダルシャンを受ける夢を見たと言うのです。友人は早速アイアーさんに二万部の印刷を負担する約束をします。様々な協力と経緯を経て、今まで七万五〇〇〇部を印刷してガーナ、ウガンダ、タンザニア、ジンバブエ、モーリシャスなどのアフリカ諸国を中心に世界中の子供たちに送ったのです。しかし、いまだ何十万部のコピーを世界中の子供たちに送るというマハーチャリアの目的は続行中だと言うのです。

なぜ、子供たちに本として提供するのか。このインターネットが普及した時代になぜ本なのか。アイアーさんは答えます。それは子供たちが本を自らの手で持ち、自分でページをめくることは、子供たちにとって、独自の魅力を有している現物と直に出会うことになるからだ。この原典に忠実な英訳本は子供たちが自由に解釈し、理解し、あるいは疑問を持つのなら、必ず彼らの精神的な成長に役立つ。大人たちは既に他人から学んだ情報をインプットされて成長してきたから、もはやギータに新鮮な気持ちで対峙することは難しい。しかし子供たちはまだそうした障壁がない。一部の子供たちは成長して、ギータ全体を知ろうとするだろう、と。

私は道半ばの彼のミッションに賛同して、寄付を申し出ました。しかし彼は、お金をもらうことは彼のグル、故マハーチャリアも望んでいない。そのかわり日本の子供たちにギータの第四章と第五章を広めてほしい。エドウィン・アーノルドの英訳本から日本語に訳してもらってもよい。著作権上は問題ない、と答えてきたのです。ギータの第四章と第五章は、全体の一八章の一部分に過ぎません。そこでは、行為への効果や世事に執着することなく、自分に与えられた任務を行え、自己の外部との接触により生じる快楽に執着せず、自己の中に清浄無垢の喜びや知恵を見いだせ、と説かれています。しかしそれにしても日本の子供たちが理解するのは難しい。それに、日本の小中学校の子供たちにどのようなルートで配布することができるのでしょう。ましてやインドの古典を。我々宗教になじみの薄い人間は、すぐそのように現実的な可能性を考えてしまいます。私はアイアーさんに、そのままの形ではなく、ギータの趣旨を活かした童話のような形で広めるのは可能かもしれない、時間はかかるかもしれないが検討してみたいがどうかとメールを出しました。すると彼から返事が来ました。

すまなかった。私はあなたを当惑させるつもりはなかった。ただ、この仕事を遂行するためには、どこからも資金の援助は受けないということをあなたに伝えたかっただけだ。ギータが誰にとっても難しい本だということはよくわかっている。ましてやインド古来の文化を背景にしていない外国の人たちには。私のグル、マハーチャリアはこう言っていた。もし一〇〇万人の子供たちがこのギータの第四章と第五章のパンフを読む機会を与えられたとして、そのうちの一人がギータを理解しようと苦心するのであれば、それで十分である、と。

彼のグル、マハーチャリアは考えていたのです。一〇〇万人のうち一人の子供が曲がりなりにもこれからギータを理解しようとする気持ちを起こすのなら、それで十分だ。それだけで人類に未来がある。すごい考えだと思いました。しかし、私はアイアーさんが私に勧めてくれたギータの解釈本、一六世紀のヴェーダ学者マドゥースーダナが書いた本をまだ読んでいる最中で、サンスクリット語も含めてインドの古代思想については、まだまだ学ばなければならないことばかりで、とても人にそれらを広める能力はないと答えたのでした。

アイアーさんは一九六八年の秋、四二歳のころ、インドの文化交流使節として日本に一ヶ月滞在しており、訪れた日本人の家で奥さんが菜食主義者の彼のために、懸命に料理を工夫してくれた親切が忘れられないと話しています。そのような他者への思いやり、他者の存在そのものを敬う精神は、インドの挨拶の言葉、ナマステの精神にも通じるものだと言っています。彼はナマステに関連して、マハーチャリアの次のような言葉も引用しています。

道にあるガラスや尖ったものに気がついた時、他の歩く人が傷つかないように、何気なくそれらを取り払う行為でさえ、真のヒューマニズムに貢献する行為である。なぜならその行為は何も見返りを期待していないのだから。

日本での文化交流を終えて、再び活力を持ってインドで仕事をしていたアイアーさんは、翌年の一九六九年、前述したように最愛の息子を事故で失います。しかし翌年、アーチャリアから全世界の子供たちにギータのパンフを送るというミッションをもらうと、彼は熱心に任務を果たしていくのです。インド国鉄を退職したあとは、亡くなったマハーチャリアの跡を継いだ第六九代アーチャリアに師事して、ヒンズーの教えをインド中に広めていく日々を送ります。そんな彼と、私は二〇〇七年に、カーンチプラムのヒンズー教の施設で出会ったのでした。その後もメールで私にヴェーダの解説を詳しく教えてくれるアイアーさんは、私にとってはかけがえのないグルと呼ぶにふさわしい人格者なのです。彼にそのように話したら、とんでもない、私はインド国鉄に務めていた単なる技術者に過ぎない。私は学者でも何でもない。私があなたに教えていることはすべて私が私のグル、マハーチャリアから教わったことばかりだ、と謙遜するのです。マハーチャリアがこの世を去ってから二〇年が経過しました。生前、マハーチャリアは近代民主主義の成果を認めながらも、インド中にアメリカ型、ヨーロッパ型の生活スタイルが蔓延していく様を嘆いていました。今アイアーさんにとっても、その傾向はますます加速しているように思えてくるのです。昔、バラモンの出身者たちは清貧で決しておごらず、古来の知恵を人々に広めていく存在だった。ところが今や彼らは政界や財界に進出し、形式的な名誉に満ちた、贅沢三昧の生活に酔いしれている。若者はますますアメリカ型の生活に憧れ、今やインド伝来のサンスクリット語を教える学校はまれである、と。アイアーさんの嘆きは逆にマハーチャリアから学んだ多くの成果や知恵を次世代に残していきたいという強い気持ちに変わり、近しい友人や私のような遠くの弟子にメールを送り続けているのです。

（二〇一四年四月一五日）

第二部

ベルクソンと人間の未来

私を現実的に支配している時間感覚は日常的なものです。私は一ヶ月ごとに病院に行って、認知症の父のために、三種類の薬をもらってこなければなりません。そして薬が少なくなると、ああもう一ヶ月が過ぎたのか、また病院に行って薬をもらわなければならないと、一人で嘆息するのです。嘆息するのは薬をとりにいくのが面倒だというのではありません。何もたいしたことができないままに、時間だけが過ぎていくことへの嘆きなのです。よいではないか、無事に毎日が過ぎていけばという考えもあることでしょう。しかし人間の時間というものは、そんなものではないようです。過ぎ去った時への悔悟と諦めと、それにもかかわらず来るべき時への新たな覚悟、そんな繰り返しで生きていくのが人間の時間ではないでしょうか。ホームページにもいろいろなことを書いてきましたが、人々が読みそうもないことを書いてきてどうなるのだという気持ちもあります。それこそ、このままどんどん時間が過ぎていくだけではないか。一方で、単純で平凡な日常生活のなかに潜む思いをひとつひとつ積み重ねていくことも、時間に対するせめてもの抵抗ではないのか。時間のような抽象的に思える問題を考えていく上では、そのような作業も必要ではないかと思ったりしています。

私は夢や母の死を通じて、時間と死の関係を考えてきました。母は死の直前に彼女の幼いころからの記憶が走馬灯のごとくいっぺんに現れてきたと私に話しました。ベルクソンは、死ぬ瞬間の現象として一般に知られているこの事実を人間の持つ記憶のあり方から解明しています。現実の日常生活を生きぬいていくために、人間は呼び起こすべき記憶の選択を行っている。しかし死の直前になるとそのような選択の制限が外れて一挙に記憶がよみがえってくると言うのです。彼は『物質と記憶』(熊野純彦訳、岩波文庫)のなかで、記憶は、脳など、どこかに空間的に蓄積されているというものではないと言います。記憶は蓄積というよりも、物質と同様に振動でもあり、流れでもある。我々は、振動し流れ行く物質をある固定的、空間的な側面から把握することで我々の日常世界をかたちづくっている。記憶も物質と同様に個人的な領域を超えて、振動し、流れ行く基底のようなものである。それにもかかわらず、その一部が個人的あるいは社会的な人間活動の必要性から、ある特定の記憶として制限されて表出されるのだ、と。物質も記憶も振幅し、うごめいている。しかし我々はそのどちらも一部を切り取って、空間的、固定的にそれらの存在を確認するしかない。では本来の流れや動きとして物質や記憶をとらえることはできないのか。我々の日常生活に必要なものとして切り取られたものではない、純粋な記憶の流れをとらえることはできるのか。ベルクソンは、それは直観的な把握によって可能である、と言っています。

ベルクソンは人間にとって死後の世界はあり得るものだとも言います。それは、記憶や知覚というものが、決して我々の大脳という身体的、空間的な領域に限定されているものではない限り、身体的な死の後にもそれらが存続しないとは言い切れないと言うのです。しかし、死によって大脳が機能しなくなった後、記憶や知覚は生前と同様の人格によって死後も捉えることができるのでしょうか。人間にとって死後の世界があり得ると言う限り、大脳が機能していた時と同じ人格が死後も存在すると考えるのが自然だからです。そうでない限り、知覚や記憶だけが死後も存続すると言っても、死んだ者にとっては何の意味も持たないからです。では生前の身体的な存在と死後の非身体的な「存在」との人格的な同一性は、生きている他者にとって、あるいは死んでいった者にとって、どのように「認識」できるのか。そのことについては、ベルクソンは多くを語っていません。そのような同一性が死後一時続くのか、永遠に続くのかはまだ分からないと言っています。だが、私がここで考えたいのは、個人にとっての生死を境にした人格的同一性の問題ではなく、人類として悠久に受け継がれていく魂のようなもの、そしてそれが生きている個人の生にとって、どのような意味を持つのかということです。ベルクソンは魂について次のように言っています。

力強い本能が、人格はおそらく不滅であると宣言するとき、唯心論の諸学説がその声に耳を閉ざさないのは正しい。けれども、そのように独立した生を営む能力を持つ「魂」が存在するとしても、一体それらはどこから来たのか。我々は目の前で、身体が、両親から受け取ったある混合した細胞からきわめて自然に生じるのを見ているというのに、それらの魂は、いつ、いかにして、なぜこの身体に入ってくるのだろうか。もし直観の哲学が、身体の生を、それが実際いる場所で、つまり精神の生へと通じる道の途中で見ようとするならば、直観の哲学が問題にするのは、もはやこれこれの決まった生物ではないだろう。生命全体は、それを世界に放った最初の推進力からずっと、物質の下降する運動の妨害を受けながら上昇するある流れとして現れるだろう。その流れの歩みに人類は位置している。そこに我々の特権的な状況がある。他方で、この上昇する流れは意識であり、あらゆる意識と同様、無数の潜在性を含んでいる。これらの潜在性は互いに浸透しあっていて、その結果、不活性な物質のために作られた、一や多といったカテゴリーには当てはまらない。その流れは物質を押し流し、その諸々の隙間にみずからを差し込む。こうして物質だけがその流れを互いに区別される個体性に分割できる。それゆえこの流れは、何世代にもわたる人類を横切り、さらに個別に分かれながら流れていく。この分割はこの流れの中でぼんやりと描かれていたが、物質がなかったら、はっきりと表に出ることはなかっただろう。このようにして、諸々の魂は絶えず創造されるが、それらはある意味では前もって存在していた。生命の大河は、人類の身体を横切って流れながら、小川へと分かれていった。諸々の魂とはこの小川に他ならない。

このような学説は、より多くの行動するための力、生きるための力を我々に与える。なぜなら、この学説に立つとき、我々はもはや自分が人類の中で孤立していると感じないし、人類もそれが支配している自然の中で孤立しているようには思われないからである。全ての生物は関係しあっており、全ては同じ恐るべき推進力に身を委ねている。時間と空間において人類全体は、我々各人の横を、そしてわれわれの前と後ろを疾駆し、目覚ましい攻撃を行っているある巨大な軍団である。その攻撃は、あらゆる抵抗を撃退し、多くの困難を、おそらく死さえをも乗り越えることが可能である。

（『創造的進化』合田正人訳、ちくま学芸文庫）

魂や直観、あるいは物質や生命の流れについて、ベルクソンの考えを紹介するために、長い引用になってしまいました。彼は、個々人は決して孤立している存在ではなく、潜在的にはすべての人類、あるいはすべての生物は関係しあいながら、未来へと疾駆している、そのことを認識することは生きるための力を我々に与えてくれると述べています。では具体的に人類の身体を横切って流れていく魂の存在を我々はいかにして把握することができるのか。ベルクソンは、前述したように日常生活の必要性から大脳によって切り取られた記憶の基底にある記憶そのものは、直観によって把握できると言っています。彼はまた、その場合の記憶そのもの、すなわち純粋記憶は、それを精神とか魂に置き換えてもよいと言うのです。魂は「直観」によって把握できるのだと。

こうして彼が「直観の哲学」を強く標榜するのは、カントの認識論に対する批判を前提としているからでした。彼はカントが直観の重要性を理解しながらも、人間の認識の領野を悟性や理性として図式的、空間的に整理しつくしたことに反発します。認識の領野を空間的な図式に固定したのでは、人間の自由はあり得ないと。では具体的に、人間にとって、常識的、客観的、空間的な認識能力を超えた直観の把握はどのような場合に可能なのか。ベルクソンはそれを芸術的な創造をもたらす感覚に求めます。すなわち、美的な感覚や意識あるいは創造的な意欲に求めます。

カントも直観的な能力の重要性については十分理解していました。彼は「物自体」と創造的な直観との関係を探っていたようにも思われます。だが、彼はそのような直観は常時体験できるものではない、我々の常識的、日常的な生活においては、物自体は直接認識できないからである、と言っています。しかし、カントは一方で、我々の行動や意識は、実践的・道徳的な領域においては、物自体と何らかの関係を持つであろうことを認めていました。実践的・道徳的な領域とは、自分と同じように常識的、日常的な生活を送っている他者との関係をいいます。他者との出会いや他者との関わり方において、人間は常識的な判断だけでは解決できない様々な問題に遭遇します。自己の日常生活を遮断する可能性を持つ他者とどう向かい合い、どう共存していけるのか、人は思い悩み、また解決策を探ろうとします。しかしそこに、客観的な因果関係とは異なる次元の、人間本来の自由の根拠がある、と言っているのです。一人の方が自由ではないか、他者との関係では、自由どころか束縛が増すだけではないのか、とも考えられますが、カントはむしろ他者との関係から見いだす自由を真の自由、人間の心の内奥に潜む、真に道徳的な要請に応える自由として、物自体と関連づけているのです。だが彼は道徳的な領域を超えて、物自体と直観の関係を積極的に分析しているわけではありません。

ベルクソンも、直観による魂の把握が日常的に可能であるとは言っていません。むしろ、日常的には、カントの言うように、物事の空間的、科学的、知性的な因果関係の認識が我々の考え方を支配しており、直観的な認識はまれである、と。というのも、直観的な認識が日常的、社会的になってしまうと、我々の人間社会は、今とはとんでもなく変わってしまうだろうからです。直観的な認識とも関連があると思われる人間の能力、例えばテレパシーや物体移動の能力などは、まだ我々の世界では、まれな現象である。しかしベルクソンは、人類は未来に向かって、徐々にではあるが、直観的な能力が従来の知性と新たな形で調和する方向へ向かわざるをえないとも言っています。そこには彼の考え方の、人間の未来に対する楽観的、希望的な傾向が見て取れます。

一方で彼は、直観の体現の事例として美的な創造活動以外にも、次のように「否定の力」を強調しました。

ソクラテスのダイモーンはある一定の瞬間にソクラテスの意志を止めて、するべきことを命じるのではなく、行動することを妨げました。思索における直観は、しばしば実生活におけるソクラテスのダイモーンと同じように働くと思われる。少なくとも直観の姿はそうした否定的な形で現れ、その形をはっきり現し続けるように思われます。すなわち、直観は禁止するのです。哲学者の思想形成においても「あり得ない」というささやき、直観のこの否定作用は何という不思議な力でしょうか。この力はどうして哲学史家の注意をもっとひかなかったのでしょう。直観に帰ることによって、彼は自分の中に戻ります。ある学説の紆余曲折というものは、このような出入りによって、即ち自分を失っては取り戻し、際限なく自分を訂正していくことから出来上がっています。これが「発展」と呼ばれるものの正体なのです。

（『思考と動き』原章二訳、平凡社）

これが「魂」と呼ばれるものの正体なのです、と言ってもいいくらい、この直観の否定作用の強調は、ベルクソンが述べた考えのうちでも、最高の功績のうちの一つでしょう。哲学者の思想形成のみならず、我々の一般的生活においてもまれに経験する、この「あり得ない」というささやきは直観的な認識を示す具体例と言っていいと思います。

旧約聖書のヨセフ物語を小説化したトーマス・マンの『ヨセフとその兄弟たち』でも、この直感の否定作用を如実に感じてしまう場面があります。ヨセフに対して狂おしい欲情を持つエジプトの宦官の妻がヨセフに迫ってきます。しかしヨセフは間一髪のところで、彼女から逃れることができたのでした。マンは述べています。

ヨセフが最後の土壇場に来て身を振りほどいて彼女から逃げ出すことができたのは、父の面影を思い浮かべたからであった。しかしヨセフが部屋の一隅に見たと思ったのは、まとまった個人的な特徴を備えた姿ではなかった。彼はむしろその精神の中に、その精神をもってみたのだ。それは象徴であり、警告の像であって、むしろ広くかつ普遍的な意味での父の像であった。その顔は心配そうにヨゼフの方を伺い見ていた。

（『ヨセフとその兄弟たち』菊森英夫・高橋義孝訳、新潮社）

この表現は、まさに人間にとっての精神や魂の本質的な役割を端的にあらわしています。これこそ「直観の禁止」、直観の否定作用なのです。それは行動の場面においてもソクラテスのダイモーンのように、どこからともなく湧き上がり、その人ならではの道筋にその人を、有無を言わさず導き入れていく否定の力なのです。

マンはこうしたダイモーンの力を『魔の山』（高橋義孝訳、新潮文庫）の主人公ハンス・カストルプにも体験させています。

ハンスは同じサナトリウムに滞在するロシアの女性を狂おしくも求め続けますが、一方で「彼女と一緒になることは絶対あり得ないことになってる」という精神の深みからのささやきを聞き取るのです。異性との出会いと、それがそれぞれの人格にとってどのような意味を将来もたらすのかという時点では、誰にでもこのような精神のささやきの場面に遭遇することはあり得ます。狂おしく相手を求めても一緒になれない何か、そこにはどこかで、「そうではない」「それはあり得ない」と強く促す何らかの力が個人を突き動かしているように思われます。それは何か。それは個人にとっては直観的な確信であり、そこではある個人的な役割を演じざるを得ないという何らかの確信なのです。さらにベルクソンに言わせると、そのような否定を受け入れざるを得ない個人は、自らは全く意識せずとも、未来へと向かう悠久の、生命の流れの突端に、すなわち精神や魂の流れの先端に位置することになるのでしょう。

ベルクソンはまた、記憶や知覚が我々の個々人の身体に空間的に閉じ込められているわけではないということから、また直観という物体や精神の流れを感知し、またそれらと交感することができる能力から、日常的には考えられない神秘的な出来事についても考察しています。

六五年間も生きてくると、明らかに神秘的ではないかと思われる出来事にはいくつか遭遇するものです。幼いころの思い出は『タラの芽庵便り』の本文にも書きました。大学では、あるサークルでの夏の合宿で夜遅くまでトランプをしていた時のことが思い出されます。そのとき私は三度にわたって、めくる前のカードを当てたのでした。なぜかは分かりませんが、必ずその種類と数字のカードがでるという不思議な感覚がありました。

ユングの自伝では、有名な爆発事件が紹介されています。ユングと彼の師フロイトが激しく口論していると、突然そばにあった本箱で激しい爆発音がしたのです。ユングがフロイトにこの事実は我々の激論に関係しているというと、フロイトはそれをはなから否定します。ユングは述べています。

「いや違います。先生、私が言うのが正しいのを証明するために、しばらくすると、もう一度あんな大きな音がすると予言しておきます。」
果たして私がそう言うが早いか、まったく同じ爆音が本箱の中で起こった。今日に至るまで、私は何が私にこの確信を与えてくれたのか知らない。しかし爆音がもう一度するだろうということを、疑う余地なく知っていたのである。
（ユング『自伝』河合隼雄他訳、みすず書房）

このことは二人の精神的な動きが、周囲の物質に影響を与えたということ、そしてその出来事を理由は分からないが予言できたということを示しています。

では、我々人類はカントが体系化したような人間の認識能力の限界を超えて、ベルクソンの言うような人間の直観と知性が微妙に融合した未来社会へと、彼の言う「生命の飛躍」で持って進んでいくのでしょうか。あるいは人間社会とも言えないような精神的な存在へと進むのでしょうか。

カントは、人間が把握する有限と無限の二律背反性を説くことで、そうした時空の観念にとらわれない物自体の存在を導きだすとともに、その物自体の内容は知り得ないという人間の認識能力の限界を明らかにしました。ベルクソンは「私たちの生きている世界は、量的な次元における一定の選択によって、つまり私たちの行動能力によって限定された選択によって、現にあるようなものとして存在している。別の選択に対応する別の世界が、同じ場所で同じ時間に存在していても何ら差し支えない。」(『思考と動き』原章二訳、平凡社)と言っていますが、それはまさにカントが物自体の存在を導きだした結論ともある意味で相通じるものだと思われます。

カントは、冒頭で述べたように、同時に、実践的、道徳的な領域では、人間は物自体の神秘に関与することができると説いています。しかもそれが自由であるべき人間の存在根拠でもあると。カントは「純粋理性批判」でこう述べています。

我々がなお自由を救おうとするならば、事物の存在が時間において規定せらるべき限り事物の存在を、従って自然必然性の法則に従う因果性をば単に現象に属するものと考え、また自由をば物自体そのものとしてのこの同じ存在者に帰するより他に道はないことになる。純粋理論理性において成し遂げられた、時間並びに空間と物自体そのものの分離はこのようにきわめて重要である。こうして我々が純粋理性についてなすところのすべての歩みが、精緻な思弁をまったく顧慮しない実践的範囲においてさえ、あたかも一歩一歩が慎重な先見をもってこの証明を与えるためにのみ考え尽くされたかのように、厳密にしかもおのずから理論理性批判のすべての要素に一致する、ということはまことに驚愕に値する。
（『純粋理性批判』篠田英雄訳、岩波文庫）

カントはヘーゲルやベルクソンが批判するように、決して人間理性の限界や制限を説き、その補完として、実践理性を道徳的に要請したのではないのです。最初から純粋理性の本質的な根拠として、物自体そのものに関与する人間の道徳的な要素、人間に本来の自由をもたらす要素を認めていました。さらにカントは遺稿で次のように述べています。

学問に対する欲望という点では、不自然なものでしかあり得ない。学問の危険性は証明されているので、むしろ次のように判断されるべきである。すなわち、われわれは、この世における我々の定めを越えていく悟性の能力を持ち、したがって来世が存在するであろうと。
（『美と崇高との感情性に関する観察』上野直昭訳、岩波文庫）

ドイツ語の原文を参照しているわけではないので、学問の危険性は証明されている、という言葉でカントが何を言わんとしたのか、はっきりとは分かりません。考えられる意味は、人間の生活というものは、学問の領域だけで覆い尽くせるものではない、客観的、科学的な体系や理論の構築によって満足するのは、学者だけである、本来人々の生活は、客観的な認識能力以外に様々な直観、周辺の環境を体で感じ取る様々な感覚によって成り立っている。そこにはそれこそベルクソンが言うように、我々に来世へと通ずる感覚をもたらす可能性が秘められている。学問にはそれを期待できない、と。

しかしベルクソンは、哲学や科学という学問の分野でそのような期待を膨らまそうと試みたのでした。すなわち、学問の危険性がますます深まりゆく現代の流れのなかで、ベルクソンもまた自分の考えを表明せざるを得なかったのでした。人間社会である限り、学問と呼ばれる分野とジャーナリズムの世界との緊密なつながりは不可避です。古代から、そこで政治家、学者、芸人などの有名人が醸成されてきたのです。コンピューターやインターネットなど科学の発達によって、ジャーナリズムの世界は、その権威、権力をますます増大させ、我々の日常生活に深く浸透するとともに、地球上のすべてを覆い尽くすようになりました。

しかしながら、東プロイセンのケーニヒスベルグをほとんど出ることがなかったカントの生活に見られるように、真の思索の場は日常の身近な範囲にあるように思われます。それを失って世界中を飛び廻る学者たち、彼らは日常生活の細々とした煩わしさから解放されて学会や彼らの学説の信奉者やマスコミのもとへと飛んでいきます。だが本来の思索の場は、それこそ単純な日常生活の煩わしさとは無縁ではあり得ないのです。我々の頭の中ではいつも細かな日常の煩いが巡っています。他者への評価や他者への対応で悩んでいます。それでもそうした日常の悩みの中から、一条の光が射す出来事にも出会うことができるのだと思います。

ベルクソンはカントを批判し、純粋理性の世界ではない、人間本来に備わる直観のささやきに耳を澄まして、飛躍せよと言います。しかし本来人間の日常生活というものは、カントの世界、空間的で固定的な世界です。そこで悩み、もがき、停滞しながらも、そこで戦っていくことが基本です。毎日が発展の連続で、芸術的、美的な飛躍だというわけにはいかないでしょう。ベルクソンは、再三、従来の感覚的、意識的な枠組みを超えて、私たちの知覚を根源へ連れ戻すことができれば、将来、私たちは新しい能力を手に入れることができると言います。彼の理論から帰結する言葉ですが、一方でそれはベルクソンの学者やジャーナリストとしての側面でもあります。それよりも日々の生活を維持するために単純な繰り返しの毎日を守り続けたカントの方に、私は親しみを感じます。

生命の飛躍を人間の自由の可能性と関連づけたことはベルクソンの功績です。しかしそれが今の我々の日常世界でどのようにうごめいて、しかも我々をある一つの方向に導いていくのかは難しい問題です。現実の社会的な絆を断ち切って、直感的な世界へ身を置けとはいうものの、一方で彼は、人間社会が国家を築き上げてきたのも、シロアリなどの昆虫と同様に、人間が元々動物的本能的にそのような社会的絆を必要としているからだと言っています。また、宗教家や神秘家の存在を認めながらも、彼らが希少であることで社会は保たれている、彼らのような人格が社会で多数を占めれば、もうそれは人間社会ではないとまで言っています。

しかしもはや人間社会ではないところで、我々がどのような感覚で生きていくことができるのかは、まだ誰にもわかりません。そこはいまだ我々が経験したことがない無気味さが漂う世界かも知れません。ベルクソンの言う生命の飛躍はあくまでも明るい未来のイメージのみを連想させます。しかしながら、真の自由には、従来の親しい意識や感覚からの離脱も伴うかもしれない。現在の我々には耐えることのできないような感覚が伴うものかもしれません。それに耐えることはできるのか。我々が普段考える自由とはわれわれに都合のよい考えにすぎないのではないのか。さらに、直観の意義を説いたとしても、それは我々の強い欲望や志向性、あるいは思いつきとどう異なり、またどう関係しあうのか。こうした問題はまだ課題として残ります。

それでも記憶と物質の関係や直観の意義について新たな見解で我々を人類の未来へと目を向けさせたベルクソンの功績は大きいと思います。

ベルクソンは言っています。

すべての意識は記憶である。しかしまたすべての意識は未来の予想である。注意とは期待であって、生活に何かの注意を向けていない意識はない。そこに未来がある。未来は私たちに呼びかけている。あるいはむしろ未来は私たちを引き寄せる。この絶え間ない引き寄せによって、私たちは時間を進まされ、この引き寄せはまた私たちが行動を続ける原因になっている。すべての行動は未来に侵入することなのである。

（『精神のエネルギー』原章二訳、平凡社）

この日常生活の中で、もがき苦しむ我々一人一人の生き様は、決して孤立しているのではない、互いの苦しみや喜びの意識はどこかで浸透しあっている、未来へ向かう人類の大きな流れのなかで、どこかで連なっているのではないか。私も一方でまだそこに期待を持って、これからも私なりに人間にとっての未来とは何かを考え続けていくことができるのだと思います。

（二〇一四年一月二八日）

トーマス・マン　魔の山

この小説は学生時代に読んだきりでしたので、もう一度読んでみたいと思っていました。書棚にある昔の文庫本をめくってみて、こんな小さな字、今ではとても読めたものではない、ということでもっと大きな活字の文庫本（新潮文庫、高橋義孝訳）を図書館から借りてきました。もう四、五〇年ぶりに読み返すのですが、やはり大分忘れていたというか、どうも記憶に残っていた言葉が見つからず困惑してしまいました。一つは、主人公ハンス・カストルプが「魔の山」の高地「ベルクホーフ」のサナトリウムで出会ったマダム・ショーシャに狂おしくも恋をするのですが、あるとき、彼が「彼女とは絶対一緒にならないことになっている」と心の中でつぶやく場面です。もう一つは、物語の最後、ハンス・カストルプが第一次世界大戦でドイツ軍として戦場に向かうとき、作者のトーマス・マンが、畢竟、ハンス・カストルプは「神の子」であった、と記述する場面です。ところが昔読んだときに鮮明に覚えていたはずのこの二つの場面がどこにも見当たらないのです。あったのだが、私が読み過ごしたのでしょうか。これらは、私がこの小説に想いを寄せることになった思い出深い場面だったからです。ハンス・カストルプが激しく思うマダム・ショーシャでしたが、なぜかハンスの心の奥底から、彼女とは絶対一緒になれない、という直観のようなものが発信されるのです。そしてもう一つの場面は、トーマス・マンが、主人公ハンス・カストルプを極めて単純な普通の人間として設定し、書き始めたのですが、最後に、戦場に向かう彼に対して、いや彼は神の子であった、と意味深げに告白するのです。私にとっては、この二つの思い出が、この小説の重要なモチーフになっていると思っているのです。しかしながら、今回読み返してみて、それほどの意味や感動を得ることはできませんでした。それどころか、一二年間という、あまりにも時間をかけすぎて出来上がってしまったこの小説は、マンにとっては苦渋の小説ではなかったのか、といった印象を受けました。一般に解釈されているように、この小説がドイツ伝統のいわゆる「教養小説」であるとはとても言い切れません。少しページ数も膨大になりすぎています。そこで今回は筋書きを明らかにしながら、この小説の意義や問題点を考えてみたいと思います。したがって、これから初めて読んでみたいと思う方は、読んだ後にこの書評を見ていただければ幸いです。

『魔の山』は、ドイツ語で Der Zauberberg となっており、魔は、魔術（zauber-magic）の魔であり、悪魔（toufel-devil）の魔ではありません。しかし内容は悪魔の山といった印象を受けます。もちろん、この小説でマンが執拗に説いた時間の不可思議や、ある少女の患者を霊媒として死者の姿を映し出す場面は、魔術というか、魔の山のサナトリウムだからこそ現象する不可思議ともみてとれます。だが、このサナトリウムで、マンは、下界の日常生活とはかけ離れた、かけ離れているからこそ出現する悪魔の山を描いているようにも思われます。悪魔が死の世界から魔の山の患者や医者を見つめているかのようです。生と死の間をさまよう人間のおぼつかなさ、またそれゆえの生の意味、人間にとっての意味を、いまだ「単純」なカストルプ青年が徐々に理解するようになる。それがまた魔の山に住む悪魔が青年に企んだ魔術だと言えるのかもしれません。それゆえトーマス・マンは、この小説を万人向けの「教養小説」として描こうとしたのではなく、生と死のはざまで孤軍奮闘している人々にとっての「知恵」を見出したいという思いで書き始めたように思われます。しかしそれはマンにとっては、極めて苦渋に満ちた困難な試みでした。

マンはまだ学校を卒業しこれから就職し実社会へ出て行こうとする青年ハンス・カストルプをいきなり魔の山へと招待するのです。

一人の単純な青年が、故郷ハンブルグをたって、グラウビュンデン州ダヴォス・プラッツへ向かった。三週間の予定で人を訪ねようというのである。

（『魔の山』高橋義孝訳、新潮文庫、引用文は以下同様）

こういう出だしで物語は始まります。訪ねる人というのは、ダヴォス村の駅舎にハンスを迎えに来た、いとこのヨーアヒム・ツイームセンです。軍人志望の彼は国際サナトリウム「ベルクホーフ」ですでに五ヶ月を過ごし、治癒するためには医者からはあと半年はかかると宣言されている患者なのでした。

マンは第二章でハンス・カストルプを次のように表現しています。

ハンス・カストルプは天才ではなかったが、愚物でもなかった。それでいて私たちが彼を評して「凡庸」という言葉を使わないのは、彼の知性とも、彼の単純な人柄ともほとんど関係のない理由、つまり彼の運命に対する敬意からなのである。

冒頭で「単純な青年」と言ってのけたマンでしたが、ハンスは、魔の山「ベルクホーフ」での様々な「運命」との出会いによって、彼の心の奥底に眠る深い精神性を次々と蘇らせていきます。最後は、単純ではあっても、ちっとも凡庸ではない、人類そのもの、Homo Dei の代表として、あのシューベルトの菩提樹を歌いながら、彼は戦場へと向かっていくのです。この過程が「教養小説」（自己啓発）なのでしょうが、それは彼が「魔の山」で育んだ、もっと根本的に深い意味での教養なのでした。

第三章でハンス・カストルプは、いとこのヨーアヒム・ツイームセンからこのサナトリウムでの様々なしきたりや習慣を教わりますが、その中でも夜バルコニーで休息する治療法があります。いとこを見舞った訪問者にすぎないハンスは、最初はそれを嫌がりましたが、しかし、「一日椅子にかけて毛布で体を包むと、突然、全く言いようのない放縦な喜びと希望の感情が彼の心に襲いかかった」のです。ハンス・カストルプは、ヨーアヒムに教わって寝椅子の上で身体中を毛布でくるんでミノムシのようになり、満天の外気に浸ります。そうすると、例えようもない幸福感に満たされるのでした。それはまるで母の胎内に浮かんでいるかのような安心感でした。だが、胎児は、それとは気づかず、毛布一枚を隔てて、魔の山の大気にもさらされて浮かんでいるのでした。

ある朝、ハンス・カストルプは、サナトリウムの食堂でロシア人の患者マダム・ショーシャと運命的な出会いをします。彼女は、いつもドアを、無作法とも思えるほど叩きつけるように荒々しく締めて食堂に入ってきます。蒙古人のように細い目がつり上がり、首を前に出して片手をうしろ髪に当てて周囲を見回しながら歩き「上層ロシア人の席」につくのでした。彼女の一部始終の動作に心を奪われながら、ハンス・カストルプは、なぜか中学校時代の同級生プシービスラフ・ヒッペという少年を思い出すのでした。細い目と頬骨のでた顔、キルギス人というあだ名がついたその少年は、マダム・ショーシャと雰囲気がそっくりでした。ハンス・カストルプは、その少年に、胸に秘めた感情を抱きますが片思いのままで終わってしまいます。しかし一度だけ、思い切って彼から授業中に鉛筆を借りたことがありました。いいよ、だけど授業が済んだら返してね、と彼はハンスに答えます。このときほど嬉しいことはなかった。あのときの充実感は今も忘れないと、ハンス・カストルプは思い出します。

彼は彼女に恐ろしく似ていた。ここの上のあの彼女に。それで俺は彼女にこんなに惹かれるのだろうか。あるいは、それだからこそ、彼に、あんなに興味を持ったのだろうか。

ハンスは、彼を思い出して、彼女に惹かれる理由を思念するだけではなく、逆の言い方もしています。すなわち彼女に惹かれるからこそ、彼にあんなに興味を持ったのだろうかと。ここでは時間の進行が逆転しています。過去の結果が現在に理由があるからです。プシービスラフ・ヒッペに惹かれると同時にマダム・ショーシャに惹かれるハンス、あるいはプシービスラフ・ヒッペを引きつける自分とマダム・ショーシャを引きつける自分、私はそこに時空を超えてハンスという青年に一貫性を持たせる縁のようなもの、縁の力を感じます。事実、彼はマダム・ショーシャからヒッペと同じように鉛筆を借りる夢を見るのです。ハンスにとってマダム・ショーシャは特別な存在です。しかしそれは彼女の異邦人のような顔が、彼だけに意味があるというよりも、魔の山のサナトリウムで生活する多くの医者や患者にとっても魅力ある存在であることをこの物語では強調しています。つまり、ハンスが「ああたまらない」と悩む存在であるマダム・ショーシャは、周辺の多くの男性、あるいは女性にとってもそうであり、マダム・ショーシャ自身もそのようにふるまうということ、そこに魔の山という、ハンスが人生を深く経験していくための舞台が設定されているのです。

そうしたハンスを横目に見て、やはりサナトリウムの患者であるイタリア人で三〇代半ばの独身の紳士、セテムブリーニが現れます。足を組みステッキに寄りかかってポーズをとるセテムブリーニは、ハンスに対して「亡者どもが酔生夢死の暮らしを送っているこの深淵へ降りてこられたとは」と挨拶します。すなわち、いつまでもこのサナトリウムにいてはいけませんよ、早くもとの生活に戻って真の人生を歩みなさい、と。そして「私は人文主義者、Homo humanus です」と言います。彼はその後サナトリウムを出て近くの同じ下宿に住まうことになるキリスト教神秘主義者のナフタと対立しながら、ハンスに人文主義に根ざした民主主義の重要性、やがてそれが全世界を支配するであろうことを説くのです。しかしハンスはここ、魔の山のサナトリウムでの生活により深く入り込んでいき、さらにはセテムブリーニの対立者であるナフタの神秘主義的な考えにも興味を持ちます。セテムブリーニは眉をひそめてハンス・カストルプのことを「小さな人生の厄介息子」と呼ぶのです。

いとこヨーアヒムのつかの間の見舞客であったハンスはやがて熱が出て、本当に患者として長期間この魔の山のサナトリウムにとどまることになります。

第四章で、すっかり魔の山の住人となったハンスは、魔の山の習慣に馴染むことによって、彼の時間感覚が変化していきます。ハンスがサナトリウムを訪れた当初は、時間は溌剌としていましたが、以前の日常生活での時間感覚は徐々に麻痺していきます。そしてハンスはますますマダム・ショーシャへの想いに沈んでいくのです。

おんなというものは、まあなんという服装をするものなのだろう。世界中どこへ行っても女性はそういう服装で男性の欲望を掻きたてる。ああ、人生は美しい。それは一つの目的、すなわち次の世代のため、人類の繁殖のためである。ところで、その女性が胸を病んでいて母になる資格を全く欠いているとしたら、その場合の女性の魅力はどういうことになるのか。病人の女に男が関心を抱くということ、これは、つまりかって自分がプシービスラフ・ヒッペに対してひそやかな関心を寄せたことと同様に、全く反理性的なことだ。

そう呟きながら、ハンスは特定の人格に愛欲の湧き上がる不可思議に思いを巡らしていきます。そんなハンスを「人生の厄介息子」として見守るセテムブリーニでした。しかし、「ハンスは義務感から、公平と平衡を維持すべく、セテムブリーニの話を聞き、それから感化を受けようとして、セテムブリーニの理性や共和国や美しい文体についての見解を好意的に批判した。しかし彼は先生の意見を拝聴したのちには、それだけ一層のびのびと、自分の考えや理念をそれとは反対の方向へ走らせることが許されるように思ったのである。」ハンスはますます魔の山の奥深くへと歩みを進めていきます。

第五章でマンは、「浮気っぽさを遠慮なく披瀝し合う魔の山ベルクホーフの社会」を描いていきます。このサナトリウムでは、「部屋を渡り歩くことのできるバルコニーの通路が明らかに重要な役割」を果たしていました。患者たちは愛欲を実際に満たしあったり、他の患者や医者たちに想いをひそめ、彼らを対象に部屋でひっそりと秘め事にふけったりして、日々を送るのでした。こうしてハンスは、「世界中の誰もがなみなみならぬ関心を示している人生のある根本条件が、この社会では特別強烈に、しかも激しく人々の生活を支配しているという印象を受け」ます。しかし、ハンスのマダム・ショーシャに対する想いは、同時に彼をして「苦悩と死というものを真面目に考えたり尊敬したいという精神的欲求」を起こさせるのでした。これはもうハンスが単純で普通の人間でしかないとは言わせない行為です。彼はサナトリウム内の重症患者や危篤患者を訪問して、彼らの体験に同情し、苦悩と死について考えを深めようとします。彼は考え続けます。

だが、分別を失わせる愛こそ天才的なんだ。なぜなら、死は天才的な原理、二元的原理、賢者の石、また教育的な原理でもあるからだ。そして死への愛は、生と人間への愛に通じているからだ。バルコニーに寝ていて俺はそれを悟った。愛というものは、最も敬虔な愛でも肉体を離れてはありえないし、どんなに肉欲的な愛であっても、そこには一片の敬虔さがある。愛は有機的なるものへの親しみであり、腐敗し分解すべく定められたものの感動するほどに欲求的な抱擁である。

普通の青年がここまでの考えに到達できるでしょうか。彼は生と死、魂と肉の交わる精神の深みへと下っていきます。
この章の最後、サナトリウムの夜のサロンでは謝肉祭のお祭り騒ぎで盛り上がっています。そこでハンスは、偶然マダム・ショーシャと二人きりになり、彼女に死人のような青ざめた顔をして、尋ねるのです。「君は鉛筆を持っていないかしら」と。昔彼がプシービスラフ・ヒッペに尋ねたように。そしてヒッペのときと同じように鉛筆を借りると、彼女の方へかがみこみ、目をつむるとそのまま顔を彼女に向けます。フランス語で延々とマダム・ショーシャへの愛の告白が続くのです。

ああ、もし愛が妄想でもなければ、それが非常識で、禁じられたことでなければ、悪の中での冒険でなければ、愛など取るに足らないものなんだ。その時は、愛は、平地で作られる陳腐な小唄の対象に過ぎない。しかし、僕は君を前から知っていた。僕がまだ生徒だった時、君に鉛筆を貸してくれと頼んだことがあった。僕は君を、理性を失うほどにまで愛していたからなのだ。僕の体の中に（医者）ベーレンスが発見した痕跡、そして僕がずっと以前にも病気だったことを示す痕跡、これはそのために残っているんだ、君に対する僕の古い愛によってできた痕跡なんだ。……僕はこの告白が誰に見られたって平気だ。雄弁な共和国も、時間の経過につれて実現する人類の進歩も、何もかも軽蔑する。僕は君を愛しているのだから。愛と死はいずれも肉体的なものなんだ。そこに愛と死の恐ろしさ、そのおそるべき魔力があるんだ。

ハンスが魔の山で独自に獲得した精神の告白でした。しかしマダム・ショーシャは、再びこのサナトリウムに戻ることを約束して去っていきます。

そしていよいよハンスの獲得した精神がたどり着く有名な第六章の「雪」に至ります。例年になく雪が降り積もった時期に、ハンスは周辺の山々を一人スキーで滑走します。しかし濃密な靄のために彼はサナトリウムに帰る道を見失います。吹雪になり、疲労困憊の体で、ある山小屋にたどり着きます。そこで立ったまま壁にもたれながら、ハンスは夢を見るのです。

豊満な、新鮮な、微光を放つ緑の木々、甘美な芳香に満たされた微風がそよぎ、暖かい驟雨がさっと通り過ぎたが、雨には光が満ちていた。空は鳥の声でいっぱいだった。きらめく雨のベールが落ちて、海が現れた。銀色の光にきらめく深い紺碧の、南国の海。なんという光の浄福。ハンスはこういう風景を未だかってみたことがなかった。地中海へは一度も行ったことがなかった。にもかかわらず、彼は思い出したのである。太陽と海の子らが、どこにも活発に蠢いたり休んだりしていた。若者たちは馬を駆け巡らせ、入江のほとりには少女たちの舞踏が見られた。苔むした石の上には。褐色の着物の一方の方を緩めて若い母親が座り、子供に乳をやっていた。とおりすがりのひとはみな、一種特別な仕草で彼女に挨拶した。その挨拶の仕方には、人間の普遍的な振る舞いの中に秘められたすべてのものが集められていた。……しかし、神殿の門柱にたどり着くと、年老いた醜い女が二人、半裸で髪を振り乱し、垂れ下がった魔女の乳房を見せ、一つの大皿の上で幼児を引き裂きその肉片と骨をボリボリと貪り食っていた。彼は死に物狂いの勢いでその場から去ろうとして背後の円柱にぶつかり転倒して目が覚めた。彼は自分が小屋のそばの雪の中で、スキーを履いたまま倒れているのに気づいたのである。闊葉樹の公園に心地よい湿気、それから先のこと、美しいことも、おそろしいことも、俺はほとんど前もって知っていた。しかし、どうして知っていたのか。夢は、自分の魂からだけでなく、それぞれに違ったものであっても、無名で共同で見る、と俺は言いたい。俺はその一小部分に過ぎない。大きな魂が、多分俺を通して夢見るのだろう。俺はここの上の人たちのところで放埒と理性について多くの経験を積んできた。俺はナフタとセテムブリーニと一緒に、ひどく危険な山の中をほっつき歩いたのだ。俺は人間のことならみんな知っている。俺は人間の血と肉を知った。俺が夢に見たものは、人間の状態と人間の優雅にも聡明で慇懃な共同体、その背後の神殿では残忍な血の宴が演じられる共同体の状態だった。彼ら、太陽の子らが互いに礼儀と愛嬌を示し会うのは、ほかならぬこの残忍さをひそかにおもんばかってであろうか。それならこれは、彼らが引き出した頭の良い、実に洗練された結論だということができるであろう。俺は心の中では彼らに与しよう。ナフタにでなく、セテムブリーニでもなく。二人とも単なる口舌の徒にすぎない。一方は淫蕩で悪意があり、もう一方はいつも理性の角笛を吹くばかりだ。死の放逸は生の中にあり、それなくしては生は生で無くなるだろう。そしてその中間にこそ神の子たる人間（Homo Dei）の立場があるのだ。放逸と理性のただ中に。ちょうど人間の国家も、神秘的な共同体と吹けば飛ぶような個体との間にあるように。それを俺は円柱のそばから見極めたのだ。

長い引用になりましたが、ここがこの小説で言いたい最も重要な部分だからです。ここが、ハンス・カストルプが到達した精神の境地だったのです。死の放逸は生の中にあり、それなくしては生は生で無くなるだろう。そしてその中間にこそ神の子たる人間（Homo Dei）の立場がある、と。彼は自分の魂というよりも過去から永遠に続くもっと大きな魂、無名の、共同の魂が彼の夢を引き起こしたということ、それが彼の夢を通して現れ出たことを悟るのです。私が「彼は畢竟神の子であった」とマンが語っていたと思ったのは、最後ではなくここだったのです。それはむしろハンス自身が永遠なる精神の所有者たる人間について述べた言葉だったのです。ではこれからマンは、神の子たるハンス・カストルプをどう扱っていけばよいのか、このまま魔の山で生活させていくのか、山を降りるとしたらどのようなきっかけで？　マンは非常に悩みます。それでもハンスを魔の山から下界へと下ろすことにします。

そのきっかけはメインヘール・ペーペルコルンの登場、サナトリウム内の異様な雰囲気の醸成、ナフタとセテムブリーニの決闘、そしてそれらすべてを包み込むように襲ってきた第一次世界大戦の勃発でした。

最終章である第七章の冒頭から、かなり年配の裕福なオランダ人、メインヘール・ペーペルコルンがマダム・ショーシャを伴ってサナトリウムに現れます。長い間、マダム・ショーシャが戻ってくるのを待ち続けたハンス・カストルプは、彼女がペーペルコルンの愛人になっていたことに深く落胆します。しかし、同時にハンスは、ペーペルコルンの巨漢に漂う「人物」の大きさを素直に認めるのでした。ハンスはセテムブリーニとナフタは、ペーペルコルンに比べたらほとんど小人のようにしか見えないと思うのでした。この場面の挿入は、民主主義と人道主義を標榜するセテムブリーニとそれを批判し古来の神秘主義に価値を見出すナフタとの果てしない論争に展望を見いだせなくなった作者マン自身の苦肉の策でもあったと思われます。ペーペルコルンはマンにとってもかけがえの無い救いの人物として登場してくるのです。

ハンスはセテムブリーニに語ります。

セテムブリーニさん、あなたが神秘めかした混淆を憎んでいて、価値、判断、価値評価を重んじていることはよく承知しています。それはそれで文句なく正しいことだと思います。

しかし、バカと利口という問題は時によると完全な神秘なのです。あなたはあの人（ペーペルコルン）が僕らよりも優れた人物だということを否定できますか。あのひとは曖昧な人です。感情の人です。感情こそ彼の身上です。肉体的なものが介入してくると、物事は神秘的になるのです。肉体的なものは精神的なものになっていくし、またその逆でもある。この二つは区別がつけられないし、同じようにバカと利口の区別もつけられません。しかしダイナミックな作用というものは現にそこにある。そのために僕らはしてやられるのです。こういう作用を表現する言葉はただ一つしかない。それは「人物」という言葉です。なぜなら彼はまず第一に大人物です。これだけでも女性には大きな魅力でしょう。第二に僕みたいな文化人ではなくて、亡くなったいとこヨーアヒムと同じように軍人だといってもいいくらいなのです。つまり名誉を重んじ、誇りとか体面とかを看板にしています。それが彼の感情、生活なのです。僕の性格の中にも、おそらく何か軍人的といっていいものがあるから、そういうことになるのでしょう。

ハンスのいとこヨーアヒム・ツイームセンは長い闘病生活に我慢できず、病院を抜け出して軍隊に入りますが再び発病してサナトリウムにもどり、ハンスに見守られながら亡くなったのでした。単純であったが、潔く、勇敢であったヨーアヒム、そのヨーアヒムと同じ世界の人間が巨漢ペーペルコルンであり、それとはまた別の世界に自己主張や価値判断に明け暮れる弁舌家たちがいる。ハンスはそう思います。

メインヘール・ペーペルコルンは、ハンスが自分の愛人マダム・ショーシャに想いを寄せていることを感じ取ります。それを知ったハンスは、ペーペルコルンに自分の想いを告白します。

僕はもうすっかり世間を忘れてしまって、身内の人たちとも、低地の仕事とも、すべての将来の見込みとも縁が切れてしまっています。そしてクラウディア（マダム・ショーシャ）が出発してしまった後、僕は彼女が帰ってくるのを待っていました。ずっとここの上でクラウディアを待ち続けていたものですから、今ではもう低地とは全く縁が切れてしまって、下の人から見れば僕はもう死んだも同然の人間になってしまいました。

これはもう、ハンスをこれからどのような状況におけば良いのか、困惑するマン自身の独白のようにも思えます。本当はセテムブリーニとナフタの論争にもう少し中身をもたせ、その中でハンスを成長させたかったのでしょうが。しかし、マンにとっての助け舟であったペーペルコルンはハンスの若さゆえの真剣な苦悩と自分の生活を比較し、また自分の老いを痛感しながら自らの死を選びます。

最終章では、ハンスが死者を呼び出す能力があるという患者、エレン・ブラント嬢の霊媒呼び出し実験に立ち会う場面があります。霊媒が現れている最中に、ハンスは自分に起こったある事実に驚きます。それは「彼の膝の上に何か軽いものが載っていたのである。それはクラウディア・ショーシャの内面を写し取ったガラスの透明陽画（レントゲン写真）であったが、ハンスはそれをこの部屋に持ってきた覚えはぜんぜんなかった。」サナトリウムの精神科医クロコフスキーは、ハンスに死者のうち誰を呼び出したいか執拗に尋ねます。ハンスはいとこのヨーアヒムの名を告げます。ヨーアヒムが現れます。

ヨーアヒムは静かに優しく見守るようにハンス・カストルプだけに、美しい大きな暗い眼差しをじっと注いでいた。「すまない」とハンスは声を飲んで心の中で囁いた。眼には涙が溢れ出て、何も見えなくなった。「話しかけてみなさい」とクロコフスキーが命令口調で言った。しかしハンスは立ち上がってドアのスイッチをひねって煌々と明かりをつけた。

霊媒を通して死者はなぜ現れ出るのでしょう。それは生者の中に生と死の入り混じった想いがあり、そこで死者をも想いの中で育て続けているからかもしれません。

やがてサナトリウムには重ぐるしい暗雲が垂れ込めるかのように、激烈な口論、恐ろしいほどの取っ組み合いが連日続いていきます。第一次世界大戦が始まろうとしているヨーロッパ全体の世相が魔の山のサナトリウムにも覆いかぶさってくるのです。

そしてセテムブリーニとナフタの論争も決闘での決着をもたらします。ナフタは言います。

近代自然科学はあらゆる現象界の成立条件である空間、時間、因果律なるものが、我々の認識とは無関係に存在する実在的関係なのだという形而上学的過程の上に成り立っている。空間、時間、因果律、これを一元的に言えば、進化ということになる。そしてこれこそ自由主義の核心をなすドグマである。また、自由という概念はそもそも啓蒙的というよりはむしろ本来ロマン的な概念である。なぜなら自由の概念には、ロマン主義と同様に、人類の外延的拡大への衝動と強い収斂的傾向を持った内向的自我主張との意欲が、分離できないほどに交錯し混在しているからである。

ここにはもっと深く展開しても良い思想の萌芽が見られます。しかしマン自身がこの芽をセテムブリーニの自由主義、民主主義礼賛のハサミでちょん切ってしまうのです。それは決闘シーンでのセテムブリーニの行為とそれに対するハンスの礼賛の描写によく現れています。

ナフタとの拳銃による決闘の朝、セテムブリーニはハンスに言います。「あなた、私は殺しはしません。そんなことはしません。私は彼の弾丸に身をさらすだけにします。私が名誉にかけてやらなければならないことはそれだけです。私は、殺しはしません。安心してください」と。これに対してハンス・カストルプは深く感動させられた、とマンは述べています。セテムブリーニはピストルをぐっと上に向けて、発射します。ナフタは怒ります。「あなたは空へ向けて発射された」「どこへ撃とうと私の自由です」「もう一度うちたまえ」「そのつもりはない、さあ、あなたの番だ」マンは述べます。セテムブリーニは頭をぐっと仰向けて天を望み、正面を向かずに斜に構えて立った。感動的な姿であった、と。それとは対照的に「卑怯者！」とナフタは叫びながら自らの頭を撃ち抜くのです。倒れたナフタに近寄ってセテムブリーニは言います。「なんと哀れな男だ、これが神への愛からなされたことか」と。

ここのところはどうでしょう。それほど作者マンがセテムブリーニに加担すべき場面なのでしょうか。決闘に潔く同意した限り、空に向かって打つのはどうでしょうか。少なくとも相手を狙わなくとも、相手の方向を狙うべきでしょう。セテムブリーニを「卑怯者」と断定したナフタの叫びは哀れな言い回しに過ぎないのでしょうか。この場面の描写は、どうも、第一次世界大戦の二年前から書き始めて、戦争の愛国心的擁護、ドイツの敗戦、民主主義的ワイマール共和国への支持へと移り変わっていくマンの精神遍歴の揺れを物語っているようにも思えます。何度も言うようですが、ペーペルコルンの登場と死、セテムブリーニとナフタの決闘は、この作品に一種の違和感をもたらしている原因とも言えるのではないでしょうか。神秘主義と科学的な民主主義、ナフタとセテムブリーニの対立をペーペルコルンの登場によって、ある意味で矮小化し、それでもマン自身はセテムブリーニの側に与してしまうという筋書きが、なんとも腑に落ちないのですが。そこには次の第二次世界大戦中にナチスを逃れてアメリカに移住し、そこで日本の敗北と連合国の勝利を知ったマンがさらに民主主義の未来を謳歌する姿にも通じるものがあるような気もします。

この物語の、そのようなちぐはぐさを挽回すべく、マンが執拗にハンスに没頭させたのは、シューベルトの菩提樹でした。サナトリウムのレコード鑑賞で見出した、この当時のドイツでもよく知れ渡った歌曲に聞き入ることによって、ハンスはサナトリウムを離れていく精神の糧を発見するのです。

日本では、「泉にそいて茂る菩提樹」という出だしで始まる、我々もよく親しんだこの歌は、最後に主人公が菩提樹から、「ここに幸あり、ここに幸あり」と呼びかけられることで終わります。しかし菩提樹は死の象徴として、そこから主人公を見つめている場所でもあるのです。「ここに幸あり」は、実際のドイツ語では「ここにお前の安らぎの場所がある（Hier find' st du deine Ruh'！）」となっています。死が「安らぎ（Ruhe）」を冬の旅人に呼びかけるのです。菩提樹はシューベルトが死の直前に作曲した歌曲集「冬の旅」の中の一曲ですが、この歌曲集では、生と死を同時に見つめることができる人間の精神の厳しさと同時に優しさを感じ取ることができます。この優しい安らぎへの想いは、他のシューベルトの歌曲にも見られる重要なモチーフなのです。マンは述べています。

シューベルトの菩提樹。この歌が実に細やかに、神秘的に包括している感情の世界、この普遍の精神的態度の魅力に対して、彼（ハンス・カストルプ）の心がこれほど感じやすくなっていなかったとしたら、彼の運命はいまとは別の方向を辿ったことであろう。まさにこの運命が彼の精神を高揚せしめ、彼を成熟せしめたのである。彼の良心の声によれば、この歌の背景をなす世界は、愛を禁ぜられた世界であるはずであったが、ではそれはどんな世界なのであろうか。それは死であった。この歌そのものは、それ自身の本来の性質から言えば、死への親愛感などではなく、極めて民衆的な生命にあふれたものというべきであろうが、しかし、この歌に精神的な親愛を感じることは、実は死に親愛を寄せることに他ならないのである。この愛がもたらす結果は、陰鬱な死への親愛なのである。あの愛は死への親愛という不吉な憂うべき結果を招来するのだと。皿型の襟飾のあるスペイン風の黒服を着た拷問吏の心、その反人間性、そして愛でなくて情欲、これは一見誠実そのものに見える敬虔な歌の結果なのである。この歌に象徴されている心情の世界、そしてこの世界に対する愛着、これをしも病的と言っていいであろうか。いや絶対にそんなことはない。それはこの世で最も心地よい健康なものである。だがそれは今この瞬間は新鮮で健康的であるが、非常に傷みやすく腐りやすい果実のごときものであって、まだ新鮮なうちに食べれば非常に気分を爽快にしてくれるが、食べるのが少しでも遅れると、これを食べる人々に腐った痛んだ物を与えることになるのである。つまり、この歌は生命の果実ではあるが、死から生じ、死を孕んでいるのだ。これは魂の奇蹟であった。良心の最後の判定によれば、これは自己克服の対象に他ならないのである。自己克服、これこそこの愛、この不吉な結果を伴う魂の魔術に打ち勝つということの真の意味であろう。この歌に真に帰依するものは、この歌の世界、その魔術を克服するために自らの生命を燃焼し、未だ言い表す術のない新たな愛の言葉を唇に浮かべて死んでいく人であろう。この歌のために死ぬ人は愛と未来との新しい言葉を心に秘めながら、すでに新しい世界のために死ぬのであって、その人はそのゆえにこそ英雄ともいうべきひとなのである。

長くなりましたが、この部分も「雪」の場面の引用と同じく、この物語でも重要な述懐なのです。死を免れない人間にとって「自己克服」とは何なのか。若くしてこの世を去ってしまったシューベルトの生き様にマンは希望を見出そうとします。死に打ち勝ち、生を燃焼していった「英雄」たち。魔の山のサナトリウムを去ったハンス・カストルプは戦場で生き残れるのか。それともシューベルトのように「英雄」となるのか。我々は、ここまでくるとハンス・カストルプの生はそう長くはない印象を受けます。死してのち、マンのその後の大作『ヨセフとその兄弟たち』のヨセフとしてハンスは蘇るのでしょうか。いやそんなことはない。ヨセフのような「勝利の物語」にはハンスは現れてこないでしょう。

しかしマン自身はその後「勝利の物語」へとますます突き進んでいきます。それはまさに第二次世界大戦の連合国の勝利、民主主義陣営の勝利への礼賛へとつながっていくのです。

今日、すでに民主主義は世界中に根付いています。この言葉は、現在でも人間礼賛、人間の生の礼賛を意味しています。しかし、それと同時に多くの人々は死を様々な形で生から遠ざけようとする生活へと憧れるようになりました。このような状況を、もしマンが見たらどう思ったことでしょうか。『魔の山』は民主主義社会の成果と問題点を考える上でも重要な作品となるはずでした。中途で挫折はしましたが、それも当時の大きな時代の流れとマン自身の重層的な人格に負うているのかもしれません。

それでもマンは苦渋の思いで、人間の生と死、善と悪、若さと老い、その間で生き続ける人間の姿を、美も醜も含めて描き出そうとしました。『魔の山』を書き上げたころのマンはほぼ五〇歳で、当時としては老いを感じ始める年ころだったのでしょうか。書き上げてしまって、自分はもはや「英雄」にはなれないほど歳を通り過ぎてしまったとの思いもあったかもしれません。

だが、ハンスは作者の意図を乗り越えるかのように、我々に多くを語ってくれました。菩提樹を呟きながら戦場の最前線で戦い、我々の視界から消えていったハンス・カストルプ、我々は彼を深い親愛の情をこめて「人生の厄介息子」と呼びましょう。人生の厄介息子、君はあっという間の人生で、どんなに多くのことを学び、生きてきたことか。人生の厄介息子、君は君を創造した作者をも乗り越えて、どこまで行こうとしていたのか。君はいつまでも我々の心の中に生き続ける単純で憎めない「英雄」なんだ。そう思いたくなります。

（二〇一四年一二月二三日）

CD カバー　提供：日本コロムビア

フランツ・カフカの城（その一）

先日、ふとしたことから、ロシアのピアニスト、ワレリー・アファナシエフのシューベルトをインターネットで聞く機会がありました。ピアノソナタ二〇番のアンダンティーノでした。今まで聞いたこともない極端に遅いテンポです。この可憐な曲は静かに流れるようなテンポに哀愁を込める演奏が一般的です。ところがアファナシエフは、ベタベタと重苦しくひとつひとつの音を積み重ねるように演奏していくのです。これは何か意図的な演奏だなと思い、アマゾンから安いダウンロード版を購入しました。ネットに写真があるCD版のジャケットを前ページに掲載しましたが、そこには得体の知れない人間のような絵が掲載されています。どこかにこれはフランツ・カフカが描いた絵だ、フランツという名がシューベルトとカフカに共通なので載せたのではと説明がありました。CD版を購入しなかったのでそこには詳しい説明があるのかもしれません。しかし私はアファナシエフの演奏からして、彼自身がこのようなジャケットを企画したのではないかと思っています。

ご覧の通り、謎めいた絵です。黒一色で、うつむいた小さな頭に長い手足を屈折させて座り込んでいる。手の先には何か鍵のように伸びた指のようなものがある。カフカが思うままに描いたのでしょうが、なんだか一晩で虫に変貌した『変身』のグレーゴル・ザムザを思い起こさせます。不気味さとグロテスクさと悲哀が入り混じったような奇妙な絵です。死の向こうから見つめている何かを、あるいは本来の自分自身へ回帰させようとする何ものかを表現しようとしているのでしょうか。アファナシエフは明らかにシューベルトにも潜むそのような世界を表現しようとしています。それが特に現れているのが前述した二〇番のアンダンティーノです。またこのCDには シューベルト晩年のピアノソナタ三部作として、一九番と二一番も収められていますが、一九番の最終楽章アレグロのグロテスクなトーテンタンツのような表現、そしてアファナシエフがこのCDで最も力を注いだ二一番のモルトモデラートにも普通われわれが親しんだシューベルトの演奏とは違う試みがなされているのです。不気味さとグロテスクと悲哀は、しかし決してある諦念に達しようとしているのではなく、シューベルトの音楽の本質である、冷たく澄んだ透明さをもたらそうとしています。CDジャケットのカフカの絵にも、新たなシューベルトの探求に乗り出したアファナシエフの演奏と同様の何かが表現されているように思えたのです。

フランツ・カフカは、一八八三年、当時のオーストリア・ハンガリー帝国内にあったプラハでユダヤ人の両親のもとに生まれました。プラハ大学で法律を学び、卒業後は「労働者傷害保険協会」という半官半民の団体に就職し、地味な生活を送っていきます。しかし彼はそこで官僚体制につきものの、職員たちの虚しい喜怒哀楽に直面するとともに、比較的自由が得られたことから作家活動にも精を出します。生前に出版された中で最も評判をとったのは中編『変身』でした。主人公グレーゴル・ザムザがある朝起きてみると自分が巨大な虫に変身している。家族の名誉と生活の糧を一身に担っていた主人公は、虫に変身しながらも家族の将来を心配します。しかし自分が虫に変身したことが評判となって家族が惨めな思いをすることにも悩みます。ここのところの家族の描写はやがて『城』の中の消防士一家の悲劇にも活かされていきます。生前はしかしカフカの重要な長編小説、『審判』、『アメリカ』、『城』などは未完のまま出版されませんでした。そして未完の小説を残しながら四〇歳で、結核で亡くなっています。『魔の山』の解説で紹介しましたが、著者トーマス・マンは、最後に主人公ハンス・カストルプがシューベルトの菩提樹を聞き入る場面で、若くしてこの世を去ったシューベルトは英雄であったと述べています。そして、やはり若くして亡くなったカフカにも私はシューベルトと同じような意味での英雄を見出せるのではないかと思っています。私は彼の作品のなかでは『アメリカ』が好きです。しかし、『城』にはおそらく、小説というジャンルで人類がたどり着いた最も深い成果が潜んでいるように思われます。それをどこまで明らかにしていけるのか。しかし私としてはどうしても書いておきたい。城とは、そしてカフカとは何者なのか。どこまで書けるのかわかりませんが、数回にわたって書いてみたいと思っています。

カフカの『城』を読書体験するにあたって注意すべきことは、この小説を書くにあたって、彼はある意図的な主題を構想して書き始めたのではないということです。はじめにイメージありき。カフカには書きたいイメージが浮かんできたら、そのための主人公を設定して、後はイメージが広がるままに書いていくという特性があります。書いていくままにイメージを深めていく。そういう根っからの小説家としての素質が彼にはあったと言えます。もちろん読者の側は、そこに様々な解釈を施していくわけですが、決して一筋縄ではいかない多様な世界を我々の前に展開してくれる。この長編小説は人間社会の不条理や、あるいはそれゆえの人間本来の実存のあり方を表している、さらには神の恩寵を表現しているなど、今までも様々な解釈が施されてきたようです。しかし、優れた小説には、言葉を超えたイメージの世界がどこまでも広がっています。読者として体感できるイメージの世界を見失うことなく、この作品に対する思索を深めていく必要があります。

この小説を私は原田義人訳の角川文庫本で学生時代から何度も読んできています。昔の細かい字で、それも紙は黄色くなって文字は見えにくくなってしまいました。線を引いたり、書き込みをしたり、あるいは重要と思われる箇所をノートに書き写したりして、何度もこの小説に戻っています。そして読むたびにこの未完の長編小説の、強固に構築された世界に不思議な感動を覚えてしまいます。

今回は、新しい池内紀訳（白水ブックス）も参照しながら、『城』の世界を辿っていきたいと思います。

まず、冒頭の表現からして重く圧倒的です。

Kが到着したのは、晩遅くであった。村は深い雪の中に横たわっていた。城の山は全然見えず、霧と闇とが山を取り巻いていて、大きな城のありかを示すほんの微かな光さえも射していなかった。Kは長いあいだ、国道から村へ通じる木橋の上にたたずみ、うつろに見える高みを見上げていた。

(『城』原田義人訳、角川文庫)

Kはどこからたどり着いたのか。カフカはKの過去について多くを語ってはいません。どこか遠くの故郷から、妻と子供を残して歩いてきたようです。ボロのような衣服に杖を持って。しかし強い意志と屈強な身体に自信を持った、まだ働き盛りの年齢を思わせます。その彼が、ある夜、村にたどり着き霧と闇の中を、じっと城の方角を見上げているのです。これはもう「まれびと」の姿そのものです。

まれびととは民俗学者の折口信夫が唱えた言葉です。ある集団的な地域に外部から旅人としてやってくる人格で、集団にとってはある意味で神のように敬う対象でもあったと言います。Kはまさしくまれびとのように城の村にたどり着きます。まれびとの出現は、ある集団に属したものが別の集団をたまたま訪れるというよりも、ある特別の個的な人格がある集団に侵入していくといったような関係です。ですから彼がどのような生い立ちでどのような集団や家族に属していたかということは本質的な事柄ではないのです。過去は伏したまま、ある特別な人格が突如としてある村に現れます。これがまれびとの現れ方です。ですからKの過去はどうでもいい。暗闇の中をじっと城の方角を見つめる姿が、まずKの多くを物語っています。Kは測量士として城のあるじである伯爵から村の事業のために招聘されたことになっています。何ゆえに遥か遠くのKに？

どのようにしてKに依頼が伝わったのか。たどり着いた宿でKは自ら、招かれた測量士であること、そして機材を携えた彼の助手たちが車で明日やってくることを告げます。しかし、その後実際に現れる助手たちは、城が派遣してくる助手であってKの助手ではない。それどころか明日やってくるというKの助手がどうなったのかについてカフカは一切触れていない。Kも全く気にしていない。そもそも測量士であることに何の意味もない。Kによれば、彼は、はるばる遠くの故郷から、辛く長い旅路を経てこの村にたどり着いたのです。そのことに意味がある。遥か彼方から彼はこの村に突如として侵入したのです。そのことが城の村にとっても様々な対応を強いられることになるのでした。

折口信夫のまれびとと関連した造語に貴種流離譚という言葉があります。高貴な生まれの、優れた人格が一人故郷を離れて異境をさまよい、様々な試練を経て成長すると同時に、訪れた土地の人々の生活に影響を与えるという、世界中に普遍的に見られる一種の昔話のパタンです。折口は、須磨に流された源氏にもそのような貴種流離の傾向が見られるといいます。源氏はそこでも女性遍歴を重ねていきます。

Kの場合も、村に到着してからの数日間で様々な女性と出会います。橋亭の巨大なおかみ、クラムという城の高級官僚に見初められた紳士荘の女給フリーダ、下っ端の女給ペーピー、「城の女」であったブルンスウィックの妻。そして悲劇の消防士一家のオルガとアマーリアの姉妹など。彼女らはこの物語で男性の登場人物以上に重要な役目を与えられています。彼女たちは、なぜかKの中に、貧しい測量士という仮面をかぶった貴種、城と立ち向かおうとする人格的な意思を見出すのです。

一方、Kは彼女らとの運命的な出会いを通じて村や城について様々なことを学びます。今まで理性的かつ道徳的な思考で問題を片付けることができると信じてきたKですが、それだけでは対処しきれない村のしがらみや掟を体感していくことになります。K自身が人格的に完璧な存在ではない。まだまだ肉感的な欲求にさらされる矛盾に満ちた存在です。K自身もある程度それを自覚しています。それでも、彼女たちは彼の中に未来に向かって何かを追い求めていく意思と誠実さを認めます。

Kはクラムの愛人であったフリーダを婚約者とします。二人は愛し合い、彼はこの村に落ち着くために小学校の小使の地位を得ます。彼が教室の一部を利用してフリーダと生活し始めた時のことです。女教師ギーザは教室を散らかした二人の対応が気に入らず、フリーダが机に広げたテーブルクロスに用意した食器類を粉々にすると同時に、飼い猫の爪でKの手を引っ掻きます。

手は血がにじんでみみず腫れになります。しかしKはこうした屈辱を堪えます。

こうしたこと（教師たちのKに対する不当な扱い。）は一連のたえず起こる生活の苦しみの一つであって、我慢できる以上に我慢するとしよう。さほど辛いことではないのだ。小さな山や谷の連なりは人生につきものであって、Kがめざしていることに比べれば何でもない。名誉と平穏につつまれた人生を送るために当地へ来たわけではないのである。

（主に『城』池内紀訳、白水ブックス）

Kは、フリーダとの愛に、この村での安住の生活を見出そうとすると同時に、一方で、名誉と平穏につつまれた人生を送るためにこの村に来たのではない、とはっきり言っています。といってK自身も、ではそれ以外のどのような目的を持って人生を送りたいのかは明らかではない。最初この村に着いたときの宿屋での混乱がなかったら、自分は測量士としてこの村で平穏に暮らせたかもしれない、あるいはこの村にはこだわらず、この村を早々と通り過ぎていたかもしれないと、矛盾したような言い方もしています。彼のフリーダに対する評価も場面の変化に即応して刻々と変わっていきます。フリーダが教師たちの不当な振る舞いに嘆き悲しむのを見たKは、彼女をいたわろうと思います。しかしその理由は、「彼女は名誉心を持っているが、自分は持っていない。彼女は神経質だが自分はそうではない。彼女は目の前の小さないやらしいことばかり考えているが、自分はバルナバスと未来のことを考えているのだ」（原田義人訳、以下同様）と考えてのことでした。バルナバスについてはまた後で説明しますが、不幸な消防士一家の長男で、彼の姉と妹がオルガとアマーリアなのです。一方Kは紳士荘の女中、ペーピーに対しては、のちにフリーダを次のように高く評価するのでした。

フリーダの落ち着き、フリーダのテキパキとしていることによるならば、（自分Kは、）優しく、また目立つこともなく手に入れることのできるようなものを、泣いたり、引っ搔いたり、引っ張ったりして手に入れようとして、あまりにもひどく、あまりにも騒がしく、あまりにも子供っぽく、あまりにも無経験に骨折って来たみたいだ。

ここでは逆に自分とフリーダの評価を逆転させているのです。このようなKの揺れ動く評価は、どこから来ているのでしょうか。それは彼が彼に迫ってくる様々な状況を、彼が意図しているかどうかには関わらず、彼の五感全体で受け止めようとしているからです。現在の自己を保全するために頭脳で固定的に理解するというよりも、眼、鼻、耳、舌、膚といった人間の感覚器官をフルに動員することによって分かるような領域に常に身をさらしているからでした。つまり彼はその場の状況をあるがままに受容することによって先へ進むことができる人格の持ち主でした。抜け殻のようなフリーダも生き生きとしたフリーダも両方とも理解できる。それでも二人はお互い優れた人格を持つものとして出会うべくして出会いそして別れていくのでした。
紳士荘の女給ペーピーはKに言います。

フリーダは、痩せた女の子で、短い、毛の少ない髪をしており、その上気心の知れぬ女で、いつも何かしら秘密を持っている。あの人が髪をといているのを見れば、同情のあまり手を打ち合わせてしまうであろう。彼女は多くの晩に身体をペーピーに押し付け、ペーピーの豊かな髪を自分の顔のまわりに置きながら、そのことを泣いたものだった。ところがあの人が勤めにつくとなると、あらゆる疑いは消えてしまい、あの人は自分が一番美しい女だと思い、それをうまいやり方で、誰にでも吹き込んでしまうことを心得ているのだ。

これに対してKは答えます。

フリーダの人となりを知れば、これを生み出すのに誰かが加わっているとわかるはずだ。きみやわたしや、村の衆よりも大きな人だね。

これは重要な発言です。城の官僚クラムがフリーダを高めた。これはどういうことなのか。これから城と対峙しようとするKが、ある意味で城と城に居住する高級官僚の存在を受容していることにもなるのです。そして、村の他の人々と同様に、自分は一介の普通の労働者として落ち着くことで初めて城に近づくことができるとまで言っています。

このフリーダともう一人、消防士の娘アマーリアの存在が、それぞれこの小説の大きな中核を形成していると言っていいかもしれません。アマーリアの姉、オルガは、Kにフリーダとアマーリアは似たような存在だと言います。Kは、この時点では断固としてそれに反対しますが、もしこの未完の小説がもう少し続いていたら、Kはフリーダ、アマーリアそして今はブルンスウィックの妻である「城の女」に何か共通のものを見出していたかもしれません。

アマーリアについて述べるためには、彼女が原因の一端をなした消防士の一家の悲劇を紹介しなければなりません。彼女の姉オルガの語る悲しい物語は、この小説の一つの頂点をなしています。

（二〇一五年八月一五日）

フランツ・カフカの城（その二）

事件は村の消防組合の祭りが行われた時に始まりました。普段はそんなに目立たなかったアマーリアが、この日は特別に着飾って、見違えるほど美しくなっていたのでした。祭りには城の役人ソルティーニも参加していました。アマーリアたちの父は腕のいい消防士でしたが、城の役人に見守られているという期待で、いつも以上に消防演習に力を入れたのでした。そんな中、アマーリアに視線がたどり着いたソルティーニは彼女の美しい姿に釘付けになります。そして祭りの後にアマーリアに手紙をよこしたのでした。手紙の具体的な内容は不明ですが、オルガが聞いたこともないような下品な言葉で綴られていました。自分はお前に気が取られてどうしようもない、すぐに紳士荘の自分のところに来い、というような強い命令調のようなものでした。アマーリアはアッと叫ぶと手紙を引き破って、持ってきた彼の使者に突き返します。しかし、村の人々にとっては、アマーリアを侮辱したような手紙の内容はともかく、城の役人からの申し出をそのままつきかえすというような行為は、あってはならないことでした。

問題はそこからの経緯です。アマーリアの決然とした行為にたいして、両親や兄姉たち家族のものは誰も何も言えなかったということです。誰も彼女の行為を反対も賛成もできなかった。ただただアマーリアの決然とした行為を暗黙のうちに認めるしかなかったのです。普通であれば父親が、そして母親が、まあお前が侮辱を受けたのはともかく、城の高官なんだから、我々と一緒に謝りに行こう、そうすれば城からの何らかの処分など少しの痛手はあったにしても、また元の生活に戻れるだろうと、彼女を説得したことでしょう。しかし家族は一切そういうことをしなかったのです。ただただ沈黙を守るアマーリアをそっとしておくだけでした。どういうわけかアマーリアの一挙手一投足が彼ら家族にとってもすべてだったのです。

ここまで来て、このアマーリアをとりまく家族の理解しがたい運命に読者は戸惑います。そしてそれはこの家族を遠巻きに見つめる村の人々の疑問でもありました。村の人々とて、アマーリアの家族は、そのうち城の役人に謝罪して丸く収まるだろう、あるいはそういう行為はなくとも、彼女の家族は、それはもう過去のこととして蓋をしてしまい、我々近所のものと以前の付き合いを再開するだろうと思っていました。そうすれば我々も過去のことはもう問わないし、優秀な靴の職人であった彼女たちの父に再び靴の修理や製作を頼み、また以前の付き合いを取り戻したいと思っていたのでした。ところがアマーリアは沈黙を守り続け、家族も何の手も打たないまま、村の人々の付き合いから離れていったのです。オルガはKに話を続けます。

村の人々も、彼女たちの家族を今までとは違った目で見るようになりました。彼女たちが道を歩いていると、そっと隠れるかうつむいて通り過ぎるようになります。靴の注文も途絶え、父は消防組合からも免職されます。やがて靴製作の道具や大きな家具どころか家までも弟子のブルンスウィックに持って行かれ、狭い小屋で貧しい生活を強いられていくことになります。そして、アマーリアの家族があの手紙の事件から抜け出る力のないことに村の人々は徐々に気付き始め、家族はあたかも村八分のような状況に追い落とされていくのでした。

しかしながら、とうとう両親、オルガとバルナバスは、もはや、このままじっと我慢の生活を続けていくしかないアマーリアの無言の命令に耐えられなくなります。そして、ひっそりと様々な手立てを講じていくことになるのです。それが遅まきながらの「嘆願廻り」でした。村長や弁護士、城の書記たちのところに意味のない嘆願廻りが始まったのです。

アマーリアは彼らの無駄な試みを知っていましたが、なすがままにさせておきます。役所などからすると、いったい何を許してやれば良いのだということになり、ますます彼らの試みは惨めになっていきます。両親はとうとう疲労困憊で精神までもがおかしくなっていきます。両親は役人が通るであろう馬車道に雨の日も雪の日も座り込んで、役人に出会ったらそこで嘆願することを日課とする以外に何も生きていくすべを見出せなくなります。オルガはKに話します。

どんなにしばしばわたしたちは、両親があそこにくずおれてしまって、自分たちの狭い居場所に互いにもたれ合い、自分たちの身体をほとんど包んでくれない薄い毛布をかけてうずくまっているのを見たことでしょう。まわりにはただ灰色の雪と霧のほかは何もなく、見渡す限り、そして何日も、人間一人、車一台通らないのです。なんという光景でしょう、K、なんという光景でしょう！

やがて母親はベッドを離れられなくなり、アマーリアは冷静に母の看護を引き受けます。その間に、オルガは紳士荘で夜、城の役人の召し使いたちの面倒を、自らを犠牲にしてまでも引き受けることで、城からの役立つ情報を得ようとします。そして弟のバルナバスをなんとか城で働かせることに成功しました。しかしバルナバスは仕事をもらえないまま城の下級の役所で待機する日々が続きます。ところがようやくクラムからKへの手紙を届けるという任務を得たのでした。このことがアマーリアの家族とKが接点を持つきっかけとなるのです。クラムからの手紙は測量士として雇ったKをないがしろにすることなく見守っているというだけの簡単なものでした。Kはこれからこの意味深長な手紙の背後を探っていくことになりますが、それ以上に今までのオルガの話に深い感銘を受けます。Kは、話を聞いている最初のうちは、城の役人の理不尽な態度に憤慨し、それに対してオルガたちはすぐさま当然の訴えをすべきだったと主張します。ところが話をだんだん聞いているうちにKは今まで自分が経験したことがないような世界を目の当たりにして驚くのでした。そのことをカフカは次のように述べています。

オルガの話を聞いているうちに、彼にはあまりに大きな、ほとんど信じがたい世界が開けてきたので、Kは自分の小さな体験でその世界にふれ、その世界の存在と自分の存在とを一層はっきりと確認したいという気持ちを捨て去ることはできなかった。

（『城』原田義人訳、角川文庫）

また、池内紀訳では次のように訳されています。

オルガの話を聞いているうちに、大きな、ほとんど信じられない世界が開けてきて、Kは自分の小さな経験をさしはさまないではいられなかった。その世界があること、ついては自分もそこにいることを、我とわが身に納得させたかったからである。

（『城』池内紀訳、白水ブックス）

これらの文章はとても重要なところです。Kをして言わしめた、あまりにも大きな、ほとんど信じがたい世界とは何なのか。自分の今までの体験はそれに比べれば小さいと言わしめたものは何なのか。ここのところが、曲がりなりにもカフカが意図したこの小説の大きな主題といえば主題なのです。

悲劇のきっかけは、アマーリアに一目惚れした城の役人だとしても、悲劇を決定づけたのはアマーリアの態度でした。オルガによると、彼女の妹アマーリアは、手紙を使者に突き返した時点でもうすべては決まってしまったとはっきり自覚しているということでした。それは、もはやジタバタしても仕方がないといった諦念の気分ではない。むしろアマーリアの態度は事件が起こった後にも何ものをも恐れずそれらを静かに見守るようなものでした。アマーリアの態度を認めながらも、逆にジタバタし始めたのは、オルガやバルナバスの方でした。

オルガは、アマーリアは城の役人を愛したかもしれないと言います。しかしあの不躾で淫らな手紙を使者の前で破った彼女の行為は正しかったし、今に至るアマーリアの沈黙も正しい。オルガは断言します。

アマーリアはすべてがもう決定済みであることを知っていた。わたしたちはささやきあったけど、彼女はただ沈黙した。真実とまっすぐ向かい合って生きていた。その生き方にあのころも、そしていまも耐えている。

（原田訳、以下同様）

フリーダがやったことをアマーリアは拒否した。フリーダもアマーリアも城の役人に対する態度という意味では同じだ。二人とも私たちが城の役人に対するようなやり方とは違う。どこが違うのか。彼女たちは城に対立することも、城に飲み込まれることもない。むしろ城の一部あるいは城の女と言ってもいいのかもしれない。それに対して私たちは城に押さえつけられている、城に操られている、それでも城なしには生きていくことができない。哀れかもしれないがそれが我々普通の人間の生き方なんだ。しかしフリーダやアマーリアは違う。オルガは、そんなことをKに伝えたかったのかもしれません。オルガは自分では自覚しないままに、城の役人や村の人々が複雑に絡み合いながら、あたかも城そのものがすべてを統括しているような村の生活をKの前に広げて見せようとしたのでした。

アマーリアの決然とした態度が謎でもあり、印象的ですが、一方でオルガが、バルナバスが城の役人に取り入れられた喜びのあまりアマーリアを強く抱きしめた時、アマーリアは痛いと言って泣き出さんばかりになります。こういう末娘の一面を示しながらもアマーリアは一家の長でもあるかのような存在となっていくのです。遠くに視点を固定したまま、無表情にKに語りかけるアマーリア、家族が絶対の信頼を寄せるアマーリア、それは自分自身の中にすべてを見出しているがゆえに、周囲に対しても自足しているような存在のようでもありました。カフカは書いています。

彼女の眼差しはいつものように冷たく澄んでいて動かなかった。その眼差しは彼女が眺めているものを通り過ぎて遠くのほうへ行っているのだった。その原因となっているのは、気の弱さとか、当惑とか、嘘偽りと言ったものではなく、他のあらゆる感情を凌ぐような孤独を求めるたえることのない欲求であるらしかった。Kはそういえば思い当たるような気がしたが、彼がここにきた最初の晩にも、このまなざしが彼の心を捉え、そればかりかこの一家がたちまち彼の心に与えたいとわしい印象の全ては、このまなざしからきているのだった。しかしそのまなざしは、それ自体としては厭わしいものではなくて。誇らかで、その心を打ち明けようとしない点で正直なものであった。

アマーリアとその家族の運命をKが読み取る場面として重要な述懐です。そのような妹アマーリアをKに語るオルガという存在。これもカフカが創造した人格です。オルガの立ち姿を表現する箇所がどこかにありました。少しうつむきかげんに背を曲げて両腕を前に垂らした姿もオルガのイメージをよく表しています。Kがオルガと二人きりになると、オルガは「本当に幸福に思っているように見えた。だがそれは静かな幸福であり、嫉妬に曇らせたものではなかった。」そしてKは、「オルガの人の心をそそるようでも威圧的でもなく、内気そうに安らい、いつまでも内気そうにしている青い目を心楽しく」見つめるのでした。

このようにカフカの人物描写はいつも鮮烈です。「部屋をほとんど暗くしてしまうほどの巨人のような」橋亭の女将、顔中シワだらけのソルティーニの不気味な顔、それからブルンスウィックの妻。彼女は「薄暗い大きな部屋にうっすらと日が差し込むなか、肘掛け椅子に死んだように身体を横たえ、抱いた子供を少しも見ようとしないで、漠然と空を眺めて」います。Kはすばやく身を翻し、この、美しい悲しげな女の前に立ちます。「疲れた青い目で女はKを見つめた。絹の透明な頭巾が額の真ん中まで垂れ下がり、乳飲み子が胸のなかで眠っていた。」

Kは尋ねます。「『君は誰です？』『城の女ですわ』」自ら「城の女」と語るブルンスウィックの妻は、この小説が未完に終わらなかったら、その後Kとの新たな展開が予想される存在でした。

また、Kと別れて紳士荘に戻った後もKを廊下で見つけて平然とKの腕を組んで廊下を歩くフリーダの気丈夫な姿、そしてKに「人間の疲労」について説明した子供のような顔の役人ビュルガー、彼が彼のもとに陳情の書類が届かないとふてくされてベットの上でくるっと寝返る姿も印象的です。さらに、紳士荘の、幾つも折り重なるように連なる天井が低く狭い部屋などの様々な空間の描写も我々読者の心に深く焼きついてしまいます。

これらの誇張された表現は、決して読者をシュールの世界へ導いていこうとするものではなく、読者に現実以上に現実的な世界を印象づけるものです。私たちは、カフカが展開する様々なイメージのなかで城が村人にもたらす驚異の世界へと連れていかされます。城は単に国家とか官僚組織とかに巣くう権力を象徴しているのではありません。人間社会に潜む、あるいは生命あるものに潜む様々な権力の絡み合いを象徴しています。権力は官僚たちの独占物ではないのです。社会的な動物である人間一人一人の心のなかに権力の網の目は浸透しています。私たち一人一人がそれとは知らずに様々な権力を行使しているのです。ですからアマーリアのとった態度は、自分自身にとっては、そこで生きるしかない真実に身を置いた一つの権力のあり方なのでした。それは澄み切った嘘偽りのないあり方でありながらも虚ろな表情となって現れざるを得ない。実は主人公であるK自身の表情もある意味で虚ろなのです。カフカはどこにもKの顔について説明をしていません。Kの顔はしっかりとした輪郭はあるが、中は透明でのっぺらぼうかもしれません。周囲の様々な情景がKの顔の輪郭を通り抜けていくかのようです。アマーリアは生まれながらに薬草による手当の仕方を知っていました。Kも自分にそういう才能があることを語っています。そうするとオルガが語るようにアマーリアとフリーダが似ているというよりも、また違った意味でアマーリアとKが似ているのかもしれません。二人とも自分の身体と感覚でもって言葉以上のものの力を見通せる能力があったようです。

今まで見てきたように、この小説では、アマーリア、オルガ、フリーダの人格描写を深く味合うことができれば、そこから城そのもののイメージも読者に迫ってくるように仕組まれているのです。そのなかで登場人物たちが期待を持って寄ってくるK自身はいまだ自分の透明な顔を吹き抜ける風景に漂っています。ある意味でこれは「まれびと」であることの宿命なのかもしれません。

カフカは自分の心の底に潜むどうしようもない欲求やイメージを言葉によって丸め込むことで解決しようとするのではなく、その矛盾や悩みをありのままにとことんまで追求しようとしました。Kの悩みはカフカ自身の悩みでもありました。すなわちKは、「城の何ものかに到達するためには、できるだけ城の高官たちから遠ざかって村の労働者として働かなければならない。」「しかし働くものであろうとすると、それになれるのだが、そうすればまたひどく深刻な話で、他のものになる見込みは全くないのだ」と考えます。Kは、労働者の最下層の姿としては馬車を引くゲルステッカーの「腰のかがんだ、いわば虐待されている姿」を思い出します。自分はそこまで落ちぶれることはできるのか。そこまで行って初めて城に到達できるのだろうか。いや、自分には城と立ち向かえる別の可能性があるはずだ。このような煩悶はずっと続きます。

Kはクラムに会って話をしてこの村での自分の立場を確認するとともに、クラムを越えてもっと城の奥へ、上層部へたどり着こうとします。そこで彼は紳士荘に滞在していたクラムを夜の中庭で待ち伏せします。しかし彼はクラムが出てくるのを待つ間にも、万が一クラムに会うとなると、ひどくまずいことになるかもしれないと思うようになります。「こうした懸念が、自分が下級の労働者であるという、恐れていた結果をはっきり示しているのだ。ここではそれに打ち勝つことができないのだ」とK自身がはっきりと自覚するのでした。この、夜の中庭で展開する城の役人とKの権力意識のせめぎ合い、これもこの小説の大きな見どころです。待ち伏せしているKの前に一人の紳士が出てきます。しかしそれがクラムでなかったことにKはホッとするのです。この時点でKは自分の敗北を意識します。もう一切が終わってしまったと。電灯がすべて消えて、一人中庭に取り残されたKは、戦いが終わって「自分との一切のつながりがたち消えたという自由、もはや誰も自分を邪魔することはないという自由、しかしそれは同時に、こうやって誰からも傷つけられないで待っているということ、それくらい無意味で絶望的なことはないようにも思われる」のでした。
カフカの短編に、『あるアカデミーへの報告』という、アフリカで捕獲された猿がドイツの見世物小屋に連れて行かれ、そこで見た人間を猿の立場から評価する話があります。猿は話します。

人間たちのもとでは誰もがあまりにもしばしば、自由ということで勘違いをしています。そして自由が最も崇高な感情（あらゆる方向に開かれた自由という、あの大いなる感情）の一つに数えられているのと同様に、それに対する錯覚もまた、最も崇高な感情の一つに数えられてしまっているのです。
そうなのです、猿である私は自由を要したのではありません。ただ出口が一つ欲しかったのです。

（『カフカセレクションⅢ』所収、浅井健二郎訳、ちくま文庫）

社会的動物として生きる人間の矛盾がここでは、「人間が標榜する自由」を手玉にとって表現されています。本来、生命あるものは出口に向かって、あるいは出口を求めて存在している。出口は障害や制約のある壁の存在を前提としています。ところが人間どもは、障害や制約のない「自由」な世界に憧れる。自由だ、自由だと喜び叫ぶ、自由ではないと怒り叫ぶ、しかしそれで出口はあらゆる方向に存在するのだろうか。出口がありすぎて出口ではなくなっている。自由の謳歌、それこそ出口のなさではないのか。

このような猿の人間社会に対する疑問を、私たちはこの『城』においてもよく考えてみる必要があります。そうすると、私たちの人間社会が、どれほど言葉という観念、あるいは「自由」という言葉のように、それ自体が権力になった言葉に翻弄されているのかが見えてきます。巷には、自由、平等、民主主義といった言葉が溢れています。それらの言葉は多くは、自由ではない、抑圧されている、不平等である、民主的ではない、強権的だ、といった言葉や事実のアンチテーゼとして叫ばれます。しかし私たちはそうした叫びやそうした言葉をスローガンとして戦う運動や組織を単純に許容して生活しているわけではありません。様々な反体制運動や慈善活動の言辞、あるいは著名文化人や学者たちの社会的な言動、さらにはそこで発せられる言葉の主体を私たちは目、耳など言葉以外の感覚によっても受け止めようとします。そこから真実を見分けようとするのです。しかしそのような行為自体が再び言葉によって評価されることにもなります。こうして私たちは誰もが言葉という権力の絡み合いに飲み込まれていきます。それでも真実はあります。このような社会運動、慈善活動はこれ見よがしの行為ではないのかといった具合に、発せられた言葉の中身に、話し方に、身振りに、私たちは、これは偽物ではないのかと直感的にわかるような能力は失ってはいないのです。

『城』でもカフカはブルンスウィックにそのような偽善的人格を当てています。彼は村会で測量技師の招聘を求めた張本人でした。そのブルンスウィックをカフカは、愚かさと名誉心ゆえに活動的な男として描いています。この男は役所と色々な個人的なつながりを持っているが、それも彼の愚かさからきていると評しています。声を張り上げて、目立つように活動する反体制運動家や慈善運動家、街頭演説をする政治家などを私たちはいつも目にします。それらが行為の目的としては正しい場合があるとしても、なぜかしっくりこないものを感じ取ることは少なくありません。しかし、だからと言って、そのような活動が無意味だというのではありません。私たちは誰でもなんらかの活動を強いられる可能性のある世の中に生きているからです。カフカとて、半官半民の官僚的な職場で偽善的な活動の虚しさを嫌というほど味わって、そのような組織に、なんらかの活動で立ち向かおうとしたことがあったかもしれません。一般には、カフカは組織に気に入られた優秀な職員という評価があるようですが、そんなことはない。それは表面上のことでしょう。また彼はユダヤ人として、シオニズム運動に対してもあるきっかけが彼に与えられたならば、その活動に積極的に参加しなければならないだろうと思っていたかもしれません。そこに活動そのものに潜む様々な矛盾が伴おうとも、人々は真実と虚偽の入り混じった、何らかの活動を通じて社会の中で存在しているのです。

様々な活動をこれ見よがしではなく自分に忠実に成し遂げること、これには大変困難な作業を伴います。名誉欲、表現欲、自己顕示欲といった、言葉を伴う権力の構図は、社会的な動物である我々人間の心の中には誰にでも存在しているからです。それが顕現しあって絡み合うのが我々人間の社会です。人々は社会にとって、両親にとって、あるいは家族にとって何者かであることで安心を得ようとします。だが、カフカはこの小説で、社会にとって何者でもない強さを持つ人格、それゆえに自分に忠実である人格として、アマーリアを創造することができたのでした。

人間社会のあり方として、国家や民主主義という強力な枠組みが今なお続いています。その向こうにあるものは何なのか。権力という構図は社会的動物として我々の心の中にある。それを自己に忠実であることによって理解しない限り、国家や民主主義の向こうにあるかもしれない私たちの未来はない。カフカの『城』はいつもそのようなことを思い出させます。

「城」はKがゲルステッカーに誘われて彼の母親に対面するところで未完に終わっています。ゲルステッカーや彼の母親はKに何を期待するのか。「城の女」にKはいつ会って話ができるのか。まだまだこれから展開しなければならない重要な場面は残されたままです。ではカフカはこの小説にどういう結末を思い描いていたのでしょうか。

（二〇一五年九月八日）

フランツ・カフカの城（その三）

未完に終わったこの小説の最後は、原田義人訳では、橋亭のおかみが明日また新しい服が手に入るので、Ｋにまた来て欲しい旨を告げるところで終わっています。ところが池内紀訳では、その後、馬車引きのゲルステッカーがＫを自宅に連れて行き、母親と面会する場面まで未完の場面が伸びています。カフカの遺稿が整理されて、新たな原稿が出てきているのかもしれません。Ｋは最後は死んでしまうというメモも残っているという話もあります。

私は、Ｋは、「まれびと」として、この村を去ることはあっても、死ぬことはないと思います。またはるばると別の村にまれびととしてたどりつくのでしょう。そして再び、以前の「城」と同じような場面に遭遇するのかもしれません。

新しい知り合いのできるごとに疲労は強まっていく。城から遠ざかるわけでもないのに近づきもしなかった。どこまでいっても終わろうとしないこの村の長さに彼は驚いてもいた。

（原田義人訳）

カフカは、Kがこの村に来たばかりの時の印象をこう表現しています。Kがたどり着く別の村でも繰り替えされるであろう、そのような堂々巡りを前提とすれば、この小説が未完のまま残されたことは不自然ではないようにも思われます。しかしながら堂々巡りという意味は、いつまでたっても知るべき事項や問題が解決しないという風に捉えるべきではありません。論理的には、あるいは言葉でもっては解決しないのかもしれません。だが、この堂々巡りは、言葉を乗り越えた先に、イメージとしてある事項や関係が納得できるというような意味での堂々巡りでもあるのです。

確かにまだまだ展開されるであろう筋書きには興味がつきません。まず、ゲルステッカーの母親はKに何を話すのか。Kに会いたいという「城の女」はKによって復活するのだろうか。バルナバスは、城からKに関する新たな手がかりを得ることができるのか。Kはペーピーの狭い部屋で冬を過ごすのかどうか。橋亭のおかみは次に何をKに要求するのか。まだまだ話題には事欠きません。しかし、私はこの小説は未完であっても、そこですべてが語り尽くされていると思います。Kがフリーダやオルガ、アマーリアと出会うことによって体感できた世界がこの小説のすべてです。ですからゲルステッカーや「城の女」がこの小説を引き伸ばしていったとしても、城の基本的な姿は変わりようがないのです。カフカ自身は、アマーリアがKに、ブルンスウィックが城から「城の女」を妻として獲得した経緯を匂わしていることからも、Kと「城の女」の展開を重要視してこの小説を続けようと思っていたことでしょう。そうすると城を支えるアマーリアとフリーダの強固な構図が多方面に分散して、小説としての統一感にかけてくる恐れがあります。「城の女」は、Kが最初に出会った時の神秘的な美しさを漂わせながらも、力のない消え失せるような姿のままで終わってしまって良かったような気がします。

それでも「城の女」以上にカフカが展開させたいとこだわった場面は、Kとゲルステッカーとの関係であったと思われます。池内紀訳の最後では、ゲルステッカーがKに言います。

「心配するな。自分のところに必要なものは揃っている。学校の小遣いはやめて自分のところに来るように」と。それに対してKは答えます。

「どうして連れて行きたいのかお見通しだ。おまえのため、わたしがエルランガーに何かやってのけそうだと、見当をつけたのだろう」と。

Kが城の役人エルランガーに呼び出されたのを見て、ゲルステッカーが城からの利便を得るためにKを利用しようとしているとKは考えます。しかし、カフカがわざわざここでゲルステッカーを登場させたのは、そんなKの思い込みを超えてゲスルテッカーの世界にKをもっと深く立ち入らせようとしたからに他なりません。ゲルステッカーの家でKは彼の母親と対面します。ここでまたおそらくKは、アマーリアの家で経験したような、新たな世界の広がりを経験するのかもしれません。どんな世界なのか。前回引用したKの言葉を思い出してください。Kは考えます。

城の何ものかに到達するためには、できるだけ城の高官たちから遠ざかって村の労働者として働かなければならない。

しかし働くものであろうとすると、それになれるのだが、そうすればまたひどく深刻な話で、他のものになる見込みは全くないのだ。

（原田義人訳、以下同様）

城にとって最下層の労働者となることによって城の何ものかに到達できるのだろうが、自分はそこまで今の自分の身を置くことができるのだろうか。ゲルステッカーのような身に。一体ゲルステッカーにとって城とはなんなのだろう。城の高官たちに押さえつけられ、彼らに日々隷属している彼の生活は一体どういう意味を持つのだろうか。城の高官もゲルステッカーもそんなことをいちいち考えてはいまい。自分はそんな彼に対する優越感を常に抱いている。彼よりも洗練された感覚と多くの知識を持っている。彼のように城の官僚たちのいいなりになることはない。彼らの権力に対しては自分自身の意思と力で対抗することができる。Kは幼いころ、普段は誰も登れなかった塀をよじ登ることができたときの達成感を思い出します。そして「この勝利の感情は長い生涯の間、彼に一つの拠り所を与えてくれた」、今でもそのときの達成感は自分が自立して生きていることへの大きな励みになっていると考えるのです。この自立の精神、自分の意思と自分の力でここまで成し遂げたのだという自覚と自信、それこそ自分が自分に覆いかぶさる権力と立ち向かっていける力、対抗できる権力なのだと。だがゲルステッカーには何があるのだ。ゲルステッカーにどういう力が隠されているのだ。そんなものがあるのか。

このようにKがゲルステッカーを安易に批判する場面は、この小説がもっと先まで続いていたとすると、明らかにゲルステッカーのKに対する強烈なしっぺ返しがあることを予感させます。それも言葉だけではない、ゲルステッカーの表情、仕草、不可思議な行動を通じて、彼の母親や周囲のものたちとの関係を通じて、Kの今まで知りえなかった世界がまた広がっていくことが予想されるのです。ちょうど彼がクラムを待ち伏せする紳士亭の中庭で味わった敗北感のように。それはゲルステッカーが自覚している世界というよりも、ゲルステッカーの存在そのものが他の人々との関係で形作られる世界です。彼の存在がある種の世界を形作っている、というよりも世界を支えている。ゲルステッカーなしには考えられない世界。それは封建的、官僚的な世界での虐げられた人々の存在といったように、簡単に片付けられるような問題ではない。もっと人間社会あるいは社会的な生物の普遍的な問題として、カフカはゲルステッカーの世界を掘り下げてみようと思っていたのかもしれません。もちろん我々は、Kの自立志向を評価しますし、そのために教養を身につけ、様々な知識で自己の存在意義を世間に対しても表明することができ、ここまで人格を形成してきたKを容易に理解することができます。しかし同時に、話の展開から我々は主人公であるKが、城の村で彼が今まで知りえなかった世界へと導かれていきつつあることを知っています。それがどんなものなのか、我々にはまだ明らかではない。主人公も、それどころか作者のカフカ自身もわからない。いや、カフカはもちろん表現するからにはある感覚的な確信はあったはずです。それゆえゲルステッカーの虐げられて歪んだ顔はまだまだ奥深い世界へとKを導いていくはずでした。そして挙げ句の果てには、Kが紳士荘への雪道をオルガに引きずられるように歩いていったのと同様に、今度は、Kはゲルステッカーに同じような暗い雪道をずるずると引きずられていったのかもしれないのです。引きずられていくKは、顔だけではなく、身体までもが動かぬ人形のようになってしまっているのかもしれません。教養と身体的な力を身につけているK、自由を標榜する人格者であるKが、突如として人形のような無機物となってオルガやゲルステッカーのなすがままに引きずられていく。そうした場面の印象が、実はカフカにとってはとても重要なのでした。

一方、城の官僚たちは、Kのように知識という権力でゲルステッカーのような存在を押さえつけられるとは思っていません。やがて好々爺となるような一般常民の世界に彼らがいつまでも留まっているとは思っていないのです。城はいつも自らの権力の構造にヒビが入らないように構えながら、村に覆いかぶさっています。そこには一応そのような権力を維持していく人格が存在しています。それがクラムのような人物なのでしょう。Kは、村にたどり着いた翌日、橋亭の壁にかかっている暗い肖像画に注目します。それは「五〇歳ばかりの男の半身像で、頭を深く胸の上に垂れているので、ほとんど目は見えないが、重たげな広い額とがっしりした鉤鼻とがくっきりと目立つ」顔でした。Kが誰なのか尋ねると橋亭の亭主は、城の執事だと答えます。しかしその顔は執事どころかもっと上の官僚であるクラムをもイメージできる肖像画でした。城の官僚たちは、ゲルステッカーのような人間たちとまるで太古からの部族間の対立のように、現在も強い意識でゲルステッカーたちを見守っているのです。あたかも、ゲルステッカーのような人間たちが存在するがゆえに城の官僚たちも存在するといったように。官僚たちは、ゲルステッカーをKのように安易な価値意識や優越感で処理し、後は自分たちは自立した自由を謳歌できるといったように捉えるのではなく、自由を意識しなくとも、Kのように引きずり回されるのではなく、じっと全体を見通すという力を常に維持し続けているのでした。肖像画の顔は、原初から自分たちと対立する存在が常に存在していることを知っている顔、不動の姿勢でそれらと対決する顔、反乱を防ぐ強い意志を保持し、それゆえに自由がないような生活を送っているとも言える顔です。それは自分たちの生を維持するためには、常に死をも心に抱いているような顔でもありました。だからそれは、城を取り巻く村人たちにとっては、ある意味で御し難く暗く閉ざされた顔なのでした。

そのような官僚たちの女性との関係も独特です。彼らは気に入った女性を支配しようとする。そこには表面上は男女の対等な関係はありません。明らかに官僚の側が女性を性の欲求のはけ口として扱ってはいます。女性の側は官僚たちの不動の権力に酔いしれるという面はあるのでしょう。だがそこにはKが女性に接するような生の喜びとしての遊びの自由はないのです。言葉も音楽もない。見つめるものと見つめられるものの関係だけが存在するようです。男が見つめるものであって、女が見つめられるものだという一方的な関係ではなさそうです。逆の関係も成り立ちます。まるで死がどこかにひそむような、言葉も音楽も光もなく、見つめ、見つめられる関係がそこには存在するのみです。クラムもフリーダもそこで何らかの脱皮を繰り返していったのかもしれません。

Kは女性と遊ぶ自由があると思っている。しかしクラムは遊ばない。それでもクラムに惹かれて近づく女性たち。そのような構図はKの知らない世界なのだろうか。いや、そこに死をも孕んだ性の深い事実があることはなんとなくわかるような気はする。しかしKにはできない。そのような暗さに耐えることはできない。それでは自由がなくなると思う。では自由とは何なのだ。あのクラムを待ち伏せた中庭で一人ぼっちになって考えた自由とは。Kは、自分とフリーダとの関係にはなかったクラムとフリーダの関係を思い描くたびに、何か得体の知れない気分に圧倒されてしまうのでした。

話が少し横道に逸れました。私は「この腰のかがんだ、いわば虐待されている姿」のゲルステッカーが城を、あるいは城の村を構成する重要な存在であるということを示そうとしました。それは少し大げさに表現すると、太古からの根本的な人間関係の現れであり、原初の生命力から遠ざかりつつある、言葉と情報に満ち溢れた現代社会では見過ごされがちな側面ではないかと思われるからです。いやむしろ言葉と情報に満たされた現代の民主主義社会では、城の高官たちと村の女性たちとの関係も表現すること自体がタブーと言えるのかもしれません。

私の高校時代に少しおとなしい、国語の教師がいました。独身で真面目な男でした。その男が、自分が教える教室の女生徒に激しく恋い焦がれたのでした。女生徒のことを思い出したのは、アファナシエフのシューベルト演奏のジャケットに描かれたカフカの絵を見たときでした。女生徒も頭が小さく、手足が長い細身の体をしていました。教師は長身の彼女よりかなり背の低い男でした。風采の上がらない男でしたが、女生徒の方も、色白ではありましたが何か無表情というか、人間離れした表情をしていました。よく見かける学生服姿の宮沢賢治の写真がありますが、そんな感じの、おずおずした腫れぼったい目をしていました。成績もそれほど良くなく、寡黙で全く目立たない女性でした。それに、何となく表情や身のこなしが、普通の生徒と比べてぎこちない。長い手足を使って人形のように動くようなイメージがありました。そんな生徒に、これまたぎこちない男が激しく恋い焦がれたのでした。本人はもちろん彼女に打ち明けるどころではないのですが、生徒の誰が見ても彼の恋い焦がれは一目瞭然でした。おそらく彼女も気づいていたのでしょうが、全く無関心の態度でした。授業中彼は説明のために教科書をめくりながらも、ときおり彼女に目を移すのでした。それが他の生徒に知れるかもしれないと思うと、顔を真っ赤にして硬直してしまう。当時、私は、この教師はどうしてまたこんなわけのわからない女生徒に惚れてしまったのだろうと不思議に思ったものです。何ゆえに教師はこのような女性に恋い焦がれるに至ったのか。誰にも、教師自身にもわからないでしょう。はっきりしているのは、彼女がどう思おうと、教師の方はもはや彼女がいなければ、自分の世界はあり得ないと思うほど恋い焦がれてしまったという事実なのでした。私はそのことを思い出すたびに、これはお互い太古の昔、なんらかの結びつきがあって、そうした縁から今再び出会ってしまったのではないのかと考えたものです。出会いというものの神秘が存在するのではないのか。そこには言葉だけでは表現できない世界があります。人それぞれに備わる独特の雰囲気と、どうしてもそれに引き寄せられる特定の人間がいます。太古から連綿と続く、何らかの深い人間同士の関係や絆が突如として今ここに侵入してくるかのように。こうして我々は実際言葉でうまく説明のつかないところで、自分の行動が制限されているのではないかと考えてしまうことがあります。しかしそれを普遍化して他人に説明しようとすると、なぜかバカバカしくもおどろおどろしい表現になってしまう。あたかも言葉を持たない動物と同じような世界に迷い込んでしまうかのようです。

カフカに『ある犬の探究』（『ある流刑地の話』本野光一訳、所収、角川文庫）という中編があります。語り手である犬族の老犬は、彼が子供のころに七匹の犬の集団が彼に向かってきたときのことを回想します。彼らは音楽のようなものを共同で外に発信していました。

「話をするのでもない、歌を歌うのでもない、みんなそろって一種の偉大な若々しい表情をたたえ、ほとんど口をきかないでいて、何もない空間から魔法の力を用いて音楽を湧き上がらせていたのである。」（前掲書、以下同様）

そして彼らの奇妙な一挙手一投足の全てが音楽であったと言います。まるで犬のようではない二本足の立ち姿で、ワーオ、ワーオというような異様な発声音で唱和しながら、歩調を合わせて彼に向かってくる犬の集団。その音楽のようなものに幼いころ感動した老犬は、一生涯を通じてなぜそんなに素晴らしい音を彼らは発することができたのかと問い続けます。ほかの犬にも問いただす。そして自らも研究する。しかし答えは出ない。七匹の合唱犬とてそれはわからない。七匹は音と足並みを揃えようと必死でもがいていた。だからその行為が犬族にとって正常な行為であったとも思えない。しかしなんという心を揺さぶる行為だったのだろう。最後に老犬は、強いて言えばそれを「存在そのもののナンセンス」だと思って沈黙すること、沈黙によって受け入れることが犬族の知恵というものではないかという考えにたどり着くのです。様々な変種は生まれるべくして生まれ続ける、あの七匹の見事な合唱犬たちのように。変種の理由を問うより沈黙を守ることとだ。それこそ犬族の知を表している。

彼は犬族の大問題である土地から犬にとっての栄養分がいかにして生まれるかを研究する中で再び歌う若い一匹の犬と出会います。「歌の旋律がこの犬から離れて独自の法則に従い、空中を漂っていき、彼とは関係ないもののように、彼を超えひたすら私の方をめがけて進んできた。」

なぜこの犬と出会ったのか、なぜこの素晴らしい旋律が、それも私だけに向かってきたのか、時空を超えた不可思議ではある。しかし老犬はもはやそれらを学問として探求しようとは思わない。

私の学問的な無能力、乏しい思索力。心細い記憶力、そしてとりわけ学問的な目的を絶えず念頭におく力のないことに（老犬はもはや悩まないのです。それどころか）全てこれらのことを私はむしろ喜ばしい気持ちであからさまに告白しよう。なぜならば私の学問的な無能力の一層深い原因は、一つの本能、しかもどう見ても決して劣悪なものではない本能に根ざしているように思われるからだ。まさにこの本能なるものこそ私の学問的な能力を破壊した張本人である。

こう考えて、老犬は犬族の沈黙の中で、それゆえに彼自身の沈黙の中でやがて死が訪れることを悟るのでした。これはもうカフカ自身の告白だとも言えます。

私がここでカフカの別の作品を引用して、『城』という作品の意味するところを補完しようと思ったのは、このような犬族の世界がカフカの心の中の世界でもあるということを示したかったからです。学問として組み立てられた言葉の世界を超えて、原初からの生き生きとした感覚に我々は出会うことができる。それを言葉で説明しつくすことは極めて困難である。試みるのだ、言葉での説明を超えた先にある世界へと目を向けることを。自分に向かってくる感覚的なものに大きく胸を広げて！　そこにカフカがいる。そして今を生きている私たちもいるのです。

前にもお話したように、人は社会にとって何者かであることで生きています。家族がいるのかどうか、働き口があるのかどうか、そこである地位についているのかどうか、そんなところで人々は、ある種の社会的な安心感を保持しあっています。会社に勤めていないフリーの芸術家や著作家であっても、何か賞をもらったり、有名になったりして自分が正当に評価されているのかどうか、それによっても、その人の社会的な有り様は違ってきます。無名であれば無名であることの意義を言葉を使って自分に納得させているのでしょう。社会にとって何者かであるということは、人それぞれに社会の中での自分の立場にそれなりの意味を持たせているということです。働く職場でなかなか自分が望む立場や役職にたどり着かない、あるいは目標とする賞や資格が取れない、なかなか有名になれない、そんなところで人々の日常生活は不安にさらされ、またそんなところが解決されると再び穏やかな日常性が訪れる。そしてまた新たな不安の原因となる社会的な軋轢に飲み込まれていく。社会的な動物である人間というものはいつの時代でもそんな戦いを繰り返して生きてきたのでしょう。だからといってそのような戦いはいつも不毛であるというわけではなく、人々はそのような緊張関係や他者との対立関係の中で、様々な技術的、芸術的、思想的な成果を上げてきました。しかし社会にとって本当の、本来の自分というものがあるのかという問題は残りますが。

何者かであるということで、本当の自分に到達することはできるのでしょうか。もちろん、そもそも私たちの社会はこれからどう変わっていくのか。まだまだ遠い道のりが続いていくことでしょう。人類は今の社会をいつかは乗り越えていくのか、あるいは破滅に向かうのか、それもわかりません。太古に戻れというわけでもないのです。人類の長い歴史に比べたらほんのつい最近の出来事である産業革命を経て、人類は急速に科学的な進歩を成し遂げてきました。相対性理論、DNA、素粒子などが発見され、コンピューターやインターネットによる情報社会や、グローバルな市場経済が地球の隅々にまで浸透してきています。人類は、地球上の社会システムとしては、一つの到達点に達しようとしているかのようです。それでも一人一人の人間というものは、それぞれの心の奥底に潜むもの、それは太古からうごめくように連なっているものかもしれませんが、そんなものに触発されながら、本来の自分を見出そうとこれからも試行錯誤や模索を積み重ねていくのでしょう。

これまでの私の語りではこの驚異的な小説のほんの一部しかまだ語っていません。それに、我々学生時代の名訳である原田義人の日本語訳と比べて、今回参照した池内紀訳も、また新たなカフカ像を我々に示してくれました。これからも様々な日本語訳が可能ですし、その度にこの小説の新たな世界が見えてくることでしょう。

(二〇一五年九月二五日)

第三部

玄関先にて

最近は、利殖、不動産、太陽光発電などの営業が、電話だけではなく、玄関先にまで押し寄せてきます。胡散臭いのが多いのですが、入社したばかりと思える背広姿の若者が、パンフレット片手に慣れない口調で説明することもあります。新入社員の肝試しというか、おい、お前、この地域に営業に行ってこい、と会社から駆り出されたようで、一応聞いてはやりますが、断るとシュンとして頭を下げて引き下がります。新聞や宗教団体の勧誘もあります。ほとんどこちらの一言、二言で相手は引き下がります。ところが先だって、二人の中年のご婦人が玄関先に現れて、赤旗新聞の購読と「戦争法」反対の署名をお願いに来ました。この時はなかなか引き下がらない。私は新聞もとらない、署名もしないと言っても、どうしてですか？　みんなが反対しているのですよ、と平気な顔で二人口を揃えてしゃべります。私も少し興奮して玄関先での討論となりました。

戦争法とはまた物騒な呼び方ですね、と私が言うと、私ども共産党としても安保法案改悪の呼び方としてはどうかという議論は内部でありますす、と答えるのです。戦争とは普通国を守るためには敵国に攻め入ることも想定されるわけですが、日本の自衛隊にはそのような戦闘能力は保持されていない。戦争法、戦争法と煽り立てることは得策ではないという議論が共産党内部でもあるのかもしれません。それでもお二人は、戦争に巻き込まれる危険性はあるのですよ、この法律が改正されてしまえば、とまくしたてます。私は、一連の議論は、中国の海洋進出や世界中で起きているテロ事件という新たな事態が生じている中、私たち日本の国民の暮らしと生活を守るために、現時点でどのような法整備が必要かということでしょう？　もし中国が日本の法律の隙間を狙って尖閣諸島を実効支配しようとしたらどうなるのですか、と質問しました。そうしたら返ってくる言葉か面白い。日本共産党は今までもそうでしたが、中国共産党に面と向かって意見が言える唯一の政党なのですと。はあ、では尖閣諸島が征服されたら、あなた方が話し合いで元に戻してくれるのですかね。

彼女たちはそれには答えず、日本は憲法九条があるからこそ、世界中の人々が世界の平和のためにそれを評価しているのですと答えます。私はただ、そういうものですかねと言うしかありません。というのも彼女たちの心の支えは、共産党の考え方というよりも、今の日本の、大方のマスコミや著名文化人の考え方でもあるからです。或る大学の政治学教授は、最近久しぶりに新聞紙面に登場したと思ったら、もはや軍事力で対抗する時代ではない、そんなものは不要になりつつあるという考えを表明していました。私はそれを読んで唖然としました。政治学者ともあろうものが、国家間の現実の政治力学を無視した言い方を平気で言ってのけるのです。地球上の現実的な力関係は国家間の力関係で動いています。もちろんそこには軍事力だけではなく経済力や情報力など様々な力量が錯綜しながら国力を支えています。かってドイツの政治学者カール・シュミットがいみじくも言ったように、国家間は敵味方という度合いによって将棋の盤面のコマのように関係しあいながら国力を対峙しあっています。軍事力はその中でも無視することのできない大きな要素です。この盤面上の国力の均衡関係が平和をも作り出していると言えます。良くも悪くもこれが地球の平和を維持している現実です。この事実を前提に世界の政治情勢を分析するのが政治学者なのに、もはや軍備は意味をなさないと発言するとは。大手新聞も相変わらずです。ある新聞は、安保法制改正、憲法改正に反対は国民の五七％！　と嬉々として大見出しを一面に掲載しています。でも逆に言えば残り四三％の人々の中には、まだまだ様々な議論が必要だと考えている人々がいるということでしょう。

戦争法と煽るほど、誰も好んで戦争を望んではいないでしょう。皆が今の日本の平和を維持していきたい、沖縄の人々も今の米軍基地は嫌だ、と。それは生活上当然起こる考えです。沖縄から米軍基地を一掃し、さらには日米安保もあらためて考え直そうという議論も当然あり得ることでしょう。ではそうした場合、日本の国は守れるのか、今の法律で守れるのか、あるいは国家なぞ守らなくとも良い、我々は世界市民として、九条の崇高な理念を守れば良い、あとは国連や、一部の人々の平和志向に期待したいという考え方もあるのでしょうか。しかし過去には、そして現実にも軍事力や経済力を背景にした大国に多くの国々の人々が様々な形で犠牲になっている事実は否定できません。

さて、お二人のご婦人は、ではあなたは自民党の考えに賛成なのですかと私に聞いてきます。党派云々ではなく、現実をありのままに把握し、そこから問題解決を図っていくのなら、党派は関係ありませんよ、選挙で共産党の議員に投票したこともありますよ。私がそう答えると二人は急に目を輝かせて、では赤旗を、それに差し上げますからこの雑誌も読んでみてくださいと言ってきます。私は手を横に振って、いまどき共産党という名前も良くないですね、マルクスの言う共産党と同じですかと聞き返します。そうするとお二人のうちの一人は、今私は資本論の読書会に参加していますと言います。ほう、偉いですねえ、と答えると、共産主義社会だからといって私有財産を否定するわけではないのですよ、と言います。そこで私も資本論は読みましたけど、マルクスの共産社会では私有財産は否定されていますよ、と答えました。お二人が黙っていたので、ここぞとばかり、ではご苦労さまです、と言うと、お二人はそのまま去って行きました。おそらく、年寄りのくせにああいう偏屈もいるのよね、と囁きあっていたかもしれません。

私が共産党を揶揄したように思われたかもしれませんが、私は別にあのような大きな組織の一員になられているお二人に比べて、一匹狼の自分の方が自由で自立しているなどとは思っていません。国家だけではなく、何事も権力のせめぎ合いの中で正しいと思ったことを主張するためには、組織的な力は必要です。労働者たちも、一人ひとり孤立していては力にならない、何らかの組織活動を通じて自分たちの主張を現実的なものにすべきです。私は、県庁で働いていたころ、一時期職員組合の本庁支部の執行委員をしていましたが、組合の幹部は社会党ではなく共産党員でした。皆真面目な人々で、特に思い出すのは、私が自動車事故にあった時、真剣になって相手方と交渉してくれたのは彼らでした。私は当事、職員共済の自動車保険に入っていたのです。その担当の方が組合の共産党員でした。普通の民間の保険会社では対応できないような真剣さで、相手方に非を認めさせたのでした。そのときは本当に感謝しました。正義感の強い人が少なくありません。しかし逆に、虐げられた、最下層の人々への強い共感は、党員以外の一部の人々への偏見となって現れることもあります。

私が学生運動をしていたころ、ある大学構内で、対立していた民青（共産党の青年組織）に捕まったことがあります。手を縛られ、目隠しをされたまま、ある部屋に連れて行かれました。目隠しは外されましたが、柱のようなものにくくりつけられました。そして部屋に次々と立ち現れる民青の男たちに、暴言を吐かれ、殴られました。暗くなってようやく解放されましたが、殴られた時にメガネがどこかに飛び散ってしまい、近眼の私は、這うようにしてなんとか自分のアパートにたどり着いたことがありました。彼らは、我々は貧しい生活に耐えてきた、お前ら坊ちゃん育ちに我々の辛さがわかるのかと言わんばかりでした。しかし、そういう彼らに私は何の恨みも持ちませんでした。

第二次世界大戦当時、フランスの反政府活動家として無名のまま亡くなった女性の思想家シモーヌ・ヴェイユは言っています。ある主義主張に支えられた活動を行うためには組織が必要である。その組織に従事しているものが、そこで生き生きと充実した活動を続けることができるのなら、そこにはお互いの能力を素直に認め合う、階層が形作られる。それこそ人間の本質的な現れ方だ、と。俺はそこまで偉くならなくとも良い、そんな能力はない。あんたが上に立ってくれ。でも俺なりに組織の役に立ちたい。それで十分だ、と。そういう風にして、自分なりの能力と任務を理解した人々がいてはじめて、本当に目的意識を持った生き生きとした組織は維持されていくように思われます。ところが現在の裕福な民主主義社会では、そのような真の階層組織の形成は極めて困難です。皆が孤立していて、自分の欲求を満たす私生活に満足しており、自らは組織を立ち上げたり、そこに下支えの一員としてでも参加しようとはしない。そしてマスコミの提供する「大衆の大方の意見」に無意識にも依存してしまいます。ですから私は共産党のような党組織そのものの形成を否定はしません。むしろそのような組織から遠ざかって自分は安穏としているだけではないのかという気持ちはあります。玄関先の二人のご婦人が私のことを、一人きりで知識を振り回して威張ってる、何もしてないくせに、と言われてもしょうがないなと思っています。それも事実なのですから。

私は二人のご婦人を見送ると、玄関の扉を閉めました。はて、私は何をやっていたのかな？あ、そうだ、春の植えつけ作業の区画割りだ。連作障害を起こさないようにトマト、きゅうり、なす、ピーマン、オクラなどの苗の作付け場所を考えていたのでした。畑そのものは事前に石灰やその後肥料も撒いて整地済みです。この時期の畑の作業は結構忙しい。苗を買って植えつけても、春は風が強い。支柱を立てて風除けを施したり、植えつけ当初は水やりも毎日欠かせません。さてと、外へ出てここの区画をこう利用してと……すると突然また玄関先に、今度は若い二人のご婦人が回覧板を持って現れました。回覧板です、今度班長も変わりまして、回覧板を回す順番も変わりましたのでお知らせに来ました、と前の班長さんが新しい班長さんを紹介しながら玄関先に立っています。私の自治会の班は大きな道路をまたいで十数戸あります。そこで私はいつも道路をまたいで遠くまで回覧板を運ぶ順番を担わされていたのでした。回覧板が回って来るたびにやれやれと重い腰を上げていました。ところが今回からは、道路を渡らなくとも、すぐ近くのお宅に届ければよいように、前の班長さんが順番を変えてくれていたのです。わっ、楽になるなあ、ありがとう、と答えると彼女はにっこりと笑顔を見せてくれました。

うむ？　しかしもはやご老体だから、遠くまで回覧板を運んでもらうのはお気の毒？　そう考えるとなんだか嬉しいのやら、寂しいのやら。ご老体へと進行中なのは確かですが。農作業も一区切りする間隔が短くなりました。以前よりも疲れが溜まりやすくなったようです。それでも自分は農作業をやっているから、他のことは何もやらなくとも良いというわけではないぞ、まだまだいろんなことを勉強しなくっちゃ、若いもんにはまだ負けんぞ、という気持ちはあります。

新しい班長さんは他の家に挨拶まわりに出かけて、前の班長さんだけ玄関先に残ります。奥さん、ありがとう、二年間班長ご苦労様でした。そう、今畑にいたんだけど、もうすぐ美味しい玉ねぎができるから、そしたらいつものように味わってみてね、そう無農薬だよ。包丁で切って少し空気に晒しただけで、辛くもなんともない、甘くて美味しいよ。ね、そうでしょう、去年のも美味しかったでしょう。今年のも見たところ大丈夫だよ、もっと出来が良いかも。自分ながらようしゃべります。これも年取った証拠なんでしょう。でもまあいいや、もう一踏ん張り畑仕事です。

（二〇一六年五月四日）

大阪

大阪に行ってきました。一人旅は久しぶりです。仕事で来て以来、大阪は十数年ぶりですが、それまでは父方の親戚もいますし、幼いころからよく訪れていました。小学校のころでしたか、夏休みを利用して当時住んでいた宮崎から、母に連れられて大阪と東京を観光したことがありました。まず大阪を訪れてそれから東京にのぼって行きました。そのとき感じた大阪と東京の印象の違いは今でもはっきりと覚えています。どちらも大都会ですから、田舎者の私には人の多さやビルの林立、交通渋滞にびっくりしました。何もかもが大きい。しかし人々の表情が違うのです。大阪と東京では。特に電車の中での向かい合った席に座っている人々の表情が違いました。大阪は、なんとなくおっとりとして、声をかければすぐ答えてくれるような表情をしている。東京は、皆、しかめ面をして、声をかけても何の用だと胡散臭く思われるような表情をしている。もちろんすべての人がそうというわけではないでしょうが、そのように子供心にもはっきりと違いがわかるものでした。その後、私は東京の大学に進み、そのまま関東に居ついてしまいました。両親がまだ宮崎に住んでいたため、年何回かは帰省しましたが、途中大阪に立ち寄ることも多く、その度に私の心の内でいまだ消えない、大阪と東京の違いが蘇ってくるのでした。

まず東京の大学へ入ってびっくりしたのは、書物で得た知識に対する依存度の高さでした。大学はまさしく学府なんだから、それは当たり前だと言われればそうなんですが、そこは本人の実生活とはかけ離れて知識の世界が一人歩きしているかのような世界でした。学生たちは昨今の西洋の有名な思想家の翻訳ものをこぞって読み漁り、あれはダメだ、これはすごいと言い合いながら日々の生活を送っていました。大学の生協の書籍部や神田の本屋街にもそのような本がうずたかく積まれていました。ある日、私が神田の本屋をぶらついていたら、大学生風の男女が手をつないで手の届かないところにある書架の本を見上げていました。それはドイツの哲学者フッサールの分厚い翻訳ものでした。男の学生は恋人らしき女の学生に、「あれはすごい本なんだよ」と話していました。すると女の子の方も何か偉大なものに出会ったかのように男の学生と一緒にその本を見上げていたのでした。私はその光景を見て思わず吹き出しそうになりました。よくこんなわけのわからない本が日本語に翻訳されて、売れるものだなあ、東京は、不思議なところだ。当時でも何千円もするそんな本を出版する出版社がいて、わけのわからない難解さで翻訳する大学教授がいて、それをすごいと言って読み漁る学生がいるわけです。でもこういうのが都市文化というものなのだろう。出版社がそれなりに儲かり、教授もそれで自分の地位を確保できるのならそれでいいのだろう。そう割り切りながらも、私自身、神田を虚しくうろつきまわっていたものでした。

　私は大学では経済学を専攻しましたが、民俗学にも興味を持ち、柳田國男の本はよく読みました。しかし彼の晩年の著作になるにつれて、それほど興味を持たなくなりました。鋭い直感力と豊かな感性を持ちながら、彼の著作にはどうも、国家官僚としての意識が見え隠れして、だんだん馴染めなくなりました。それは同時に私が折口信夫にのめり込んでいくようになった時期と重なっていました。折口は生涯柳田を師と仰ぎますが、柳田の方は折口の民俗学探求における天才的な着想を認めてはいますが、概して理知的な自分とは相容れない粗野な側面を持つ人間として扱うようなところも見て取れます。柳田は東京の出身ではありませんでしたが、東京帝大出のエリート官僚として、東京を中心とする文化交流の中心に位置し続けます。一方折口は國學院大學に入学するまで、大阪で過ごした生粋の大阪人でした。どちらかというと直感力に頼り話を進めていくところはあります。しかし、古典文学や伝統芸能、民俗伝承に関して、どうしてこれだけの豊富な知識や独自の解釈を彼が獲得しえたのか、驚異ですし、彼の著作を読むほどに、彼独特の古典的な世界へとずんずん引き込まれていくのです。まるで彼自身、まれびとのごとく、貧相な出で立ちで、とにかく体力の続く限り徒歩で全国の民俗探訪地を訪れ、生の知識を獲得していくという、彼の不可思議な行動力は、大阪人であるゆえの資質だと言えそうです。その彼も柳田から散々批判されながらも柳田を師と仰ぎ続ける背景には、柳田なりの学の形成に対する崇拝とか尊敬のようなものがあったのでしょう。自分には達成できない、理路整然とした知識の整理と起承転結的な論理展開はやはり先生の取り柄、あるいは東京の知識人たちの特権だと頭を下げるところがあったのかもしれません。結果的にも東京と大阪のせめぎ合いと融合が彼の学問を豊かにしていったのかもしれません。それでも彼は自分の直感力に信頼を置くことに自らの役割を自覚していた大阪人でした。彼自身、國學院や慶応で教鞭をとった身分でしたが、晩年になると大阪へ戻りたい郷愁がどっと湧いてくるのでした。そんな折の彼の歌があります。

われ今は　六十（むそじ）を過ぎぬ　大阪に還り老いむ　と思う心あり

（折口信夫全集第二二巻　遺稿）

折口信夫の生誕地は、大阪の南、難波でした。鴎町公園という小さな公園の隅に生誕地であることを示す石碑が建っています。私は三〇年前一度訪れたことがあるのに、今回は道を間違えてようやっとたどり着きました。公園も周辺も以前とは変わりありませんでした。しかし難波を繁華街の方へ戻って、通天閣へ出て南へとジャンジャン横丁や動物園通りを下っていくと、以前と比べてシャッターが下ろされた店が多くなったような気がしました。釜ヶ崎に人がまばらなのは、昼間それだけ仕事があるということでしょうか、しかしこの界隈の賑やかさは昔ほどではなくなってきているようです。

一方、道頓堀から北側は、相変わらず一日中人の波です。それも早朝から賑やかなのはどうしたことかと思ったら、なんと中国人の団体観光客があたりを占拠しているのです。ビックカメラのビルの入り口には大荷物を抱えた中国人がわんさとたむろっていました。なるほど、これは今までにはなかった光景です。

折口信夫は、小説「死者の書」で二上山に沈む太陽に、西方浄土を敬う古代日本人の日想観を表現していました。聖徳太子が建立したと言われる四天王寺もそのような日想観をとりいれた伽藍配置を見ることができます。地図では天王寺駅からさほど遠くないように思われましたが、結構歩いて四天王寺にたどり着きました。空襲で当時の伽藍は消失していますが、私が確認したかったのは西門から太陽が沈む様子がどのように映るのかということでした。大昔は、西門から参道を出るとすぐに海がせまっていたと言います。上町台地が海に接する場所に四天王寺は立てられていたのです。そこは遠く日本を離れた海上への道が辿り着く場所であり、また落日に西方浄土を目の当たりにする場所でもありました。今では海岸線が下がって、四天王寺の伽藍は陸地の中央に位置していますが、西門から海の方向を見ると、確かに上町台地の境界を示すように、四天王寺の参道が途切れた辺りから陸地はぐんと下がっており、あたかも海岸に連なるかのような雰囲気が残っていました。

大阪はもともと海上交通の中心地でした。西からは瀬戸内海を通って、東からは琵琶湖経由の裏日本から、そして海外からも中国や東南アジアから、様々な物資や文化が行き交う中心地でした。このような水上交通による絶え間ない流れに古代からさらされていたという地理的な特質は、関東平野にはないものです。ですから地理的には、大阪都構想どころか、大阪首都構想があってもおかしくないのではと思うほどです。少なくとも外務省は大阪に移転した方が良さそうです。明治以来日本は西洋列国の文化や技術に一目を置いて、それを見習うような形で国づくりを進めてきました。今でも高級官僚は二年間ほど外国で過ごして、そこの文化や語学に堪能になり、帰国するとエリート官僚として職につきます。そして相変わらず、外交交渉は英語圏文化に依存してしまうのです。しかしそのような連中が描く外交政策には、日本として世界に打って出る積極的な施策はあまりないような気がします。

ある時わたしが東京の街中を歩いていると、急ぎ足で近づいてきた英国人がわたしにある場所への行き方を聞いてきました。わたしがその場所を確認していたところ、彼はもういいと手を振ってわたしから離れて行きました。急いでいたにしてもわたしは少しムッとしました。大阪人だったらどうでしょう。

おい、またんかい。アンさん、日本に来やはったのに、道を尋ねる日本語も勉強してこんかったんかい。それはあかんなあ。まちいな、手帳あるさかい、今はここや、それでどこ行くんや、俺にわからんかったら交番か偉い人のとこ連れてってたるわ。

そんな調子かもしれません。ここには、ここが自分が育った場所だ、しっかりと足で立つことができる場所だ、ここから俺なりに世界が広がっていく場所だ、という自負が伺えます。大国の顔色ばかり伺いながら、後手後手で外交を進めるやり方にいつまでもこの国を任せて良いものか。今こそ、展望が見いだせない世界に、日本が打って出ても良いのではないか。弱小国や少数民族との連携を戦術的にとりながら、唯一の被爆国日本としてやれることはいくらでもあるのではないか。それがまた日本の将来をも展望することになるはずだ。大阪外務省ならそういうことができるかもしれません。もちろん、大阪人の直感的な発想だけで物事はうまく進まないかもしれません。東京の文化人や知識人のような緻密な状況分析も必要でしょう、しかし大阪には、危機に対応する迅速で、かつおおらかな決断力、状況判断力があるような気がします。阪神大震災のとき、結局家よりも地震の方が強かった、という大阪人の声を聞きました。しゃあない、また一から出直そうとする大阪人に、何か我々が失いかけている素朴な力強さを見たように思ったものでした。

翌朝、ホテルの窓を開けると、目の前にどーんと大阪城が現れました。快晴です。ホテル近くの越中井という小さな史跡を訪れました。そこは徳川方についた細川忠興が妻の細川ガラシャと過ごした屋敷跡でした。石田三成は忠興が不在の折、ガラシャを人質にとろうとして屋敷を兵で囲みます。しかしガラシャは家老に介錯を頼むことで自ら命を絶ちます。

石碑には歌が刻まれています。

散りぬべき時知りてこそ世の中の花も花なれ人も人なれ

彼女の有名な辞世の歌ゆえに訪れたかった場所でした。一人一人が死に時をわきまえる。そういう時代からはるかに隔たった時代に我々は生きています。

中之島公園に行きました。ちょうどバラ園が花盛りで、人々は太陽の眩しさに目を細めながら花々の間を歩き回っていました。ボランティアらしき老人たちがゆったりとバラの手入れをしていました。古い建物も残りここはやはり今までと変わらない大阪を象徴する場所でした。変わらないといえば地下鉄のエスカレーターの並び方です。東京は急ぐ人のために右側を空けて並びますが、大阪では左側を空けて並びます。こういう違いが残っていることが、逆に気持ちをホッとさせます。地下鉄の乗客の表情も以前ほどではないのですがやはり東京とは違います。人口の過密度の違いはあるのでしょうが、大阪では席が空いても、東京ほど素早く占拠して座ろうとする人は多くないような気もしました。まあ、これは私のひいき目かもしれません。ひいき目といえば、私が新大阪で様々な買い物をして荷物を抱え込んでいる折、もう一つ五〇〇円ほどのものを買ったのですが、若い女店員さんは、それ全部よこしてくださいと言って大きな袋を出して全部ひとまとめにしてくれました。私がたいして買わないのにありがとうというとニッコリと笑ってくれました。若いころは大阪でも逆に店のえげつない対応に出会ったこともあったのですが、年取ってくると、こんな親切にも、ああ大阪だなあと感激してしまいます。
さて、東京行きの新幹線にはまだ時間がある。私は歩き回って疲れた体を休める場所を探しました。大阪には東京にはないゆったりした待合室が改札ホームの内外に用意されているのです。私は広々としたシートに腰を沈めて安堵した気分でした。そしてまだ時間の余裕があったのでスマートフォンにイヤホーンをつけてお気に入りのシューベルトを聴きました。ランダムな操作で出てきたのは「君は憩い」という歌曲でした。この曲はバーバラ・ボニーの歌が最高だと思って、スマートフォンに入れている彼女の歌が聴けるのかと思ったら、もう一つ録音していたユリア・ボルヒェルトのものでした。バーバラ・ボニーのものは、ボーイッシュで透き通ったような声で、切々と歌います。そこには緻密に考察された理知的な響きもあります。それゆえその後、ナクソスのシューベルト歌曲全集で聞いたユリア・ボルヒェルトの「君は憩い」は、なんとなく大まかで野暮ったい気がしていました。ところがです。この時改めて聴いたユリアの歌声は素晴らしい。バーバラのような冷たく、透き通った感動はないのですが、ユリアのなんとまあ野太く、おおらかで、思い切りのいい伸びやかな声なのでしょう。

君は僕の憩い、穏やかな安らぎの場所、そして憧れ、
僕は君にささげる、喜びと苦しみで一杯の僕の目と心を君のすまいとして
このすまいを訪れ、中に入り、入り口の戸を静かに閉じておくれ

そして僕の心から苦しみを追い出し、君の喜びでいっぱいにしておくれ

（NAXOS Schubert The Complete Lieder www.naxos.com より筆者訳）

私は大きな椅子に沈み込むかのように彼女の声に聴き入りました。これは大阪の声です。母なるおおらかさと、どこまでも広がる揺るぎない自信に満ちた声です。私は疲れ切った体をますます椅子に沈み込ませながら、何度も彼女の声に聴き入っていたのでした。

（二〇一六年六月七日）

カバー写真　1998 ECM Records GmbH

市場経済と民主主義

前ページの写真は、ハンガリーのケラー弦楽四重奏団がバッハ晩年の作品、「フーガの技法」を演奏したCDのジャケットです。このジャケットの写真以外は、メンバーの名前と、フーガ全二〇曲それぞれの曲名と演奏時間が書いてあるだけです。曲や演奏者の説明など一切なく、二枚綴じのジャケットの大半は白紙のままです。一般には、音楽評論家が曲や演奏者を、褒め言葉や飾り言葉を巧みに使って説明するものです。偉大なバッハの深遠な作品、とか、何々コンクールで賞をもらった弦楽四重奏団だとか。ここではそのようなものを一切拒否しています。そしてこのジャケットだけが一人歩きしています。空から俯瞰した写真でしょうか、それとも描いたものでしょうか。ケラー弦楽四重奏団の四人のメンバーが雪が降り積もったような場所を歩いています。目の前に横切るのは道路でしょうか。道路の両側からカーブする黒い轍のようなものを歩いて道路に出ようとしているのか、道路を横切ろうとしているのか。一人だけ遅れて歩いているのは誰なのか。雪に空いた数カ所の黒い穴は何なのか。謎の多い風景です。そして演奏も、ビブラートを減らして、どちらかというと張り詰めた演奏です。しかし、四人が絶妙にバランスをとりながら、未完成に終わったこのフーガの最後へと向かっていく流れるような演奏が我々をずんずんと引き込んでいきます。深い精神的なものを感じます。それに対して彼らは、そうですかそれは嬉しい、では我々はまた、歩いていきます、とそれだけしか言い残さないようなイメージを、このジャケットや彼らの演奏から抱いてしまうのです。

私たちが築き上げてきた文化、市場経済と民主主義によって、地球の隅々にまで浸透してきた私たちの賑わい豊かな文化、それはどうやらある飽和点に近づこうとしているかのようです。私がここで彼らのＣＤを紹介したのは、そこに、彼らがそうした文化を乗り越えて、はるか彼方に向かって歩いていこうとする何かを感じとったからでした。

市場経済と民主主義、この二つは切っても切れない関係にあります。民主主義は、市場経済が発達する市民社会以前の人間社会では、必ずしも積極的な意味を持ってはいませんでした。市場経済の発展とその地域への浸透に対応するかのように、人々は、国家の庇護のもとに自分たちの財産を守ることによって、個人的に自立し、そのことと矛盾しない自由・平等・博愛のスローガンを掲げて、民主主義に積極的な意味を持たせてきたのでした。こうして市場経済と民主主義の理念は、国民経済や国民生活を支えてきました。しかしそこには、市場経済の拡大に伴って、企業がより多くの利益を創造し、さらに拡大して行くために大量の「自由」な労働者の存在が不可欠でした。最初は、労働者たちもそれなりの利益の再分配に与っていましたが、やがて企業はそれが利潤を圧迫する足かせとなってくることから、海外へと、安い賃金を求めていきます。海外への進出は、安い労働力市場の魅力だけではなく、消費市場としても、あるいは資源獲得のためにも企業にとっては不可避の選択でした。また、この間インターネットなど通信技術の発達によって、企業情報は瞬く間に世界中に広がり、いわゆる情報、人、モノの移動のグローバル化現象が進化していくことになるのです。

もちろんそうした急激な変化の中にも、市場経済の進展になじまない旧来の地域社会は維持されてきました。日本でも、地方では、今なお昔ながらの相互扶助的な助け合いやならわしが存続しています。街中でも、まだ祭りや町の共同清掃などを通じて、利益に対する貨幣対価を求めない、奉仕的な活動が見られます。しかしそれも、自治会の担当者が、重い腰をあげない住民を訪問して、参加を頼み込まなければならない地域も見られます。もともと市場経済と利益対価を伴わない贈与的なコミュニティーは、それなりに補完し合って共存してきました。これからも市場経済に併合されない地域コミュニティーは存続するのでしょう。しかし、先細りしていくような気もします。市場経済の発達が私たちの物質的な生活を急激に豊かにしてきたのは事実ですし、村社会の束縛から脱して、多くの若者が都会で自分の可能性を広げることができたのも事実です。こうした歴史の事実を無視するわけでも、古き良き時代に戻れと言いたいのではありません。しかし、このままでは何かがおかしくなり、我々はいつの間にかどこか袋小路のようなところに追い詰められていくのではないか、という一抹の不安はあります。そこのところを少し私たちの生活の現場から考えてみたいと思います。

今から二十数年前でしたでしょうか、家の周囲の外塀やカーポートの建築を地元の業者に頼んだことがありました。棟梁といった感じの店主は、工事の間、しょっちゅう現場を見にきて、私と世間話をしたり、ときおり地元で採れた大きなスイカを持ってきたりしてくれました。律儀な棟梁で、工事に手抜きなどなく、いまもって頑丈なしつらえです。その後、台風で、カーポートの屋根が飛んできた個体物で一部破損したので、棟梁に修理してもらおうと電話をしました。なかなか出てきません。ようやく電話口に出てきた棟梁ですが、声がしわがれて、衰弱して病に伏しているようでした。私のこともわからなかったようでした。その後、店のあった場所を確認すると、すでに資材置き場は空になっており、営業は途絶えたようでした。仕方がないので私は、その当時からバイパス沿いに進出してきた大型ホームセンターに修理を依頼しました。その店から派遣された地元の業者は淡々と事務的に作業をしていました。棟梁の話をすると、すでに倒産してしまったということでした。そして、進出してきた大型ホームセンターと契約して、仕事をもらわないと、もはや棟梁の店のように潰れてしまう、ホームセンターからかなりリベートを取られて、今までのような儲けはないが、仕方がないですよ、と漏らしていました。おそらく日本全国で同様の現象が見られることでしょう。ホームセンターだけではなく、衣類、レストラン、電気店、スーパーなど全国に展開する大型チェーン店がバイパス沿いに大規模駐車場を整備した店を連ね、JRの駅からは近いが、駐車場があまり取れない、旧道沿いの地元の店は、大型チェーン店と請負契約を取り交わしたり、テナントとして場所を借りたりしない限り、倒産する運命にあるといえます。このようなパタンが日本全国で展開されています。先ほどのホームセンターに話を戻すと、広い駐車場に車をゆったりとめて店に入ると、とにかく品数がすごい。DIYとして必要なものはなんでも手に入ります。有名メーカーの工具や家庭用品も安い。しかしよく調べると、このホームセンターのために、メーカーに対して製品の仕様を簡略化して安く作らせたものが少なくないこともわかります。また大量に仕入れてチェックできないのでしょうか、インクの出なくなったシャチハタなどの文房具も見受けられます。私はここで自転車を購入しましたが、保証期間の一年を過ぎた直後に、後輪が動かなくなりました。地元の自転車屋に修理を頼んだら、大事な所の軸が安い中国製で破損している、修理するより日本製のものを買ったほうがいいと言われて、そこで少し高いものに買い換えました。それはいまだに頑丈で十分使用することができます。

このような全国展開の店舗は、広い店舗と広い駐車場が確保できるような場所があれば、当面赤字になろうとも、どんどん新しい店を設置していきます。そのために地元のパート労働者を大量に採用していく。しかし最近は人手不足と人件費の高騰から、レジもお客が自動支払いできるシステムに変えていく店も現れ始めました。このように、大規模化によって地域の需要と消費を独占し、さらに投資を拡大していく。これが安い労働力を使って資本を膨らましていく企業の宿命なのです。結果としてこれが、企業の海外進出にも拍車をかけています。

こうした資本主義市場経済の拡大に対して、一部の人々が、昔はもっと地元の身近な業者との対話を伴った売り買いがあって良かった、いまは国道沿いは、どこも全国同じような店構えでつまらなくなった、とノスタルジーに浸るのも当然だと思います。しかしこれも、市場経済の進展がもたらした世界共通の、不可避の現象です。また、地域コミュニティーが失われつつある核家族の家庭からすれば、週に一度、車で必要なものを一気に調達できる便利さもあります。企業は儲かるが、消費者にとっても便利であれば、それで良いではないかという考え方が市場社会の自由競争原理とうまくかみ合っているかのようです。

政府は今年二月、経済界と協力して「プレミアムフライデー」と銘打って、月末の金曜日には、三時に早退して、消費を盛り上げる日を設定しましたが、参加する企業は二％ほどにとどまり、実際早退するものは、上役の職員がほとんどだそうです。普通の労働者は、月曜から金曜まで、朝は毎日六時ごろに起床して、八時半には出勤し、早くとも夜七時から八時ごろまで働くのでしょう。深夜まで残業が続くこともあるだろうし、それでも土日はゆっくり休むか自分のやりたいことができると、毎日頑張っているのでしょう。それを、生活して行く限り当たり前のことと思うか、あるいは、自分の本来やるべきことを犠牲にしている生活ではないかと考えるのかは、それぞれ個人によって違ってくるのでしょう。また、楽しい充実した職場もあれば、きついノルマや、好ましくない人間関係の重圧がある職場など、色々でしょう。しかしとにかく平日は、朝早くから晩遅くまで、職場の生活に縛られて、自分の自由な時間はないのが大方の労働者の生活ではないでしょうか。毎日の疲れた体を癒やすのは、同僚との一杯、家族との会話、友人とのチャット、テレビやスマホで楽しんで、やがて短い眠りにつく。大方そんな毎日ではないかと思われます。

マスメディアはこうした労働者の日々に答えるかのように、肩のこらない番組を提供していきます。ニュース番組も、著名な文化人コメンテーターを参列させて、当たり障りのない意見を述べていきます。政治討論会のような番組も、まず民主主義の擁護を、保守政党であれ、革新政党であれ、金科玉条のように唱えます。革新政党は、例えば憲法九条に関しては、その崇高な理念はそのまま守るべきだ、与党は民主主義的な手続きを経ずに改悪しようとしていると訴えます。しかし、野党は、アメリカの核の傘に守られているという国際的な力関係の現実をどう変えるのかとか、憲法九条の理念を世界中に浸透させるためにはどうしたら良いのかといった具体策は何も提起できないのが現状です。与党は与党で、そのような現実に目を背けている野党を批判し、自分たちこそ民主的な手続きを経て国民に憲法改正の信を問うのだと言います。一方、普通の勤労者の生活とは無縁に思われる一部の著名文化人たち、特に大学教授や評論家たちは、マスコミの擁護のもとに、民主主義に反した権力主義や、貧富の差の拡大、極悪な犯罪の蔓延を、様々な脚色をつけて訴えます。そこでは大衆的に受けの良いストーリーがマスメディアと共同で形作られていくかのようです。

私が仕事で少し地方テレビの制作に携わった時には、ほんのちょっとした打ち合わせだけで、番組を制作することができました。地方テレビそのものの視聴率が高くないからです。ところが、私の上司がＮＨＫの番組に出た時は、ディレクターが番組の対象となる建物から出てくる上司の歩き方までも、いちいち注文をつけていました。そのディレクターには、すでに自分なりの視聴者にウケるストーリーが出来上がっていて、その通りに動いてもらう必要があったからです。ディレクターにとっては、またとない仕事なのでしょう。多様な解釈をもたらす番組を作ってはいけないのです。あくまでも一つの解釈を印象づけなければいけない。それも地方番組から全国番組になるにつれて、本来の事実は、ますます受けの良い方向へと脚色されていくように思われます。私たちは日々そのようなメディアに囲まれて、毎日の勤労生活を送っていると言ってよいのかもしれません。しかし我々一般勤労者は、日々頑張っているのだから、マンネリ化した番組だとはわかっていてもそういう息抜きも必要だ、それはそれでよいのではないか、という意見も当然あります。他方で、このままでは何かが失われていくのではないか、もっと今までとは違った、当たり前の生活があってもいいのではないのか、私たちはいつかはそのような現場にめぐり合いたい、といった意見もあることでしょう。ただ、市場経済と民主主義が広がる社会では、新聞、テレビ、雑誌、インターネットなどを通じたマスコミ文化に受け入れられない限り、「今までとは違った当たり前の生活」が、市民権を得ることはなかなか難しいのかもしれません。

なんだかまとまりのない書き方になってしまいました。私の説明よりも、もう一度ケラー四重奏団のジャケットを見ていただいて、みなさんそれぞれに思うところをイメージしていただけたらと思います。私の場合、今となっては、彼らの前を横切る道路のようなものが、どこか街に向かう基幹道路のように思えてきます。彼らはそこで移動する車を待つのではなく、おそらくこの道路を横切って、もっと先へ行くのでしょう。道無き道を歩んで行こうとするのでしょうか。そう思うのも、彼らの演奏が、なんとも言えない悲哀と同時に、それでも先へ進んでいこうとする意思を感じさせるからです。

（二〇一七年一二月一二日）

ヒューマニズムについて

ヒューマニズム(humanism)という言葉は、ローマ時代の、市民が学ぶべき教養という意味のフマニタス(humanitas)から、その後、人文主義、人間中心主義、さらには人道主義、博愛主義と様々に解釈されてきました。どの解釈も、それぞれ人間としてのあるべき姿を現そうとするものでしょう。日本では、ヒューマニズムの精神とか、ヒューマニティーに溢れたという言い方の場合、人道主義あるいは博愛主義的な観点から表現される場合が多いようです。最近テレビでは、国連機関のユニセフからのコマーシャルが目立ちます。アフリカの飢餓に苦しむ子供たちの映像を映し出して募金を募ろうとするものです。国連は様々な形で、貧しい国々への人道支援を行なっています。もちろんそれらが貧しい国にとって、もはや必要不可欠な援助になっているのは事実でしょう。国連の場合、主に富める国からの政府援助で成り立っています。そこには膨大な援助資金や援助物資が集積され、それらを国連の職員が貧しい国々に効果的に配分しようと試みています。しかし、中には、貧しい人々には届かず、一部の政府官僚に横領され、彼らの私腹を肥やすだけになっている場合もあります。また膨大な援助物資の在庫は、細かな配分のできないまま山積みになることもあるでしょう。そこには政府主導による援助の限界も見られます。

もちろん、国連の担当職員は、各国から選ばれて働いているというプライドと同時に、人道主義的な使命感を持って努力していることでしょう。ある政府援助団体の高官は、北朝鮮で飢餓状態にある人々への援助について、援助という人道主義的な立場と、経済制裁という政治的な立場は厳密に区別すべきだと主張します。しかし実際は、北朝鮮への多くの援助物資は、一部の政治エリートたちに渡り、そこで売買されて私腹を肥やしており、援助団体の職員が末端の人々の現状を調査しようと思っても、自由な現場取材は拒否されてしまうようです。国連を通じた実態のわからないままの援助はこれからも様々な地域で続いていくことでしょう。こうなると効果的な検証の得られないまま声高に、人道援助を叫ぶのも、そのような政府高官や国連職員の自己満足のようにも思えてきます。

一方政府援助に依拠せず、ほとんど寄付によって活動している「国境なき医師団」のような民間支援団体では、国連や政府間援助とは異なって、末端まで自分たちの活動が届くよう努力しており、また各国の政府にもそのような支援ができるような措置を講ずるよう呼びかけています。人道主義的な活動は大切ですが、最終的な効果の検証を怠ったり、自分たちの困難で地道な活動の意味を問い続けていかない限り、これ見よがし的な、自己満足の活動になってしまうような気がします。あるときテレビで、アフリカで活躍する日本人女性のボランティアが取材に応じていましたが、ようやっと自分の活動がテレビで放映されて認められたんだと喜んでいました。また、ときおり著名文化人や芸能人たちが、どこそこの貧しい国々に学校を建てたり、インフラを整備してあげたりと、それらがマスコミで話題になって、笑顔で取材に応じている姿が映し出されることがあります。これらの映像を見て、なんのための人道支援なんだろうと、虚しい気持ちに襲われたりすることがあります。

私が学生のころ、ヒューマニズムという言葉は、人道主義も含めて、人間としていかに生きるべきかという問題に関わっていました。その中で当時学生の間でよく読まれた二つの本が、ありました。一つはフランスの哲学者、モーリス・メルロ=ポンティの『ヒューマニズムとテロル』(森本和夫訳、現代思潮社)、もう一つは、ドイツの哲学者、マルチン・ハイデッガーの『ヒューマニズムについて』(桑木務訳、角川文庫)でした。

メルロ=ポンティーの『ヒューマニズムとテロル』では、レーニンの率いたボルシェビキ革命で重要な役目を果たしたトロッキーやブハーリンが、その後スターリンとの政治闘争に敗れた経緯をもとに、ヒューマニズムとは何か、政治闘争とは何か、プロレタリアートの革命は人類史にとって何を意味するのかを考察した本でした。その中から少し引用します。

「もしも、我々の世代が、地上に社会主義を打ちたてるにはあまりに弱いことがわかってしまったとしても、少なくとも我々は我々の子供達に汚れなき旗を渡そう。……もしも私が真理の勝利に貢献したならば、運命の断固たる一撃の下で、私は青年時代の最良の日々においてと同様に幸福に感ずるだろう。なぜなら、人間の最高の幸福は、現在の享受にあるのではなくて、未来の準備にあるのだから。」(トロッキー、『スターリンの犯罪』)

ここには彼の思想の根本、つまり直接に未来をねらうことや、合理主義の実存的対応物である死を賭する態度、さらにヘーゲルが見たように、良心の誘惑などが見てとれる。トロッキーはその通りに行った。個人的なことの領域においては、このような人間の型は崇高である。しかし、我々は、歴史を作るのは彼らであるかどうか考えて見なければならない。現在の中で考えたり行動したりするよりも、むしろ意思によって措定された未来のために生き死にする態度は、まさにマルクス主義者が常にユートピアと呼んで来たところのものだ。革命というものは、たとえ歴史哲学に根拠づけられたものでも、強制的革命であり、暴力である。それと相関的に、ヒューマニズムの名のもとに行われる反対も、反革命的となる可能性がある。このことを首領にして追放者であったトロッキーは失念していたのかもしれない。

プロレタリア的ヒューマニズムの凋落は、マルクス主義全体を無に帰するような重大な経験ではない。現存する世界や他の諸々のヒューマニズムへの批判として、マルクス主義は依然として有効である。少なくともこの資格においては、それが超克されることはあり得まい。マルクス主義は、明日には他の仮説によって代替し得るような一つの仮説ではなくて、それなくしては人間同士の相互関係という意味での人間性もなく、歴史における合理性もないような諸条件の単なる記述である。それは歴史哲学そのものであり、それを放棄することは、歴史的理性を十字架にかけることである。そのあとでは、もう夢想や冒険しか存在しない。歴史は、人間的共存の論理のようなものが存在するのでない限り、意味を持たない。

革命の初期、まだ様々な対立組織との抗争や第一次世界大戦中の外圧と戦っていたとき、レーニンは、ドイツとの講和条約を締結します。トロッキーやブハーリンは、本来のプロレタリア革命にはあるまじきブルジョア的な妥協だと非難します。彼らはレーニンと袂を分かった後、最終的にはスターリンによって粛清されてしまいます。粛清されるまでの間に彼らが書いた著作物には、ブルジョアジーと妥協する戦いであるならば、未来に希望を託すしかないという自己弁護的な主張が見られます。メルロ＝ポンティは、こうした純粋革命的な思考に対して、それは本当のヒューマニズムではない、彼らは政治闘争の意味を理解していなかったと批判しています。政治的な闘争には、精神的なものであれ物理的なものであれ、常に暴力（テロル）が伴うものだ、「人間的共存の論理」を展開しうるマルクス主義という原則に依拠した戦いであっても、そこには、予期しなかった外圧や、不測の事態が常に待ち構えている。そこで様々な妥協的対応を取らざるを得ない場合がある、そうした中でも原則を失うことなく戦っていくのが政治闘争であり、トロッキーたちのように、永久革命の名の下に、自分たちの戦いの純粋性を、未来に向けて誇っても、それは政治闘争に負けたことを意味するしかないと言っています。レーニンもそのような趣旨のことを述べています。レーニンも、メルロ＝ポンティも、マルクス主義が、人類史のほんの一時期の灯火であるというのではなく、プロレタリアートの革命が人類史の新たな展開を目指す重要なエポックであることを認め、その上で、その政治的な闘争の過程の中では、血なまぐさい戦いもありうるのだということを理解していたのでした。妥協も伴わざるを得ない政治闘争の中でも、プロレタリアートが目指すべき方向を、歴史的な必然性として見失うことはない。そこにヒューマニズムの新たな展開を見ようとしたのでした。

もう一つのヒューマニズムに関する書物、マルチン・ハイデッガーの『ヒューマニズムについて』は、実存主義思想の金字塔となった彼の主著『存在と時間』に対して、一読者が実存主義とヒューマニズムの関係を問いただしたのに対する答えとして書かれたものです。そこから引用します。

人間は、存在から話しかけられているという、自分の本質においてのみ本当に存在するのだ、という単純な本質内容を、形而上学は斥けています。ただこの話しかけから、どこに自分の本質が住まっているのかを、人間は見出して「もって」います。ただこの住まうことから、人間は、自分の本質に対して、脱我的なもの（ダス・エクスターティシェ）を守る住居として、「言葉」を「もって」います。存在の明るみの中に立つことを、私は人間の明在

（エグジステンツ）と名付けます。このあり方は、人間だけのものです。

人間本質の最高のヒューマニズム的諸規定すら、人間独自の尊厳さをまだ経験していない、ということです。そのかぎり『存在と時間』のなかの思考は、ヒューマニズムに反しています。ヒューマニズムが、人間の人間性を高すぎるほど十分に高く評価していないからこそ、ヒューマニズムに反対すると考えられるのです。

故郷の喪失は世界の宿命となりました。それでこの宿命を、存在史的に考察していくことが大切です。マルクスがある本質的な深い意味で、ヘーゲルから人間の自己疎外として洞察したゆえんの根源は、近代の人間が故郷を失ったことにまで遡れます。歴史に関するマルクス主義的見解は、ほかの諸々の史観に比べて卓越しています。現象学も、さらには実存主義も、そこにおいてマルクス主義との実り多い対話が、初めて可能となるような次元にまで到達していません。共産主義の教説とその基礎付けに対して、様々な態度がとられましょうが、存在史的に確かな事は、世界史的なものの基本的な経験の一つが、共産主義の中に表現されているということです。

ここでハイデッガーは、存在の明るみに立つべき人間は、従来のヒューマニズムで解釈しきれるものではない、これまで人間とは何かを考えてきた哲学的な施策、人間的主体と外部の客体としての自然、あるいは、動物の延長上での人間、そんな中で捉えられてきた人間性に人間はいつまでも依拠するものではない、動物とは本質的に違う存在としての存在、それが人間であり、その上でこれから実現されていくべきであろう新たな人間性をヒューマニズムと呼ぶべきである、と述べています。人間一人一人は、自らに到来するできごとに対して構え、そうした中である気分を保持し、それを解釈し、その上で自分を前へ進めていこうとする存在である。そこには動物にはない言葉という住み処がある、言葉の赴くところと一体となって、自らの志向するところを生きていく。それが人間であり、そこから新たなヒューマニズムが生み出されていく、ということなのでしょう。

こうして二人それぞれのヒューマニズムについて見てきました。二人に共通しているのは、マルクス主義が、単なる政治闘争であるだけでなく、人類史にとって極めて重要な考え方であるということを深く理解していたことでしょう。しかしまた、二人に共通することは、二人とも実存主義はなやかなりしころの、学問やジャーナリズムの世界に守られた学者の身分を保持していたということでした。ハイデッガー自らが、人間の思考はまだ、学的な一部の分野での言語構成に依拠しているだけで、本当に普通のみじかな生活の単純なわかりやすい言葉にまでたどり着いていない、と語っています。そこにたどり着くまでは、我々はまだ真のヒューマニズムと呼ぶべき場所にも到達できないのでは、と思われてくるのです。

　数日前、私は県立図書館に本を借りに行きました。特に何を借りたいというわけでもなく、いつものようにぶらっと書架を巡って面白そうな本を探そうと思いました。五冊まで借りられますが、五冊借りてもなかなかこれといった本に出会うことはありません。それにもう、哲学や西洋思想あるいは宗教などの項目の書架に近づくことはありません。そしていつもは立ち寄らない、日本文学の随筆風の書架にあった一冊の本を借りて読んでみました。

　その本は、ハンセン病の発病によって幼いころから故郷を離れて、隔離された島の施設で過ごした宮崎かづゑさんという方の手記でした。(『長い道』宮崎かづゑ、みすず書房)生まれた村での両親や家族との幼いころの思い出から、隔離施設に入れられての生活、そこでの苦悩と読書の喜び、母が訪ねてきたときの喜び、徐々に指がなくなっていく中での新たな生活の模索、そんな経験を、八〇歳ごろから指のない手にワープロのキーを打つ添え木をしたり、あるいは話し言葉を収録して綴った本なのに、なんと言ったらよいのか、吸い込まれるように読ませていく文章なのです。もちろん、被害者意識に染まらない、のんびりとした雰囲気の表現に徹するという意図はあったにしても、こんなに素直に語ることのできる文章に出会ったのは久しぶりのことです。これを読むと、ハイデッガーやメルロ＝ポンティどころか、この今の日本の文化状況で書かれた著名文化人の本はもう何も読む気がしなくなります。

当時感染する難病と思われ、人々に忌み嫌われたハンセン病にかかり、徐々に体がいうことをきかなくなる中で、彼女が自分に向かってくる出来事を、自分にしかなし得ない出来事につながるもの、自分がそこで自然に生きることのできる出来事として捉えていく様が語られていきます。そして、本の最後に、ハンセン病から顎にガンが発症して亡くなった友人、トヨちゃんに対する弔辞のようなことばが綴られています。

トヨちゃん、あんたはらいを全身で受けとめたのに、苦しみは一度も口にせずに逝ったねえ
宇宙の彼方に幸せの塊の星があるとしたらあんたはそこに逝ったんだねえ
私には到底そんな資格はありませんよ
愚痴は言うし、目が痛い痛い痛いと今年はいい続けてろくなヤツじゃない
だからあんたにはもう永遠に会えないんだよねえ
ありがとうトヨちゃん
もう人間はやめようね
私もそれだけは……
生まれ変わってきたいなどと思わないんだよ
あんたはきっと、人間というどうしようもない動物から卒業できたんだと思う
だからあんなに卒業試験が苦しかったんだよ

そして卒業試験に合格したんだよ
あんなに平和に、穏やかに、幸せを胸にいっぱい持って
……
トヨちゃん　ありがとう
じゃあね

人間はやめようね……こんな言葉をさらっと言ってのける強さを、著者は持っているように思えます。このような本にこそ、今私が考えたいヒューマニズムの原点がありそうな気がしているのです。

（二〇一八年一月一四日）

コリント人への手紙

コリント人への手紙は、初期キリスト教の使徒パウロが、古代ギリシャの都市国家であったコリントのキリスト教共同体の人々に宛てた手紙です。パウロはユダヤ教の信者で、キリスト教徒とは対立し、しばしばその迫害にも加わったとされていますが、その後啓示を受けて、キリスト教に改宗し、キリスト教の教えを様々な書簡を通じて広めていきます。その一つがこの手紙で新約聖書に収録されています。私には原始キリスト教や聖書に関する知識はそれほどありません。ここでこの手紙について考えて見たいと思ったのは、この第一書のほんの一部分のエスペラント語の翻訳がエスペラント語のテキスト本に掲載されていたからです。エスペラント語を学ぶ時に、多くの人が利用する、『4時間で覚える地球語エスペラント』（小林司／萩原洋子著、白水社）という本があります。私もこの本と添付のCDを利用してエスペラントを勉強し始めました。この本の名作紹介欄に、この手紙のエスペラント語訳が載っているのです。簡潔な名訳で、CDの朗読も素朴で謙虚な語り口で好感を覚えます。エスペラントの創始者ザメンホフは、旧約聖書のすべてをエスペラント語に翻訳したと聞きますが、この新約聖書の書簡文は、ザメンホフの訳ではないようです。ザメンホフもパウロと同様ユダヤ人で、当初ユダヤ教の信奉者でしたが、その後、エスペラントの普及活動とともに、ユダヤ教やキリスト教など個別の宗教を乗り越えた、普遍的な宗教を唱えるようになります。

テキストで訳されている部分は、おそらくパウロの述懐の中でも重要で有名なものです。

もしも飢えている人々を食べさせるために私が自分の全財産を分け与えたとしても、また、私が自分の体を焼き尽くすに任せるとしても、もし愛がなければ、私にはなんの利益もありません。愛は永く苦しみますし、善を為します。愛はねたみません。愛は空威張りをせず、思い上がることがありません。不作法をせず、自分の為を思わず、怒ることなく、悪く解釈せず、不正を喜ばず、むしろ、真理をともに喜び、あらゆることを忍び、すべてを信じ、全てに希望をもち、全てを耐えるのです。愛は永遠に滅びることはありません。しかし、予言があったとしても、それは消失し、言葉があってもそれはやがて沈黙し、知識があったとしても消え去るでしょう。なぜならば、私たちは一部分を知っているだけであり、また、一部分を予言できるだけだからです。しかし、完全なものが現れるときには、部分的なものはなくなるのです。

愛は「あらゆることを忍び、すべてを信じ、すべてに希望をもち、すべてを耐えるのです。愛は永遠に滅びることはありません。」の部分は、エスペラント語では、次のようになります。

Amo ĉion toleras, ĉion kredas, ĉion esperas, ĉion eltenas. Amo neniam pereas.
アーモ　チーオン　トレーラス、チーオン　クレーダス、チーオン　エスペーラス、
チーオン　エルテーナス。アーモ　ネニーアム　ペレーアス

エスペラント語は、誰でも学びやすい言語を目指しており、文法は簡単ですし、発音面でも、フランス語や英語のような、連音（リエゾンとか、リンキング）はなく、一語一語区切って同じ発音をし、アクセントも規則的です。インターネットを見ると、ペラペラとリエゾン調で喋る場面も見ますが、それは日常生活面でもエスペラントがしっかりと根付いた場合であって、本来、国際語としてのエスペラントは、はっきりと相手に伝わるように、ゆっくりと話すものだと思います。もちろんこれからエスペラントが若い人たちにどんどん普及して、スラングもたくさん生まれてくれば、リエゾン的な発音も一般化してくるのかもしれません。だが、ここでは、ゆったりと、聞いているものの心に響く語り口です。

ここでいう愛（アーモ Amo）は、エロスではなくアガペーとしての愛です。

私はこの素朴な口調の中に、ローマの迫害を受けながら、地中海周辺の国々を渡り歩いた原始キリスト教の使徒たちの歩みを感じます。また、同時に、一九世紀後半から二〇世紀にかけて、

ロシアやドイツからの様々な差別や迫害を耐え忍んできたザメンホフのようなポーランドのユダヤ人たちのささやきを聞くような気もします。エスペラントを創出するためのザメンホフの陣痛と情熱もこのような状況から生み出されたものでした。

アガペーについては、人々それぞれに自己実現を図る、自己承認の欲求が渦巻く表現世界、すなわち私たちの文化社会では、なかなか実現が難しい行いです。そこには宗教的な体験が必要であるのかもしれません。しかし、アガペーに通じるような体現は、我々の日常生活のなかでも無視できない心情として、あるいはその根底にある象徴的な言葉として存在するのではないかと思われます。それでも、コリント人への手紙でパウロが書いているような、すべてを耐え忍び、無私の奉仕を行う心情としての愛は、平凡な我々には困難な試みでもあります。その体現には、人生の様々な経験や段階を経ることが必要なのかもしれません。

古代インドのヴェーダには有名な四住期という考え方があります。ヴェーダについて学ぶ学生期、結婚して仕事に励む家住期、家を出て森林に住む林棲期、そしてあらゆる所有物を捨てて天涯孤独の身となる遊行期です。これらの段階を経ることによってあらゆる欲望を乗り越え、最後は肉欲を全く断ち、己の存在に充足すると唱えます。己の存在に充足するとは、自己承認が完結するということではなく、そのような自己にこだわることが全くなくなり、無条件で他者への奉仕を実現できるということだと思われます。アガペーを理解し、その心情のもとに生きるということは、人間にとってはやはり時間と経験が必要だということになります。

どのみち、人間の生は、個人的な充足感、個人的な私有意識で終えるようには出来ていないようです。人間は、青春時代から、家族や市民社会を担う社会人へと段階的に生きて行く過程にあっても、性欲、所有欲、権力欲、名誉欲、自己承認欲などの様々な欲望にかられながら、自己実現を図っていく存在です。しかし最後は、自己実現を含めた個人の営みから離脱して、他者への存在に向かって自己を解体していくのではないかと思われます。

それにしても、パウロが語ったように、我々人間の営みで得られた知識や予言は限定された一部分でしかなく、完全なる知識や予言が現れるとき、我々の限定された知識は消え去るのでしょうか。それはパウロにとっては、神やキリストによって我々に発せられた啓示のようなものかもしれません。しかし私のようにキリスト教徒ではないものから考えてみると、それはまさしく死という境界が自己の生に間近に感じられるようになるときに了解できるものかもしれません。なんということだろう、青春時代から、自己を意義づけ、自己を守るために、様々な、虚栄や、誇示、これ見よがしな表現に生きてきた恥すべき自分、こんな虚しい重荷を背負っていた自分が、今やっと軽くなった。そう思うとき、我々は今まで限定されていた自己の周りの知識から解放されていくのかもしれません。

私は以前にこのブログで「自転車の旅人」と題して、山道でばったり出会った旅人のことについて書きました。山道は私の住居の近くで、上り詰めたところに、キリスト教徒の共同墓碑のような大きな石碑が建っています。そこを通り過ぎた時、私は野宿に必要な荷物のようなものを両脇にくくりつけた自転車を引っ張って登ってきた中年の男性と出会ったのでした。明らかにどこか遠くから来て、さらに遠くへ行こうとしている出で立ちでした。彼は私とすれ違った時、わずかに会釈して過ぎ去りました。なんのための旅なのか、あのキリスト教の墓碑に何か用があるのだろうか。旅人の重い足取りは、自転車の重さというより、もっと何か精神的な重さが彼にのしかかっているようにも見えました。キリストの教えを伝えるために、巷や荒野を旅するパウロ、その書簡をコリント人に運ぶ伝達者たちの旅、書簡を受け取り、様々な思いでそれを感じ取るコリントの人々。そんなイメージが、私が偶然出会った自転車の旅人の記憶と重なりあって、何かしら遠い、荒涼とした道のりを思ってしまうのです。

（二〇一八年四月一五日）

ライプニッツが掟の門番だったら

フランツ・カフカの短編集の中に、『掟』という短編があります。（『ある流刑地の話』他六編、本野亨一訳、角川文庫）

田舎から来た男が、掟の門にたどりつきます。門には番人が立っています。男は番人に中へ入らせてほしいと頼みますが、番人は、今は入らせるわけにはいかないと言います。男からすると、掟の中にはどんな人間でも入れるはずなのに、門番の拒否は意外に思います。しかし、男は、今はダメだという門番の答えに、いつかは入らせてもらえると考えて門の前で待つことにします。こうして歳月が流れていきますが、番人はまだ入らせるわけにはいかないと言います。男はなけなしの所持品を使って、番人を買収しようとしますが、番人は受け取るだけで、見返りを与えてくれようとはしません。男にとって、この番人そのものが掟に入ることを拒む大きな災いに思えて、この不幸な偶然を呪います。しかし、年が経つにつれて、男は門の前で心身ともに老け込んでいきます。やがて死が近くなる。近づいた番人に男は尋ねます。「すべての人間が掟を求めて努力を続けているのに、自分以外に誰ひとり掟の門の中に入ろうとしてここへきた人間がいなかったのはどうしてなのか？」と。すると番人は、男がもう死にかかっているのを知り、答えるのです。「ほかの人間は、絶対に入れさせてはもらえない。この入り口は、お前だけのためにと決めてあったからだ。」そう言って番人は門を閉めてしまうのです。

短い話ですが、印象深い話です。私は今まで私の創作物に何度もこの話に基づいた語りを重要な登場人物にさせています。様々なことを考えさせられるからです。まず、掟とは何でしょうか。最後に男が番人に、すべての人間が掟を求めて努力していると話します。つまり、掟は必ずしも人間の自由を制限するもの、束縛するものだけではないようです。むしろ人間が生きていく上で不可欠なものではあるが、しかし人間にすべてが明らかになっているものでもない。であるから人間誰しも掟のなんたるかを知りたいと思う。しかし、掟のなんたるかを一般論として知ろうとして、男がわざわざ田舎からはるばる出かけてきたわけではないでしょう。人間に関する掟を一般論として知り、あるいは知る過程や知り得た結果を語りたいのは、学者や思索家なのでしょう。ここでの男は、もちろんそんなことのためにわざわざここへたどり着いたわけではありません。おそらく今までの男の生涯は、決して順風満帆なものではなく、むしろ苦難に満ちたものであったことでしょう。そして男はそこに偶然の連鎖とは思えない、一筋の糸のようなものを感じ取ったのかもしれません。自分の人生を貫いてピンと張った糸のようなものを。自分の、この特定の生涯をここまで導いてきたものがある。それはなんだったのか。それが知りたい。そしてこのような思いは、それぞれ異なった人生だとしても、自分以外の多くの人々が同じように抱いていることではないのか。つまり、それぞれに自分の人生を導いてきた糸のようなもの、自分を一貫して自分として成り立たせてきたものがある。何ゆえ自分の人生はこうした苦しみの連続なのか、報いはあるのか、その仕組みを知りたい、と。男はこうしてようやく掟の門までたどり着いたのです。だが、番人は自分を中に入れてくれないし、また自分以外に誰もまだここまでたどり着いていない。なぜなのか。この疑問に、番人は、ここはお前だけのための門だったのだ、他に誰も来やしない、お前が死ねば用無しだ、と言って門を閉じるのでした。そしておそらく、男が死ぬ瞬間に、番人も、門も、門の中の掟も、一挙に夢のように消えてしまうのかもしれません。摩訶不思議な話ですが、カフカ自身、整合性の取れた論理の上に創作したわけではないでしょう。しかし彼が話の奥底に、はっきりとした疑問やある観念に育っていくイメージを持っていたことは確かでしょう。

カフカの思いがどうであれ、私がこの話で感じ取ったのは次のようなことです。私たちそれぞれの人生には生まれてから死ぬまで、ある種の統一的な流れといったようなものがあるのではないか。というのも、私の歩んできた道は、決して私に現れる出来事に対して、その都度私自身の意志と思惑のみで積み上げられてきたものではない。私以外の何かがそこに働いている。あるいは私に起こってくる出来事そのものが、わたしの生に一貫性をもたらす何かによって、成り立っているのではないか。しかし私には、そういった私を成り立たせているものの存在を決して明らかにすることはできない。常日頃のそういう思いをこの物語から読み取ってしまうのです。

掟の門は結局、田舎の男のためにしか存在しませんでした。男の死と共にすべてが意味のないものになってしまう。死ぬ前までの男の生は、男そのものの世界であった、男と世界は一体であった、男の生きた世界、男が意識して、そこで生活した世界そのものが、男であった、と言えるかもしれません。しかし、男は他の人間もこの掟の門まで訪ねて来るはずだ、と語っています。ということは、男の生きた世界は、当然そこで同じように生きて生活する他の人々も共通に意識している世界だと思っているわけですが、どうやらそこにも何か仕掛けがありそうです。世界は一つ、いわば我々は同じ世界に共存している存在だと思っていたが、そうではないのかもしれない。私たち一人一人が見る世界、私たち一人一人が生きている世界は、表面上は共存しているように思っても、意外と異なっているのかもしれない。であるから、男がなくなると、男の世界もなくなる。残るのは、矛盾した言い方ですが、無のみだということになります。

もちろんこうした思いに対しては、様々な反論があることでしょう。例えば次のような考え方です。まず、自分の歩んできた人生に何か自分を導いているものが存在すると考えるのは、人間誰しも備わっている自己保存欲や自己承認欲がそうさせているに過ぎない。人それぞれに遺伝的に受け継いできた性格というものはあるだろう。偶然出会った出来事に、その時々、それなりに対処してきた結果がその人間の人生であって、何も神のようなものが必然的に彼の人生を導いてきたのではない。それはもう宗教の世界だ。それで道徳的に清い生き方ができれば、それはそれで人生にはプラスに作用するかもしれないが、世の中、善人ばかりではない。根っからの悪人はいっぱいいるだろうし、それもそこで育った環境や遺伝的な素質によるものだろう。人生の幸不幸も、偶然出会った環境や出会い、それに思わぬ災害や重病にも左右される。満たされた生活には、本人の努力もあるだろうが、大方それだけではないだろう。例えば会社などでの生活を大きく左右するのは人事だが、人事にうまく乗っかる人間とそうでない人間では人生は大きく異なって来るだろう。それも運不運だ。努力をしなくとも順風満帆の生活が送れる人間と、努力をしてもそうでない人間がいるのも、世の中というものだ。表面上は、それにもかかわらず、努力したという姿は美徳と受け取られるが、その程度で社会全体がうまくおさまっていくのもこの世の中というものだ。そこに何か神か魂か知らないが必然的な導きの意図があるとは思えない。運のいい偶然に出会うか、運の悪い偶然に出会うかだ。運の悪い偶然に出会っても、そこから立ち上がることのできる人間は、それなりの質のいい性格が親から与えられたからだろう。運のいいやつでも、そこにあぐらをかいてばかりいたら、運が向かなくなる人間もいるだろう。そいつはもともと質の悪い性格を授かったのだろう。こうして美徳は教訓談や童話にもなり、運不運もこの世の宿命として受け継がれていく。そういうのがいつも変わらぬ人間の人生、人間の世界というものではないか。そこにそれぞれの人間を導く糸のようなものはない。いかに生きるかという道徳的な要請から勝手に考え出されたものだ。もちろん、人間が、そして人間の世界がどうやって誕生してきたかは、偶然の連鎖ではあっても、少なくとも人知で遡れる範囲では、生物学や、人類学など科学的な必然性を探求する学によって、これからも少しずつ解明されていくのだろう。それでも人間の世界というものは、誰が死のうと誰が生まれようと、我々誰もが知りうるような、この歴史的、客観的なものが存在するだけだ。誰かが生まれても、誰かが死んでも、世界はこのまま在り続ける。生まれたら、この偶然がはびこる世界に投げ出されて、どうなるかわからない人生を歩むだけだ。死んだら、その人間にとってはもちろん世界は意味がなくなる。世界も人間も偶然の連鎖の、積み重ねの中で生き続ける。それだけのことだ。

そう言われると、積極的に反論できるものは何も持ち合わせていない私です。しかしながら、ここまで生きてきた私の経験からすると、我々人間には、それだけではすまされないものがあるような気がしているのです。取り立てて取り柄のない、今までの平凡な私の人生ですが、それでもそれが単なる偶然の出来事の連鎖であって、それもそうした出来事に対して、どっちに転ぶかわからない私の自由な意思による選択によって結果が積み重ねられてきたと言い切ることは、どうしてもできないのです。やはり、一本の糸がつらぬいているように思えてきます。そもそもそれは私という否定できない存在があるからこその話であって、私を起点とする欲求や表象が生み出した結果に過ぎないのかもしれません。しかし、私の凡庸な人生を振り返ってみても、退職前後、単身南インドを訪れてそこで知り合った人々たちから得た貴重な知識や経験が今の私の生活を支えていることがわかります。もう少し遡って、退職前の職場生活を振り返ると、もしそこでなんの不満もない生活に終始していたら、私はヴェーダというインド古代思想を学ぼうと一念発起して、困難な南インドの旅をあえて実行することはなかったと思います。そして母が亡くなってから、今までの自分の考えをホームページにまとめてみようと思ったのも、そうした経験があったからこそだと思います。ほとんど誰も見ないであろうホームページに自分の考えを公表しようという試みも、単なる自己顕示欲ではないのかと煩悶することもありましたが、そうではない、自分だからこそ表明できることは、外へ出さなければいけないという思いもありました。そこには偶然とは言えない様々な経験の連鎖があります。これは理屈ではなく、確かな気持ちです。

私が考える一本の糸、これを充足理由律の立場から真剣に考えてきた哲学者にライプニッツがいます。充足理由律とは文字通り、私たちに起こってくる出来事には、それらが偶然と呼ばれる現象だとしても、起こった原因をたどっていけば、必ず理由が見出せるというものです。有名な『単子論』（河野与一訳、岩波文庫）でそのことを展開していきます。単子（モナド）は、「部分のない単純な実体で自然的に消滅することもない、そこにものが出たり入ったりすることができるような窓もない」存在です。実体とは、それ自身で充実した存在であり、我々の精神や、身体や、物質など、いたるところにモナドとしての実体が存在するというのです。

ライプニッツの時代、「エチカ」を世に問うたスピノザの場合は、神のみが実体であり、人間活動を含む諸々の必然的な原因をうみだす存在であると説きます。ですから、ライプニッツと違って、我々の精神や物質は実体ではなく、神という実体の属性に基づき、様態として現れたものとして位置付けられます。ライプニッツも究極的な実体としての神を認めます。神のみが他のモナドとしての実体を無限に創造するモナドです。モナドは空間的なものではなく、何かを表出する力を宿した単一体です。ライプニッツにとっては、こうした個々のモナドそれ自体が自ずからそれぞれ神の本性を表出していくとされます。

ライプニッツと違って、スピノザの『エチカ』（畠中尚志訳、岩波文庫）における神は、実体として思惟し、延長する属性をも持つ存在です。人間も思惟と延長という二つの属性に基づく存在であることで、神の本性を表現することができます。しかし神は思惟と延長だけではなく、人が知り得ない無限に多くの属性を持った存在です。ですから人間との間には、二つの属性で繋がっていても、それ以外の途方も無く多くの属性の存在が、スピノザにとっての神を人間的な善悪の観念や目的意識とははるかに隔たった存在にしているのです。そうした神の多様な属性からは、例えばこの世界も、神は地上ではなく、地下空間深く、触覚だけで交流し合えるような知的生物の世界を創造したかもしれないと考えることもできます。神は人間にとって都合の良いようないかなる目的のためにも働く存在ではない、と言われる所以です。私たちが自由意志だと思っている行動も、究極的には、唯一の実体である神によって規定されている。スピノザは、そうした人間と神との関係の正しい認識の中に人間のあるべき姿を求めようとしました。しかし、そこにはカフカの「掟」の門にたどり着いた田舎の男が「掟」に求めたような、なぜ、この特定の自分という存在がここまで生きてきたのか、という問いに答えられるようなものはないような気がします。つまり、神の本質が人間に様態として現れるなら、なぜAという人間にある様態が現れ、なぜBという人間には別の様態が現れたのか、といったことには、神は答えられないのです。究極原因の神に対して、個々人は単なる駒に過ぎなくなるような気がします。

ライプニッツもスピノザと同じように神はこの世界をいかようにも作り得たと言っています。そして有名な「予定調和」説によって、神は、今ある善を中心とする世界を創造することによって、様々なモナドがお互い調和の取れるように仕組んだ、と言うのです。スピノザと違って、神は非人格的な存在というよりも、人間の精神を介して、人格的な類推が可能な存在ではないかと思われます。極端にいえば、人のモナドは精神を介して神のモナドと一体的な関係にあると言えます。それぞれのモナドは異なった視点から、神の創造したこの宇宙全体を映し出す鏡となるのです。

ライプニッツは、我々一人一人が精神のうちに一つのモナドを保持しており、そこには過去から、現在、そして未来に至るその人の人生のすべてがあらかじめ凝縮されていると言います。シーザーというモナドには、彼がルビコン川を渡るということや、ブルータスによって殺されるということなどが、すべて最初から常に含まれている、と言うのです。なぜシーザーがルビコン川を渡ったのかという理由は、分かっている限り、過去を丹念に遡ることができるでしょう。例えば、シーザーがルビコン川を渡らざるを得ない戦略があったということ、そうした戦略を作成せざるを得なかった戦いが勃発したということ、戦いの指揮官としてシーザーがローマ皇帝であったということ等々、しかし、ライプニッツは、そのような出来事の「十分な理由」というものは、そうした数珠つなぎによる無限の系列の中にはないと言うのです。そうした系列の外に充足した理由がなければばならない。それが神による表出だと言います。それについて、彼は当時の著名文化人であった、アントワーヌ・アルノーとの書簡のやり取りの中で、彼が将来ある場所に旅行をすることがすでに彼のモナドの中に含まれていることを例にして述べています。

私（ライプニッツ）が将来その場所に確実に旅行する、そうした理由を説明できるなにものかが、私という主語のうちにはあるのだと、私は言いたいのです。といってもこの偶然的真理の根拠とは、必然的に強いる事なく傾けるものです。従って私がこの旅行をしないことも確かに可能なのですが、旅行をするのは確実なのです。このような命題は確立されるだけの価値ある命題です。というのも、あらゆる魂はちょうど一つの世界のように、神以外の全ての魂には無縁である、それは不死で悠久であるばかりではなく、魂は自身に起こる全ての事柄の痕跡をその実体（モナド）のうちにたもつ、ということがこの命題から結論づけられるからです。この旅行をするしないは私の自由である。この点ではあなた（アルノー）に同意します。私が旅行しなかったとしても永遠的、必然的真理に矛盾はしないでしょう。それでもなお、私が旅行することは確実なのであり、主語である私と述語である旅行の実現の間には結合があるはずです。ということは、私が旅行をしなかったらある誤謬が起こってしまって、私の個体概念、すなわち完足概念、つまり神が私について解していること、要するに私の創造を決意する前から解していたことがこの誤謬によって破壊されてしまいます。今後旅行をしない人物は私ではないことになります。

（『形而上学叙説・ライプニッツ―アルノー往復書簡』橋本由美子監訳、平凡社）

すごい考えです。これに対するアルノーの返事は、どこまでライプニッツの考え方を理解できたか疑問に思うものばかりです。今日の我々でさえなかなかライプニッツのいわんとするところを理解するのは難しい。しかしここには特定のこの私という存在は何なのか、なぜ私にはこのような人生が与えられているのか、というカフカの掟の門に現れた男の知りたいことと、つながりがあるような気がします。こんなところに哲学があるのかといわれそうですが、しかし私たちが日々悩んでいる問題は、私という特定の人間に起こる出来事の連鎖の不可思議だからです。この問題を、科学的な客観主義に支えられて生きている私たちは、そんな特定の個々人の存在理由などを司る神のようなものを考えるのは時代錯誤だ、と一笑に付してしまうのかもしれません。もちろん、我々に個々のモナドがあるといっても、我々人間が、自分のこれからの一生を知ることはできません。神のみが知る。だからそんなことを考えても仕方がないという考えも当然あります。すなわち、我々一人一人の生は異なっているし、それぞれの意志や欲求、あるいは深層意識はそれぞれの人格にとって意味があるだろう。しかしそれを意義づけるのは個々人だ。神などではない。我々にできることは、個々人の意識と彼が関わる世界のあり方を現象として捉えるのがすべてだ、と。確かにハイデッガーなどの現象学では、私たちの存在そのものを問題にしても、ライプニッツのように個々の人間の存在理由を問うたりはしません。

しかし、ハイデッガーは『存在と時間』の中でも、私たち現存在の現象として、「良心」について多くを語っています。

良心は何ものかを了解するようほのめかす。つまり、良心は、現存在に呼びかけるものとして、現存在を開示する。

(『存在と時間』原佑・渡邉二郎訳、中央公論新社)

良心は遠くから特定の私に対して呼ぶ。どこから誰が呼ぶのか。そしてなぜ良心なのか、なぜ我々の世界は悪が存在するのに、おおむね良心に適合するように仕組まれているのか。人間社会の持続的な繁栄のためだけなのか。我々一人一人が生きることの深い意味がそこに隠されているのではないのか。そうライプニッツも問うているように思えます。ですから、ライプニッツの時代が、宗教一色の世の中だったから、科学者でもあった彼が当時の宗教と適合するように、論理的かつ倫理的な哲学を構築したかっただけだ、と彼の哲学を評価するのは、あまりにも一面的すぎます。ライプニッツは宮廷に雇われた身であり、政治・外交面でも活躍したのでしょう。しかし、それは時には王侯貴族にへつらわざるを得ない立場でもあり、彼はそこで様々な人間関係の軋轢を経験したことでしょう。そして最後は生涯独身のまま、一人寂しく亡くなります。

一方我々の現代社会は、科学技術の発達の名の下に、神を語ることはどのような形であれ、思考停止につながるというような考え方が蔓延しています。また、マスコミの発達と知識階級の階層化によって、現代の哲学者たちは、多くが大学教授などになって出版文化に組み込まれてしまい、自分の初期の成果以上に問題を追及しようとはしなくなりがちです。ライプニッツは、余裕を持って哲学できるような境遇にはなかったし、実際の出版物はすくないのです。それでも多くの論客との膨大な書簡がまだ残されており、ドイツではそれらを発掘整理して、新たなライプニッツ全集を刊行しようとしているようです。彼の思想の全容が明らかになるのはまだまだこれからかもしれません

最後に、もし、ライプニッツがカフカの「掟」の番人となって、田舎の男に対峙したとしたらどういう風に答えたでしょうか。次のような場面を想定したくなります。ライプニッツの番人は男に言います。

「はるばる遠くからよくここまでたどり着いたな。お前が掟について知りたがっているのは殊勝なことだ。確かにお前以外にも掟のなんたるかを知りたがるやつは少なくない。しかしこの門の中には誰も入れるわけにはいかない。それならば、門を堅固に閉めておくか、門の存在すら分からないようにしておけば良いではないかだと？　そういうわけにはいかない。お前のようにはるばる来た人間に、ここの存在の意味を説くのがわしの役目だからだ。ここはな、誰も来やしない、お前以外にはな。しかし門の中に入れるわけにもいかない。掟はこの奥にある。しかしわしでさえ掟に対面することはできない。そもそも掟と我々とは格が違うのだ。掟はある。それが我々の過去、現在、未来をかたちづくっている。それも我々一人一人がそれぞれ掟と対峙するかたちでな。万人が同じように対峙することのできる掟はないのだ。それぞれが異なったかたちで掟とつながることで、それぞれがお互いに生活できるようになっておる。掟がお前の過去、現在、未来をかたちづくっている。かけがえのないお前一人のな。しかし我々人間には、過去、現在は反省できても、未来を見ることはできない。それでもお前の未来は掟によって定められているのだ。さあ、帰れ、それだけで十分だろう。」

最後に、男の未来はどうなったのでしょうか。ライプニッツたる番人の言葉に、納得してはるばる来た道をひきかえすのでしょうか。途中でくたばるのか、それとも田舎に戻って、また同じような生活を送るのか、それはライプニッツたる番人にも分からない。掟たる神のみが知る。ただ、男にとってはライプニッツたる番人の言葉は、今までにない気持ちを抱かせるものだったかもしれません。自分のかけがえのない人生の意味を問うことは、大切なことだ。根本のところでは、何かがこの世界をかたちづくり、何かが自分の人生を導いている。そのような思いを巡らすことは、誰でも認める科学的、必然的な知識の世界で、偶然の限りない連鎖と対峙するだけの生活よりは、問いの只中にあったとしても、はるかに自分の精神を充実させるものだ。男はこうした確信を抱いて「掟」の門を立ち去ったのかもしれません。

（二〇一八年八月二三日）

漱石の『明暗』

最近どういうわけか、また『明暗』が読みたくなって、三度目にたどり着きました。そういうわけで、今回感じたことを述べてみたいと思います。

この小説は、大正五年、一八八回にわたって朝日新聞に連載されています。漱石の突然の病死で未完に終わりましたが、漱石のたどり着いた最高傑作、あるいは文学史上に残る傑作だという評価を今日まで得ています。図書館で漱石全集を借りて読みましたが、漱石の弟子、小宮豊隆の細かい解説が載っています。『明暗』は、主人公津田と女主人公お延をはじめとして、様々な人格に潜む人間のエゴイズムの葛藤をそこでうごめいていく人間関係として客観的に描こうとしたものであるとして次のように述べています。

そのような決して愉快ではない世界を書き続けていくことは、漱石に取っても苦痛であった。しかしそのような創造の苦しみを支えたものは、漱石のいわゆる「則天去私」の世界である。天に則って私を去る世界である。換言すれば、漱石が、人間の心の奥深く巣食っているエゴイズムを摘出して、人々に反省の機会を与え、それによって自然な、朗らかな、自由な、道理のみが支配する世界へ、人々を連れ込もうとすることである。……明暗がある意味で百鬼夜行の図であるということは、しかし必ずしも明暗の世界が百鬼で成り立っているということを意味しなかった。たとひ人間は私だらけで生きているとしても、ある時ある場合にはその私の覆いがとれて、奥の方から美しい天真が顔を覗けることもあり得る。例えば病院を見舞って、お延と顔をつき合わしたお秀のようなのがそれである。……お秀には父からの送金を断られた兄に、自分の金を工面する優しさと美しい心があった。自分の思いをお延と津田に打ち明けるお秀の言葉は、美しいお秀を更に美しくする、誠実に満ちたものであった。

（漱石全集　第七巻　岩波書店）

津田の妹、お秀の「誠実で美しい行為」が自我にこだわらないものであったかどうかは、その後すぐに、お延に対して策略を練っていく彼女からすると、疑問に思えます。しかし、エゴイズムの葛藤そのものを描く手法も、すでに有名であった漱石が、大衆的な読者を飽きさせない新聞連載小説を書くということで、様々な制約のもとに脚色をつけて書き続けていった可能性もあります。それに、常に原稿の提出期限が迫られていく。こんな原稿を一八八回も書けば、それ自体が漱石の死因の一つになったのかもしれません。

今回私が三度『明暗』を読み、その感想を書きたくなったのは、小宮豊隆に代表されるような解釈、すなわち「人間の心の奥深く巣くっているエゴイズムを」様々な登場人物に具現させ、かつ絡み合わせながら、その対極に反省させられる則天去私の境地へと至ろうとする作品である、という読み方に疑問を持ったからです。もちろん小宮のような解釈は、新聞連載小説である限り、漱石自身もある程度是とするところがあったかもしれません。しかしそれだけなら、この小説の半分も評価したことにはならないと思います。

今回読んで私が感じた二つの大きな要点があります。それは二人の主人公に関する冒頭からの記述です。

痔の手術をすることになった津田が電車の中でポアンカレーの偶然の話を思い出します。ナポレオンという天才が生まれるためには精子と卵子の偶然の出会いがあった、と。それは偶然というよりも、自分の運命を導く必然、あるいは運命といってもいいかもしれません。それを思い出して次のように津田は考えます。

彼はそれをぴたりと自分の身の上に当てはめて考えた。すると暗い不可思議な力が右に行くべき彼を左に押しやったり、前へ進むべき彼を後ろに引き戻したりするように思えた。しかも彼はついぞ今まで自分の行動について他人から牽制を受けた覚えがなかった。する事はみんな自分の力でし、言う事はことごとく自分の力で言ったに相違なかった。「どうしてあの女はあすこへ嫁に行ったのだろう。それは自分で行こうと思ったから行ったに違いない。

しかしどうしてもあすこへ嫁に行くはずではなかったのに。そうしてこの俺はまたどうしてあの女と結婚したのだろう。それも俺がもらおうと思ったからこそ結婚が成立したに違いない。しかし俺は未だかってあの女をもらおうとは思っていなかったのに。偶然？　ポアンカレーのいわゆる複雑の極致？　なんだか解らない」彼は電車を降りて考えながら宅の方へ歩いて行った。

（漱石全集　第七巻　岩波書店　以下同様）

「どうしてあの女はあすこへ嫁へ行ったのだろう」と津田が自問する女は、彼と結婚するはずだった清子のことであり、「この俺はまたどうしてあの女と結婚したのだろう」と自問する女はこの小説の女主人公お延のことです。小説では清子が津田とは別の男性と結婚したことが、「事件」としてそれを知る登場人物の間で扱われています。しかし、津田自身からすると、何も事件的なことは生じていない。いつの間にか清子が別の男と結婚してしまい、また自分はどういうわけか今の妻、お延と結婚してしまったということです。どうしてそうなったのかは津田にもわからない。清子よりも急にお延の方が好きになったというわけでもない。それ以前に、清子が他の男性と結婚しなければ当然自分が一緒になっていたとさえ想像できるのです。津田とお延の出会いの場面は、その後明らかになります。お延が父の名で本を借りに行く家の息子である津田がたまたま玄関に出てきて、本を探してくれて、後日お延の家に持参してくれる場面です。しかしそれを漱石は自然の成り行きとして暖かい筆致で描いているのです。漱石は自分の妻との、最初の出会いで気に入ったのは、彼女の歯が不揃いなのに口を開けておおらかに笑う場面だった、とどこかで振り返っています。美人でもなんでもない、しかし何かしっくりくるものがそのとき湧いてくる。そんなものです、人間同士の出会いや縁というものは。ところが、そのような普通の出会いと縁が、周囲の者のお延や津田に対する反感から、津田と清子の関係が事件として扱われていくことになるのです。この人間の出会いと別れというものの神秘、偶然とは言い切れない、そこで出会ったあるいは別れたそれぞれの人格の生き方が、どういうわけかそのまま現実に帰結してしまうという神秘。津田自身にもよくわからないということ。これが一つ抑えるべきこの小説のポイントです。

そしてもう一つは、事実上の主人公となっていくお延の様子を、漱石が最初に描写した文章です。

細君（お延）は色の白い女であった。そのせいで形の好い彼女の眉が一際引きだって見えた。彼女はまた癖のようによくその眉を動かした。惜しいことに彼女の目は細すぎた。おまけに愛嬌のない一重瞼であった。けれどもその一重瞼の中に輝く瞳は漆黒であった。だから非常によく働いた。ある時は専横といってもいい位に表情をほしいままにした。津田はわれ知らずにこの小さい目から出る光にひきつけられることがあった。さうしてまた突然、なんの原因もなしにその光から跳ね返される事もないではなかった。

お延の人となりを顔の表情から捉えています。「惜しいことに彼女の目は細すぎた。」という表現から、漱石がこの小説でお延をしっかりと位置づけたかった意図が伺えます。もし、お延が津田の妹、お秀のように美貌で、津田の以前の恋人清子のようにおっとりとして表面上はすべてを受け入れるような女性であったならば、この小説は途中で頓挫したことでしょう。これは津田についても言えます。津田は背が高く美貌の男性として描かれてはいますが、性格は独りよがりで、計算高く、細かいことに神経を使う男です。このそれぞれ負の一面を背負った二人が絡み合うことによって、『明暗』は進行していくのですが、といってこの二人の主人公が普通の男女と比べて特異な存在だとみる必要はありません。逆です。津田の利己的なのは、程度の差こそあれ我々男性の誰にでも見られる傾向です。それに津田とて、好ましく思っていない友人にマントをあげたり、海外に出かける彼に餞別を与えたりしています。また、お延が苦境に立っているのを見て、かわいそうだと思う場面もあります。彼が上司の奥さんにある程度媚びへつらうのも、会社員であれば幾分誰にも見られる傾向です。お延にしても、妻として夫に自分を愛させたい、愛させてみせるという積極的な態度は、女性であれば誰にでも見られる傾向ではないかと思われます。とすると、漱石は、様々な性格的な問題をはらみながらも、津田とお延は、夫婦として、男女として、本質的な存在として登場させているのではないかと思うのです。何よりもお延と津田を他の登場人物のように「偏見の目」で見ないこと。我々の誰にでも潜んでいる男女それぞれの心的要素の人格的な現れに過ぎないと思った方が良いのです。

私がインドを旅行して、ムンバイの美術館で男女が絡み合ったチベットの絵図を見たときのことです。イヤホンから流れる日本語の解説が、この絡み合いは、「男性の哀れみの心と、女性の洞察力が相まって、世界をかたちづくっていることを表してる」と言うのです。いつまでも理屈をこねて自分を守る男性よりも、女性の方が、身近に差し迫った状況を瞬時に把握する洞察力を備えている。だから、天災や戦争で壊滅的な被害にあう場合でも、やるべきことを成し遂げていく度胸は、女の本姓、子供を産み、育てていく女の本姓なのだ。一方、男はいざというときには、ただただおろおろするばかりで、そのくせ社会が悪い、国が悪いと理屈をこねたがる。だが、哀れみの心は意外と女性よりも深い。この男女が、それぞれの特質を活かしながら合体するとき、そこに本来の人間世界がかたちづくられる。解説付きの絵図からそんなことを教わったものです。

ですから『明暗』は、お延に潜む女性の本質と、津田に潜む男性の本質が、ぶつかり合い、絡み合う物語だと捉えることができます。未完の小説ですが、このまま続けていったとしても、お延と津田は離れることもなく終局まで夫婦関係を続けていくものと思われます。ある批評家は、終盤の津田と清子の再会から、清子が大きくクローズアップされることになっていくと言っていますが、そんなことはない。清子は津田やお延と比べたらお人形のようなものです。二人の主人公の場面々々をますます混ぜ返していくとすれば、それは津田の上司の吉川夫人であり、妹お秀であり、そこでお延は、これからも津田を味方につけようと苦心惨憺しながら、最大限の緊張を持って彼らに対峙していくのでしょう。

お延の津田に対する錯綜した評価は様々に語られていきます。


手前勝手な男としての津田が不意にお延の胸に上った。自分の朝夕尽くしている親切は、ずいぶん精一杯なつもりでいるのに、夫の要求する犠牲には際限がないのかしらんという、普段からの疑念が、濃い色でぱっと頭の中へ出た。……「夫というものは、ただ妻の情愛を吸い込むためにのみ生存する海綿に過ぎないのだろうか」……「世間には津田よりも何層倍か気むづかしい男を、すぐ手の内に丸め込む若い女さえあるのに、二十三にもなって、自分の思うように良人を綾していけないのは、畢竟知恵がないからだ」

知恵と徳とをほとんど同じように考えていたお延には、叔母からこう言われるのが、何よりの苦痛であった。

そのような気概にも関わらず、女としての美貌という武器のなさに、下女を前にして嘆く場面もあります。

「女はどうしても器量が好くないと損ね。いくら利巧でも、気が利いていても、顔が悪いと男には嫌われるだけね」

「本当に私のような不器量なものは、生まれ変わってでもこなくちゃ仕方がない」

また、津田の妹、お秀が津田に口走ったお清らしき存在を盗み聞きしたお延が呻吟する場面があります。

彼を愛することによって、是非共自分を愛させなければやまない。これが彼女の決心であった。その決心は彼女に多大の努力を彼女に促した。彼女の努力は幸い徒労に終わらなかった。……「もし万一のことがあるにしても、自分の方は大丈夫だ。」……「相手？どんな相手ですか」と聞かれたら、お延はなんと答えただろう。それはおぼろげに薄墨で描かれた相手であった。そうして女であった。そうして津田の愛を自分から奪う人であった。お延はそれ以外に何にも知らなかった。しかしどこかにこの相手が潜んでいるとは思えた。お秀と自分ら夫婦の間に起こった波乱が、ああまで際どくならずに済んだら、お延は行きがかり上、是非とも津田の腹の中にいるこの相手を遠くから探らなければならない順序だったのである。お延はそのプログラムを狂わせた自分を顧みて、むしろ幸福だと思った。気がかりを後へ繰り越すのが辛くてたまらないとは決して考えなかった。それよりもこの機会をできるだけ緊張させて、親切なりの自分を強く夫の頭の中に叩き込んでおく方が得策だと思案した。

その一方でお延は、戦いの最中、弱みとも思える感情の吐露を津田や叔父、お秀などに再三見せています。容易に女（清子）の存在を打ち明けない津田にお延は迫ります。

「あなた。あなた。……どうぞ私を安心させてください。助けると思って安心させてください。あなた以外に私はよりかかりどころのない女なんですから。あなたに外されると、私はそれぎり倒れてしまわなければならない心細い女なんですから。だからどうぞ安心しろと言ってください。たった一口でいいから安心しろと言ってください」

それに対して津田は、彼の上司の妻である吉川夫人が清子が流産で一人療養している温泉宿に津田を送り込ませようとしていることを考慮して次のように考えます。

彼は（お延が）気の毒になった。同時に逃げる余地は彼にまだ残っていた。道義心と利害心が高低を描いて彼の心を上下へ動かした。するとその片方に温泉行きの重みが急に加わった。約束を実行することは吉川夫人に対する彼の義務であった。必然から起こる彼の要求でもあった。少なくともそれを済ますまで（清子との過去を）打ち明けずにいるのが得策だという気が勝ちを制した。

何しろ事実（彼に清子という恋人がいたが、彼女が別の男性と結婚したということ）は事実に違いなかった。それならばなぜ彼がこの明白な事実をわざと秘密に伏していたのだろう。簡単にいえば、彼はなるべく己を尊く考えたかったからである。愛の戦争という眼で眺めた彼らの夫婦生活において、いつでも敗者の位置に立った彼には、彼でまた相当の慢心があった。……一方、お延は、もし夫が自分の思う通り自分を愛さないならば、腕の力で自由にしてみせるという固い決心であった。のべつにこの決心を実行してきた彼女は、つまりのべつに緊張していると同じことであった。そうしてこの緊張の極度はどこかで破裂するに決まっていた。破裂すれば、自分で自分の見識をぶち壊すのと同じ結果に陥るのは明瞭であった。不幸な彼女はこの矛盾に気がつかずに邁進した。それでとうとう破裂した。破裂した後で彼女は漸く悔いた。幸せなことに自然は思ったより残酷ではなかった。……彼女はそれ以上夫を押さなかった。津田が彼女に対して気の毒という念を起こしたように、彼女もまた津田に対して気の毒という感じを持ち得たからである。

二人の葛藤はこうして続いていきます。

それともう一人、この小説の重要な一端を担う人物として、津田の友人、小林が登場してきます。この小林の描写は、当時漱石がよく読んでいたドストエフスキーの影響を明らかに受けています。ドストエフスキーの作品では、小林のような、社会の底辺で、怨恨と虚栄とずうずうしさで生活していく人物描写がよく見られます。

漱石が小林を通じて突きつけている問題は、貧困という問題です。漱石自身、幼いころから里親に出されて貧しさを経験していますし、小説家として経済的に余裕ができても、『道草』で見られるように、今度は貧しい里親から執拗に無心されるという経験があります。金銭の問題は、『明暗』でも物語を進めていく上で大きな要素になっています。津田自身、痔の治療の手術代などを賄うために実父に無心して断られることが大きな痛手となり、今後とも収入を確保していくためにも吉川夫人との関係を維持していく必要に迫られます。富裕層の有閑マダムである夫人は津田に好意を持つと同時にお延との間を混ぜかえすことに生きがいを感じます。

一方、小林から見れば、そんな津田に比べてさえ、自分たちは最下層の貧困者であり、それは上流階級への怨恨となって彼らの生活を縛りつけていきます。塞がった人生の打開を求めて朝鮮へ旅立とうとする小林は津田が計画した送別会の席で津田に言います。

「君のような敏感者から見たら、僕ごとき鈍物は、あらゆる点で軽蔑に値しているかもしれない。僕もそれは承知している。軽蔑されても仕方がないと思っている。けれども僕には僕でまた相当の言い草があるんだ。僕の鈍は必ずしも天賦の能力に原因しているとは限らない。僕に時を与えよだ。僕に金を与えよだ。しかる後、僕がどんな人間になって君らの前に出現するかを見よだ」

贅沢という余地がある津田に比べて、貧困に突き落とされて、どうにでもなれと言う気分にある自分の方が自由で未来が開けているのだと、酒に酔いながら粋がる小林でした。貧困が、金のないことがどれだけ人間の生活を、人間の心を縛りつけてしまうものか、それを漱石が痛切に感じているからこそ、小林のような人格を登場させざるを得ないのです。人間社会にとって、いつの時代でもどこかに貧困は存在し続けるのか。それともいつかは世界中の貧困から人々は解放されるのだろうか。家族を食べさせなければならない。子供を学校にやりたい。しかし金がない。働き口がない。独り者の若者とて収入を得ることが容易でない。たまさか働き口が見つかっても、そこでは働きづめの生活が待っている。極度の貧困は人々を出口のない心の貧しさに追いやります。貧困が続く限り人間に未来はない。大きな問題です。

こうして『明暗』は、前述した二つの視点、一つは人々の出会いという運命について、なぜ出会ったのか、なぜ別れたのか、なんとなくそうなったにしても不可思議な出会いというもの、しかしそこに拠り所を見出して人々の生活は動いていくしかないということ。もう一つは、お延と津田は、男女の本質が顕現し、絡み合う中で人間世界の相克をも顕現しあっていく関係だということ。そして『明暗』の世界の底流にあるものは、貧困が人間生活に与える惨めさと辛さです。男女の絡み合いの錯綜や貧困という人間にとって悲惨な現実が、今後どのようになっていくのか、漱石はそうした遠大な視点に立って書き続けていこうとしたのではないかと思いたくなります。いやそこまでは……漱石は当時のマスメディアからの要請に応じた文筆活動に手一杯だった。それが実際かもしれません。しかし、それでも偉大な創作物は、我々に作家の意図をも超えて、我々に多くを語ろうとするのです。それが未完であっても、いや未完であるからこそ、我々はお延と津田の行く末を様々に描いてみたくなるのです。

何度も言うようですが、津田は恋人清子が他の男性と結婚したことにさほどのこだわりは持っていません。ただもし清子と逢瀬を楽しめれば、それは男としての欲望が充たせるという期待は常に抱いています。そしてもう一つは津田のパトロンともよべる吉川夫人の存在です。「機会さえあれば、他人の内輪に首を突っ込んで、何かと目下、ことに自分の気に入った目下の世話を焼きたがる代わりに、至る所でまた道楽本位の本性を現して平気であった」彼女が津田を清子に合わせようと仕向けることに津田は答えなければならないのです。

このような錯綜した意識を抱きながら、津田は温泉宿に向かいます。未完の最後の場面です。

冷たい山間の空気と、その山を神秘的に黒くぼかす夜の色と、その夜の色の中に自分の存在を飲み尽くされた津田とが一度に重なり合った時、彼は思わず恐れた。ぞっとした。
運命の宿火だ。それを目当てにたどりつくより外に途はない。

ここは、男としての津田の心境を漱石はよく捉えています。

一方、お延の前途は多難です。吉川夫人やお秀の攻撃はこれからも執拗に続くでしょう。津田と清子の関係もお延にも徐々に明らかになり、様々な対応を迫られるでしょう。それでもお延は孤独な戦いの中で果敢に夫を守り、防御していくことでしょう。決して美しくはない「細い目」を持った、油断の隙もない女だと周囲からは非難されながら。お延は女の本質を演じているのであり、津田という男の本質に絡み合いながら、痛ましい戦いをこれからも続けていくしかないのです。お延に未来はあるのか、人間に未来はあるのか。則天去私などという言葉で悠長に構えているだけで良いわけがない。書き続けていくうちに、漱石は、もっと深く業《ごう》なる人間世界に立ち入っていったかもしれません。

（二〇一九年一月一六日）

ヒヨドリ

今年の冬は、寒さが厳しく、ときおり雪も降りました。食べ物が少なくなったのか、我が家の庭や畑にヒヨドリが群れで頻繁に来襲して、ブロッコリーなどの葉を食べ尽くしていました。我々人間が食べる先端の花の蕾は食べないのです。しかし葉がなくなると、蕾も育たないので、急いで網をかけました。すると今度はほうれん草やかき菜を貪りだしました。倉庫にあったありったけの網を出してきて、軟弱野菜を覆い尽くしました。それでも網の開いたところをかいくぐって葉っぱを食べています。かわいそうだから多少はしょうがないな、と妻と話しています。

ブロッコリーにかけた網のそばに杭があって、そこにとまった一羽のヒヨドリが、網の中のブロッコリーを見つめて、盛んに首を傾げています。やがて何処かに飛んでいきましたが、鳥の一挙手一投足を見ていると、一体何を感じながらああした動作が続くのだろうと考えてしまいます。

感じること、予期すること、思い出すこと、ある行動を試みること、そして考えることなど、これらは生命あるものの、心の働きなのでしょうか。心という言い方が現実的ではないとしたら、脳の働きといったほうがいいのでしょうか。鳥は人間と比べると小さな脳しか持っていないので、心的な作用も限度があると思われるかもしれません。しかし、毎年何百キロあるいは何千キロもの移動を繰り返す渡り鳥の飛行に関しては、まだ人間にはわからないことが多いようです。なぜ途方もない距離を労力をかけて移動しなければならないのか。食物の問題だけなのか。ときおり移動経路を変えたりするのは集団行動としてどういう仕組みなのか。雁や鶴などの三角に尖った編隊飛行は、先端の鳥が隊長なのだろうか。しかし先端は風の抵抗が一番強いので、ときおり先端の鳥は交替しているらしいのです。では率先して引っ張っていく鳥がいないのに、どうして何千キロも編隊を組んで移動できるのか。磁場や天体、地形を読み取るだけなのか。脳の物理的大きさからだけではわからない、生命の維持の複雑な仕組みがあるようにも思えてきます。

私は畑では、できるだけ化学肥料などを使わずに、自家製の堆肥をほどこすようにしていますが、堆肥柵から取り出した堆肥の中には、コガネムシなどの幼虫がゴロゴロ見つかります。そのまま堆肥を野菜の苗床などにすき込むと、幼虫が根っこをかじってしまうので、取り出して処分しますが、地面にまとめておいておくと、あっという間に何処かにいなくなってしまいます。しかし近くでじっと観察していると、丸まったままでなかなか動きません。やがてこちらが無視していると、潜りこめそうな柔らかい土の方に向かって動いていきます。虫たちのこういう躊躇と素早い行動の「判断」の瞬間を面白く観察しながら畑仕事の毎日が過ぎていきます。

もっと小さな生物として、粘菌の行動の「判断力」を紹介した本があります。(『粘菌―その驚くべき知性―』中垣俊之、ＰＨＰ新書）そこで著者は、生物の情報処理について次のように述べています。

一般に生物の情報処理は自律分散的です。脳は中枢神経系ではないかと言われるかもしれませんが、脳自体の中には司令塔となるような中枢は（たぶん）ありません。むしろ脳は同様な要素の並列回路（神経細胞のネットワーク）からなっていて、情報処理はそれら同質要素の相互作用に基づいています。

一方、脳や神経系を持たない原始的な生物ではどうでしょう？　そのような生物では、身体運動そのものが何らかの形で情報処理の過程を担っていると考えるのがむしろ自然でしょう。目に見える形での身体運動、特にアメーバは原形質と呼ばれる粘った物質の運動を捉えると、そこには情報処理の過程も「もれなくついてる」と期待できます。

今、あっさりと当たり前のように「身体運動が情報処理を行う」と述べました。実はこれは大変大胆な見方です。脳や神経ではなくて、体が脳的な活動をするといっているわけですから。「体が考える」ということまで暗に主張しています。しかし、進化の歴史を振り返れば、神経系が現れたのはずいぶんと後になってからのことで、それまでの生き物はずっと神経なしに情報処理をしてきたのです。

著者は、粘菌と餌の間に迷路のような複数の道を置いて、アメーバのような粘菌の動きを観察します。結果は、粘菌はほとんど最短の道を選んで餌にたどり着きます。また、逆に粘菌の嫌いな物質を道の途中に置くと、粘菌はその物質の危険性の程度を前にして、そのまま進むことを躊躇したり、物質から遠ざかったり、あるいは危険性が薄かったら、その物質を乗り越えていったりするといいます。これら粘菌の「判断」的な行動の仕組みはどうなっているのでしょうか。著者は、粘菌は何らかの情報のネットワークを感じ取って動いているのではないかといいます。人間にしても、脳が「判断」しているのではなく、脳を含めた身体情報のネットワークが人間の行動を支えているのではないか、とまで述べています。

そうなると、脳の大きさだけを理由に、人間だけが優れた瞬時の情報処理とそれに基づく判断を行なっているとは言えなくなります。ヒヨドリは、普通単独で行動します。私が畑仕事をしていると、白蓮やみかんの木にとまってこちらの様子をじっと窺っています。私とのある程度の距離が縮まらないと、ヒヨドリは飛び立とうとしません。少し近づくと、まるで私の大したことはない運動能力を知悉しているかのようにゆっくりと羽ばたいて、他の木に移ります。ヒヨドリはかつては渡り鳥だったようですが、今では近くに住み処を持つ留鳥です。この付近の食事処や人間たちの営みをよく知っているのかもしれません。そういう鳥の世界がある。そしてその鳥を眺めてぼんやりしている人間の世界がある。それぞれの世界は、同じ空間の中で存在し、何らかの情報でつながっているのでしょう。しかし、その繋がり方は、それぞれの情報ネットワークによる仕組みによって、それぞれの世界を把握し理解しているということでしょうか。今、甘夏の木にとまった一羽のヒヨドリの世界がある。そのヒヨドリを見つめている私の世界がある。それぞれが違う世界に生きていても、今、この場で同じ空間を共有し合っているということに、何か新鮮な驚きを感じてしまうのです。

畑仕事を終えて、家の中に戻り、パソコンを操りながら庭を眺めています。すると、二間以上あるガラス戸の端から端まで黒い塊が瞬時に動いていったのです。それは十数羽のヒヨドリが一斉に飛び立って別の木に移動する動きでした。ガラス戸の右から左へと素早く塊が通り過ぎるのは壮観です。このように群れたりするのも、冬の少ない食物を探し出す行為なのでしょうか。

こうして身体にめぐらされていると同時に周囲にも反応して形作られていく何らかの情報のネットワークで動いていく生物たちの営みを見ていると、人間とてどれだけ個人の意志の力で世界に君臨しているのか、疑問に思えてきます。ましてや通信技術の発達によって、これだけ人間の周囲の情報が地球全体の通信網に満ち溢れ、この網の目にどれだけ絡まっていくかで企業の収益や人間の価値までが決定されるようになると、個人の力ではどうしようもない人間社会の大きなうごめきを感じざるを得ません。人間の場合、何らかの情報で塊となって動くヒヨドリとは違って、音や映像、感覚だけではなく、言葉が伴う情報のネットワークです。言葉は人間の人格形成にとって重要な役割を持っています。しかし、膨大な情報の中を行き交う言葉は私たちをますます画一的な方向に導いているようにも思われます。

ではカントが「我が内なる道徳律」として讃えた、人間の人格の個別的な尊厳性はこれから徐々に消え失せていくのでしょうか。難しい問題です。そもそも人格を形成していく核のようなものは、個々人のどこにどのように存在するのでしょうか。人間には言葉があるので、言葉の情報ネットワークの中で、言葉のある結節点が、ある人格に受容され、凝縮されていくのでしょうが、ではある特定の人格の核のようなものは、遺伝子的に特定の人格に受け継がれていくのでしょうか。人間の脳のどこかに過去の記憶とともに、精神的な受容体が存在するのでしょうか。私たちの思考の仕方では、どうしてもどこかに物理的な基点を考えざるを得ないとしても、脳のどこかにそれを特定することはできないように思えます。人間の人格的なものも情報を発信し、受け取るネットワークのようなものの中で醸成され、そして受け継がれていく。そういうことなのでしょうか。

少し暖かくなり、ヒヨドリたちの食べ物は増えてきたのでしょうか、庭や畑に群れをなして現れることは少なくなりました。それでもときおり、一羽のヒヨドリが、いじらしくも網のかかっていない場所を探し当てて、ブロッコリーの葉っぱをつついています。カラスほどではないにしても、このヒヨドリは結構大柄です。そこでこっそりと双眼鏡でズームしてみます。遠くからはチーチーとかん高く鳴くヒヨドリですが、意外と目は鋭いのです。ああ、鳥たちは太古は爬虫類から進化してきたのだな、おい、お前たち、人類よりも古い歴史を持つお前たち、そう心の中で呼びかけていると、ヒヨドリはこちらをチラッとみて飛び去っていきました。

（二〇一九年二月二二日）

第四部

ハイデッガーの四方界

今年の秋は大きな台風が矢継ぎ早に襲ってきました。台風一五号では、今までに経験したことがない強風が吹き荒れ、付近は瓦や壁が破壊されたり、停電や断水が続きました。幸い、我が家は大した被害はありませんでしたが、太い植木は傾き、ナスや里芋などの野菜類は全滅し、柿やミカン類の多くが落果しました。

外部から飛んできた残骸類を片付けて一段落した後、久しぶりに旭市の県立東部図書館を訪れました。銚子方面に車で一時間ほどですが、まだ裏道は通行止めが続いたり、ビニールシートをかぶせた家が目立ちました。図書館では、特に借りたい本があったわけではないので新刊本の棚をぶらついていると、ハイデッガーの『技術とは何だろうか』（森一郎編訳、講談社学術文庫）という薄い文庫本を見つけました。

この本には、第二次世界大戦後、ハイデッガーが行なった三つの講演が収められています。『技術とはなんだろうか』という講演の前に『物』と『建てること、住むこと。考えること』という講演が掲載されています。そしてこの三つの講演を貫いているハイデッガー思想の基底となる考え方が、我々の世界は「四方界」で成り立っている、というものなのです。

四方界は、大地と天空、神的な者たちと死すべき者たちの四者で構成されています。「この四者は、おのずから一になりつつ、互いに帰属しています。この四者は、現前的にあり続けるすべてのものに先立って、単一化されて、唯一の四方界を織りなしているのです。」（前掲書所収、『物』）

つまり、これら四者は、別々に独立して影響しあっているのではなく、それぞれが他の三者を前提として存在し、四者一体となって、我々の世界を支えていると説明されています。四者それぞれについて、『物』の中では、次のように述べられています。

大地とは、建てつつ担うものであり、養いつつ実らせるものであり、はぐくむ水源や鉱石、植物や動物からなる全体です。

天空とは、太陽の運行であり、月の推移であり、星々の輝きであり、一年の時節であり、昼の陽光、あけぼのとたそがれであり、夜の闇と明るみであり、天候の恵みと厳しさであり、雲の流れと深い青空です。

神的な者たちとは、神聖な合図を送ってくる使者のことです。神的な者たちはひめやかにつかさどっており、そこから神がその本質のうちへと現れてきます。とはいえ神の本質は、現前的にあり続けるものと神とのいかなる比較も退けるのです。

死すべき者たちとは、人間のことです。人間は死ぬことができるからです。死ぬとは、死を死として能くすることです。死ぬのは人間だけです。動物は生を終えるのみです。

ハイデッガーの築き上げた現象学は、現象として我々に起こってくる出来事の推移と連関からおのずと存在そのものの意味を汲み取っていく記述を手法としています。ですから四方界という考え方にも、一般論として図式的に、あるいは実体的にとらえかえすだけでは収まりきれない意味が込められています。大地は大地という一般の意味を含むとともに、それは天空と神的な者たちと死すべき者たちが存在するからこそ自らも存在しうるものです。そして天空も神的な者たちも、死すべき者たちも、同様に他の三者が存在しなければありえないものとして存在していきます。この四方界の一体性こそがハイデッガーが述べたかったことでしょうが、どうしても図式的、実体論的になりがちな考え方を彼があえて表明したのは、すべてを「技術」として数量的、計量的に探求して行く人間社会への行く末に警鐘を鳴らしたかったのではないかと思われます。

四者のうち大地と天空、そして死すべき者たちである人間については、それぞれの意味そのものは理解できます。問題はハイデッガーのいう「神的な者たち」をどう捉えたらよいのかということです。前述の引用文のように、彼は神的な者たちとは「神聖な合図を送ってくる使者たち」のことであり、「そこから神がその本質のうちに現れてくる」と言っています。神聖な合図は誰に送られるのか。死すべきものたちである人間にです。では、神聖な合図とは何なのか。神がその本質のうちに現れてくるというのですから、神のような存在が人間たちに送る何かなのでしょう。しかしハイデッガーは、「とはいえ、神の本質は、現前的にあり続けるものと神とのいかなる比較も退けるのです。」と言っています。神は実体的な対象として、人間に対峙するものとして捉えられるのではなく、神的なものはどこかに誰かに立ち現れるのです。それは空間的にというよりも、四方界の一体性から、死すべき者である人間に現れるのです。人間がいなければ、神も存在しえないのです。

ガンジーは生まれながらに非凡なものを持ち合わせていない自分が様々な人生の危機に遭遇しながらもここまでこられたのは、神のような存在が自分を導いてくれたからではないだろうかと自伝などで述べています。どうしようもないとき、その道を歩んでもいいのだよと我々人間に確信させてくれる何ものかが存在する。それがここでハイデッガーが言う、死すべき者たちに送る神聖な合図なのかもしれません。

神聖さという言葉に、私はカントの道徳律を思い浮かべます。カントは実践理性批判の結語で、有名な文章を述べています。

二つのものが、それを我々が熟考することがしばしばであり、長ければ長いほど、ますます新たにして増大する驚嘆と畏敬を持って我々の心を満たす。それは私の上にある星をちりばめた空と、私の内にある道徳法則とである。

（『実践理性批判』宇都宮芳明訳、以文社）

宇宙の大空間は、死すべきものとしての人間の重要さを無に帰すべきものであり、それに比べると人間は、やがて大地に有機物として帰っていく存在です。これに反して私の内なる道徳法則は、「私の人格性を通じて英知としての私の価値を無限に高めるもの」（前掲書）です。カントのいう道徳法則とは、人間同士が社会的に共存していくための倫理規則のようなものに限定されるものではありません。それだけなら外部の指導により学ぶべき約束事であったり、遺伝的に蓄積されたものにすぎず、カントが言うように、「驚嘆と畏敬を持って我々の心を満たす」ほどのものではないでしょう。そうではなく大宇宙の無限の空間に位置する人間は、道徳法則の名の下に、その人格性を通じて自己の中にも無限の英知の可能性を宿しているのです。この英知は善なる行為を目指しますが、自己の内部に存在する、あるいは自己の外部にはびこる悪を根本的に絶やすことはできません。カントは人間にとって悪の根本的な解決は不可能であると言っています。

古代インド哲学ヴェーダでは、人間は誰でも三つのグナ（純性、激性、暗性）を所有しており、誰にでも悪の要素が潜んでいると言います。従って人格に宿る道徳法則とは、自己の内外の悪を認識するとともに、それらと無限に戦う意志を支えるものであり、意志と感性の次元で言えば、人間の内なる道徳法則は、人間に対して「神的な者たちが送る神聖なる合図」と呼応するものだと言えます。

こうして神的な者たちは、人間たちを無限に晒す大いなる宇宙と、死すべき者としての人間たちを養い、やがて土へと返していく大地と一体となって、人間たちの心の中にある大いなる無限の英知の可能性に問いかけ続けるのです。ハイデッガーはこの四方界という一体的な世界を前提に、では人間にとって技術とは何なのかを、以下『技術とは何だろうか』という講演で問うていきます。

ハイデッガーは、技術（Technik）という語は、ギリシャ語のテクネー（technee）に由来すると述べて次のように言います。テクネーは道具手段的なものだけでなく、「こちらへと前にもたらして産みだすこと、つまり高次の技芸や造形芸術をも表す、創造的な何か」である。技術とは本来何かを顕現させるあり方の一つである。ところが現代の技術は顕現させることが、一種の挑発すること、となっている。挑発とは、つまり、「自然をそのかして、エネルギーを供給せよという要求を押し立て、そのエネルギーをエネルギーとしてむしり取って、貯蔵できるように」することである。こうして水力発電、火力発電、原子力発電あるいはその他の鉱物資源の採取などによって、「自然の内に秘められたエネルギーが開発され、開発させられたものが変形され、変形させられたものが貯蔵され、貯蔵されたものが再び分配され、分配されたものがあらためて返還され」という具合に進行していく、と。

ハイデッガーは、自然に対して挑発して駆り立てる働きを遂行している現代の人間自身もまた、「挑発して立てられた物質に属し」てしまうことになる。いわゆる人的資源としての存在になってしまう、と言います。現代技術は産業革命を経て、資本主義経済の循環を生み出し、この循環の中に自然の素材を挑発し続ける技術を、そして人間までをも素材としてそこに繰り込んでいく技術を開発し続けてきました。ハイデッガー自身はマルクスの説く資本主義経済には言及していないようですが、『ヒューマニズムについて』の中で、マルクス主義との実り豊かな対話がこれから要請されてくると語っています。ここでしかし、ハイデッガーは挑発して駆り立てる現代技術の歴史的な表れを、現象としては否定的に捉えながらも、そこからまた新たな技術のあり方を考え直していく契機としても捉えています。「だが、危機のあるところ、救いとなるものもまた育つ」という、彼がお気に入りのヘルダーリンの詩を紹介しながら、現代技術がもたらす危機的様相は、歴史という運命が、死すべきものとしての現代の人間たちに与えた課題でもあると考えるのです。

今回の台風一五号の強風で、私たちはまれにしか経験することのない自然の脅威を目の当たりにしました。ハイデッガーも四方界を構成する天空は、「天候の恵みと厳しさ」でもあると述べています。天候の厳しさに対して現代技術は可能性と利益対価を天秤にかけたところで対処しています。しかし、地球温暖化に伴う自然のますますの脅威に対してこれから人間社会はどのように対応していくのか、はたまた原発や核兵器の処理にどう取り組んでくのか、危機だからこそ、取り組むべき歴史的な課題が明らかになってくるようです。

（二〇一九年一〇月七日）

ＭＳＦ、ＥＵそして協同組合（その一）

ＭＳＦ（Médecins Sans Frontières）は、フランス語で「国境なき医師団」を意味します。フランスが発祥の国際的な人道医療団体です。ＥＵ（EuropeanUnion）は欧州連合と訳されていますが、一九九三年に設立されたヨーロッパの国家を超えた共同体です。最近難民の受け入れやイギリスの離脱で、その本来の役割に課題が生じています。そして協同組合、それはこれからの社会で勤労者の権利と自由をどのように守っていくのかという問題と関わりがあります。では、ＭＳＦとＥＵとが協同組合の問題とどうつながっていくのか、それぞれ次元が異なるように見えますが、私には、国境を越えた団体や国家連合体が抱える問題が、これからの勤労者の自主的な協同組合の形成にも関係してくると思えるのです。

そこでまず、国境なき医師団（ＭＳＦ）です。私の妻は毎年この団体に寄付をしています。赤十字やＵＮＩＣＥＦなどの国連の人道的団体よりも寄付をする意味があると言います。赤十字は政治的中立が大前提のため、逆に途上国の政権に左右される。国連は大国の利害関係でどうにでもなる。ＭＳＦのみが人道的団体として、政権の圧力に左右されず、世界中の悲惨な現状を客観的に伝えてくれる、と言うのです。

東北大震災の時もいち早く現地に派遣されて医療救助活動を行なったのはMSFでした。世界中の悲惨な状況に、誰がどのように采配して現地へ送り込むのか、送り込まれた医者や関係者たちはどのような人々なのか、遅ればせながら、私自身もっとMSFのことを知りたいと思いました。

アメリカの「医療社会学者」がMSFの活動現場に長期間にわたって潜入したルポルタージュがあります。(『国境なき医師団』レネー・C・フォックス、坂川雅子訳、みすず書房)この本は、MSFの存在意義と課題をよく著しています。そこで主にこの本をたどりながら「国境なき」人道的団体の課題と意義を考えてみたいと思います。


MSFは、一九九九年にノーベル平和賞を授与されています。前掲書では「メンバーたちの多くは喜びに沸いた、パリ事務局では歌い、踊り、シャンペンで祝った、MSF日本では、酒とジュースで受賞のニュースを祝った」と述べています。しかし、「MSFベルギーの理事会では、MSFはなぜノーベル賞を受賞したのか、MSFはそれに価するのか、という問題」(前掲書から、以下同様)が徹底して討議されます。「議論は、医学的、人道的、倫理的任務に身を捧げる「反体制的人間」が積極的に活動する運動、というMSFの自己定義を前提としていた」と言います。

これは特にMSFの中でもMSFベルギーが主導してきた理念であり、彼らの中には、肥大化した組織がノーベル賞受賞などで有名になり、自己満足に陥ることに対する危機感を感じ取ったメンバーもいました。そこで彼らはノーベル賞受賞に関して他のＭＳＦ支部との活発な討議を行いました。討議の中では、誰がスピーチをして、誰がメダルを受け取るべきかという問題もありました。ＭＳＦフランスは、フランスがＭＳＦの発祥の地だからフランスの代表者がスピーチを行うべきだと主張しますが、支部同士の活発な議論の末、スピーチはＭＳＦカナダの創立者の一人、オルビンスキーが、メダルを受け取るのは、現地のＭＳＦボランティアと決まります。オルビンスキーは、ＭＳＦの代表として恥じないスピーチを行うために、入念に原稿を作成し、また他の支部の意見を仰ぎます。彼は言います。

人道主義は、戦争を終わらせたり、正当化したりするものではない。それは、甚だしく異常であるものの只中に、人間的な空間をつくりだそうとする戦いである、とビベルソン（ＭＳＦフランスの代表者）が言ったとき、私は、その空間を存在させるために、政治権力に対して積極的に立ち向かっていくことが私たちの使命なのだということを理解した。それは勝利のない戦いであり、終わることも決してない。

そしてノーベル賞授与式のスピーチで彼は述べます。

人道主義にも限界があります。どんな医師も虐殺を止めることはできません。どんな人道主義者も民族浄化策を止めることはできません。戦争を起こすこともできなければ、戦争を終結させることもできないのです。これらは政治の責任においてなされることであり、人道主義者の責務ではありません。……人道的な行為はあらゆる行為の中で最も非政治的な行為です。しかし、その行為や倫理観が真摯に受け取られた場合には、特に大変重要な政治的意味合いを持つのです。

具体的には、ルワンダでの大量虐殺、ボスニア・ヘルツェゴニナにおける人権侵害、チェチェン市民に対する攻撃などについて述べるとともに、エイズや眠り病などの死者の九〇％が発展途上国の人々であり、彼らの命を救うのに必要な薬品が高価すぎる、これは先進諸国の政府や企業の協力を得て解決するしかない、と訴えます。

ＭＳＦは、一九九六年五月のフランス学生蜂起とそれに続く全国的なフランス人労働者のゼネラルストライキを契機に、フランスの若い医者と医学ジャーナリスト一三名によって、一九七一年一二月に創設されました。フランスの五月蜂起は、同じころの日本の学生運動が、労働者との連携もままならず、大した成果を上げることなく収束していったのとは違って、それはフランスの政治社会を揺るがす文化活動でもありました。そこからＭＳＦも育ってきたのでした。その間、内部分裂もありました。人道主義の本質を理解できず、マスコミなどの煽りに乗っかってヒューマニズム的な自己表現に満足してしまうメンバーもいました。しかし、前掲書によると、MFSの組織は世界中に広がりながらも、各支部間での徹底した討議により、今日に至っていると言います。その基本的理念は、MSFは運動であり、常に人道的目的に向かって、問題を洗い出し、討議し、動いていく集団だということです。それでも統計によると、アフリカなど危険な地域でボランティア活動に従事しているメンバーの九〇％以上は、現地のスタッフであり、実際に現地で動いているヨーロッパなど先進諸国のスタッフはごくわずかにすぎないという現状があるようです。これはMSFにとっては大きな課題となっています。

にもかかわらず、私がここでMSFの活動について考えてみたいと思ったのは、彼らの活動が、ある目的を持った集団活動が辿る様々な課題や困難を内包しながら、それを耐えざる運動における反省と討議、そして新たな課題の共有によって乗り越えていこうという姿勢を感じ取ったからです。これは私たちが協同組合活動のようなものを現実に展開していこうとした場合にも十分考えなければならない問題だと思うからです。

前掲書の著者レネー・フォックスは言います。

MSFは「運動」としての自己定義を守るという強い意志を持っている。彼らは人道主義を、ロマンチックで、英雄的で、福音主義的で、強いイデオロギーをもつものとは決して考えない。彼らが誇りを持って、「討議の文化」と呼んでいるものが、MSFの揺るがない自己像の重要な部分と密接に関わっている。「討議の文化」とは、「援助を必要としている人々にMSFの理念をもって対し、成功からだけではなく、失敗からも学習しようとする耐えざる追求」の一環として、彼らが絶えず行っている、精力的な、そしてしばしば争いに発展する自己反省と自己批判の文化のことである。

MSFは、一九九九年には一九の支部からなり何万人もの医師、看護婦、その他の医療関係者が世界的規模で医療補助を提供するような、国際的組織になっていました。彼らはそのことの必然的な成り行きと同時に危険性も十分認識していました。

MSFのメンバーたちは、自分たちの組織が時とともに拡大しただけではなく、構造化され、内部にヒエラルキーが形成され、官僚的な特徴が見られるようになったことに気づいている。活動の範囲の拡大とその複雑さの増大、ならびに人員、資金、資材の増加につれて、組織がこのような性質をおびていくことは、社会学的に見ても一般的な展開である、と言える。そしてそれは、MSFのような巨大な組織が効率的に機能するためには、ある程度必要なものであるのだが、MSFは、これらの傾向を問題視する。

ＭＳＦのメンバー一人一人にとって、ボランティアとしての自分の生き方の問題は常に問い続けていかざるを得ない問題です。自己保身や自己満足の問題、組織の維持やあり方の問題など、組織内での人間としての様々な課題を検討していく中で、彼らはブログなどで語っています。レネー・フォックスは言います。

彼らのブログで特筆すべきなのは、現地における人道的活動によってもたらされた自分の人生の変化を誇張する危険についての、密かな懸念である。そのような誇張が、如何にＭＦＳの基本的価値観を損なうか、それを彼らＭＦＳメンバーのブログは雄弁に物語っている。「もし私たちが、私たちの人道的活動による経験は、『二つの世界』の間で起きるものであり、危機的状況は、私たちの文化との単なる程度の違いではなく、本質的な違いに関わるものである、と考えることを自分に許すとすれば、私たちは、植民地主義特有のロマンチックな空想の餌食になってしまう。現地で人道支援活動を行うことを、人々が置かれた現状をより高度により深く理解できるようになる参入儀礼（イニシエーション）と考えるべきではない。そのようなロマンチズムは、人道的経験を神秘化してしまう。私たちの世界観にある根本的な変化が起こるフリをすることは、事実上、私たちが援助しようとしている人々の窮状を、自分自身の個人的成長のための機会として、利用することにつながる。要するに、現場における人道的経験には、『別世界的なもの』は全く存在しないのである」

このように語るメンバーの存在に、私はMSFが人間社会の未来に向かって問いかけていく存在だと思いたくなります。

それともう一つ、MSFにとって大きな問題は、現地での政治情勢や国家権力との関係です。ロシア、モスクワにおけるホームレスへの緊急医療援助に際しては、MSFは「政治的中立を守るという理念にもかかわらず、しばしば地元や国家の政治権力と戦わなければ」なりませんでした。また、MSFギリシャがコソボへの一方的な援助を表明したとき、ベルギーなど他の支部は政治的中立に反する行為だとしてMSFギリシャを非難します。一九九〇年代以降、南部アフリカを中心にエイズの蔓延が深刻化していきます。当時、エイズ治療薬は先進諸国の製薬会社により価格は高く設定されていました。MSFは、一九九九年、「必須医薬品キャンペーン」を行い、先進諸国各国の政治主導者たちに、エイズに苦しむアフリカ社会など発展途上国に対しては、低価格での購入が可能となるような相互協力を訴え続けてきました。今では低価格で手に入るようになりましたが、このような世界の政治家たちに働きかけるキャンペーンをMSFは行ってきました。それはアフリカ社会の医療環境の現状を公に証言していくことが、自ずから政治への働きかけとなっていったものでした。

一九九五年、シャンティイ文書と呼ばれるMSFの国際会議での合意文書では、「MSFの活動は何よりもまず医療であるが、証言活動はそれと切り離せないものである」と述べられています。といって、MSFは、世界の様々な国家体制をイデオロギー的に批判しようとはしません。その活動はむしろ、彼らの団体名にあるように、国境を越えて、そして国家を超えて、さらには国家の向こうにあるべき人間社会の姿を描いていこうとしているように思われます。前述したMSFカナダの創設メンバーであるオルビンスキーは述べています。

MSFは公式な組織ではありません。MSFは市民社会の運動です。そして今日、市民社会は新しい世界的な役割を有しています。

本書の著者レネー・フォックスもEU危機と関連づけて述べています。

EU危機は、共通の通貨であるユーロ問題を、そして負債と景気後退の問題を遥かに超えているところに根差していた。それは、様々な国家から成り立っている欧州連合という組織の存続と、超国家的、超文化的な「ヨーロッパ性」を維持しようとするその姿勢である。MSFは、四〇年に及ぶ歴史の中で、時折、この運動の「国境なき」という理念の実現に直結する、多様な支部の統一に関して、同様の問題と格闘してきた。それは、メンバーの一人が

「終わることのない建設と再建」とよんだ宿命的な任務である。

「国境なき」というビジョンにもかかわらず、圧倒的に西洋人の組織であったMSFにおいて、二〇一一年、ようやくMSFアフリカが正式にMSFの新しい支部になります。MSF南アフリカの創設者であるエカムバラムは、述べています。これからは、MSFが、特定の地域と如何なる結びつきも持たない、真に国際的な運動に進化することを推し進める必要がある、と。

MSFが真に国境なき組織として実現していくためには、これからも様々な課題を克服していく必要があるように思われます。寄付を多く集めること、メディアに突出すること、ますます巨大な組織になり、その一員であることに満足すること、自分の支部の発展を優先すること、自分たちは特別の存在だと思い込むこと、そういう誘惑はメディアに露出するあらゆる団体につきものですし、事実そのようなMSFメンバーも少なくないことでしょう。社会的であると同時に個人という特定の歴史を持ってこの世に存在する人間というものの宿命がそこにはあります。そのような宿命と戦いながらも、決して戦う過程そのものに意義があるというような、誰でも陥りそうな耽美な自己承認に陥ることなく、真に「国境なき世界」を目指して彼らは活動を続けていくのでしょう。

著者レネー・フォックスが現在のEUが置かれた状況にも、「超国家性」を目指そうとする姿勢と課題を見ているように、私も、本来の国境なき人道主義を目指すMSFの将来に期待しながらも、次回はEUの課題と将来について考えてみたいと思います。

（二〇二〇年六月二二日）

ＭＳＦ、ＥＵそして協同組合（その二）

前回は、国境なき医師団（ＭＳＦ）について考えてみました。彼らの現状と課題を「国境なき」という視点で見たとき、それは国家を跨いでというよりは国家を意識しない、一市民同士の繋がりの拡大へと変化していく、また変化して行かざるを得ない活動ではないかと思ったりしました。

今回はＥＵ（欧州連合）の現状と課題について国家連合体としてのＥＵとその先にあるかもしれない域内民族同士の市民連合としての可能性について考えてみたいと思います。

ＥＵについて一通り概略を知りたいなら、「ＥＵとは何か」（中村民雄、信山社）という本がコンパクトにまとまっています。主にこの本を参考にして、まず、ＥＵの概況について述べてみます。

ＥＵの生い立ちは一九五〇年代末に、ＥＣＳＣ（欧州石炭鉄鋼共同体）、ＥＥＣ（欧州経済共同体）、Euratom（欧州原子力共同体）の三共同体が出来あがり、総称してＥＣと呼ばれるようになったことから始まります。一九六七年には、三共同体それぞれにあった運営機関が統合されて共通の機関となり、そこに欧州委員会、閣僚理事会、欧州議会、司法裁判所が設置されました。

これらがほぼそのまま現在のＥＵの機関となっています。一九八〇年代半ばに各国首脳の会合の場として欧州理事会が設置されました。そして一九九二年にオランダのマーストリヒトで開かれたＥＣ加盟一二か国の首脳会議でＥＣは以後ヨーロッパ連合（ＥＵ）と呼ばれるようになりました。このマーストリヒト条約では、ヨーロッパ通貨単位の共通化，共通の外交・安全保障政策の採用，欧州市民権の導入などを決め，ヨーロッパ統合を市場統合からさらに通貨統合と政治統合へ道筋をつける方針が決まりました。また、二〇〇二年からは、共通通貨としてユーロ流通が始まりました。その後、リーマンショックに端を発したユーロ危機、ギリシャ危機、移民問題、イギリスのＥＵ離脱などの試練を経ながらも、現在二七か国が加盟する政治的・経済的連合体として機能しています。

組織としては、主要な意思決定機関として「欧州理事会」があります。各国の首脳と欧州委員長、外務安全保障政策上級代表などが参加する会議です。その下に各国の閣僚級からなる「閣僚理事会」があって、欧州理事会での決定の具体的な詰めを行います。また、ＥＵの立法・行政面での仕事を担う機関として、ブリュッセルに「欧州委員会」があります。さらに立法の採択機関の一つであると同時に、ＥＵ市民を代表してＥＵの他の機関を政治的に監督する役割を担う組織として、「欧州議会」があります。議員は七五〇名で国ごとの人口にある程度対応して配分され、五年に一度、ＥＵ市民の直接選挙で選ばれることになっています。その他、「ＥＵ裁判所」や「会計検査院」、共通通貨ユーロの運営を行う「欧州中央銀行」などがあります。

ここまで整備されたＥＵですが、ここに至るまでには様々な各国の利害が衝突する紆余曲折がありました。それでも経済的には、ＩＭＦによるとＥＵ全体のＧＤＰでアメリカを上回っており、ユーロ圏を中心に地理的経済的、そして政治的にもこれからの世界の動向を左右する大きな勢力の一つとして成長するに至っています。

以上、ＥＵの概況を抑えた上で、ではＥＵの存在意義、そして問題点と課題、今後の展望について考えていきたいと思います。

ＥＵ(European Union)は、日本語では欧州連合と訳されていますが、連合体としてはどのような組織なのでしょうか。例えば国際連合(United Nations)のように、関係国が共通の課題の解決に向けて、合意形成を図り、関係国が合意された事項を守ったり、実行したりするという意味では、似たような存在です。ＥＵを構成する各国も、国としての存在は維持しながら、課題解決に向けて合意形成を図る組織です。しかし、国連などの国際機関と決定的に違うのは、ＥＵを構成する各国の地域全体を、ＥＵの境界として定めて（シェンゲン協定）、そこで生活する人々（ＥＵ市民）の恒久的な経済社会の枠組みを作ろうとするものなのです。そこでは、ＥＵ市民としての域内の自由移動、域内の共通市場、共通通貨政策（ユーロ）、農業などの共通政策を実施して、ＥＵ各国の共存的繁栄を目指しています。

そもそもＥＵ設立の発端は、第二次世界大戦後の荒廃したヨーロッパに再び戦禍が起こらないようにと、様々な政治家や識者がヨーロッパの平和連合のようなものを構想したことから始まります。特にフランスは、再びドイツとの武力対立を未然に防ぐ必要を感じていました。前述したように、ＥＣＳＣ（欧州石炭鉄鋼共同体）は一九五一年、パリ条約として、フランス・西ドイツ・イタリア・ベルギー・オランダ・ルクセンブルクの六か国が締結した石炭および鉄鋼の生産・価格・労働条件などの共同管理を目的とするものでした。これが後のＥＣ（欧州経済共同体）の母体となりました。そして経済的な共同体から、政治的な共同体へと変貌していく過程で一九九二年ＥＵとしてスタートすることになったのでした。そこではＥＵとして構成国が守らなければならない様々な規則が制定されていきます。補完原則というものがあって、構成国各国がＥＵとして共通に実施した方が効率的な事項に関してのみ、各国はＥＵに法的権限を与えるという仕組みですが、実際は、構成各国からは、ＥＵによる様々な法的束縛が、国の自律的な法的権限を侵犯するものではないかという批判が起こってきます。

『ＥＵの法的課題』（石川明・櫻井雅夫編、慶應義塾大学出版会）という本では、ドイツ連邦憲法裁判所が、ＥＵ（欧州連合）に関する条約（マーストリヒト条約）がドイツ連邦共和国の憲法に合致するのかどうか、を判断した経過を詳細に述べています。（第六章『ドイツ連邦憲法裁判所のマーストリヒト判決』岡田俊幸）以下、この本に基づいて、国家権力に対するＥＵの法的制限について考えてみます。

ドイツ連邦裁判所主任裁判官のキルヒホフは、まず「ドイツ連邦共和国は、国家でありかつ国家であり続けるべきであり、欧州経済共同体は、諸国家の共同体であり、国家となるべきではない」（前掲書、以下同様）とはっきり述べています。そして、欧州共同体内での自由な市場経済は、その自由競争原理から、経済的な困窮者をも排出させる。こうした経済的格差に対する社会福祉的な支援は、国家によってなされるべきである。ところがＥＵは、包括的な国家を目指しているわけではない。ＥＵは基本的に経済的共同体であり、「欧州国家設立の前段階」と捉えることはできない。……国家は、国民の実際上の一体性と、この国民および国民の領土を支配する機関が制度の安定性を獲得した場合に成立する、と。

このドイツ連邦裁判所主任裁判官キルヒホフの考え方は、ドイツ人特有の理詰めの論理ですが、他のＥＵ構成国の政府や司法当局にとっても賛同しうる見解ではなかったかと思われます。ＥＵのまだ萌芽さえも現れない理想的な思惑に惑わされるな、あくまでもＥＵの基礎にあるのは経済的な共同体であり、そのための各国の合意形成によって生まれた連合体である。各国の法的権力はその前提であると。そこでキルヒホフは、国家結合体（Staatenverbund）という概念を案出します。

それは一定の生活領域に対する法の統一を基盤とし、限定的な任務のための行為共同体として強化され、基本的に文化共同体として展開する。この国家結合体は、独立した国家からなる法共同体・経済共同体にとどまるものである。

このようにキルヒホフの言葉を紹介したこの本の筆者は言います。

欧州共同体内部で民主的正当化を調達するために、欧州議会の権限強化を求める声も少なくない。しかしキルヒホフは、欧州議会の権限強化の要求はドイツの「国家性」の保障と矛盾すると指摘する。「民主制は国家形態である」ので、より多くの民主制を求める声は、不可避的に「国家化」も要求することになるからである。

ここは非常に重要な見解です。民主制は国家形態である。国家なしに民主制はあり得ない。ＥＵは国家とはなり得ない。したがって民主制を確保するためには、ＥＵを支え合う構成国の国家形態が必要である、ということでしょう。ところが、キルヒホフが主任裁判官であったドイツ連邦憲法裁判所のマーストリヒト条約に関する判決は、キルヒホフの見解と全く同じものではなかったのです。筆者は言います。

判決は、一方において、正当化の出発点として「欧州国民」の存在を措定しておらず、欧州議会はあくまでも「諸国民」の代表であると解しつつも、他方において欧州議会による

「欧州連合の政治の民主的補強」を語っている。「欧州議会による民主的正当化の媒介」を基礎付けるために、連邦憲法裁判所が持ち出したのが「連合市民」である。マーストリヒト判決は、連合市民権は、加盟諸国の国籍保有者の間に、国籍ほどの密度はないけれども、一定の程度の実存的な共通性を意味する法的絆をつくりだすと認識することによって、「連合市民」を出発点とし、欧州議会を通して行う共同体権力の民主的正当化のための理論的な道筋を作り出したのである。そしてマーストリヒト判決は、民主制の「前法的な前提条件」の存在を指摘しつつも、キルヒホフの見解とは異なって、「この事実上の前提条件」が将来的に充足される可能性を語っている。このように、学者としては、「欧州国民」の不在性を理由として欧州議会による民主的正当化を原理的に否定していたキルヒホフが、マーストリヒト判決では自説を軌道修正して、「連合市民」を出発点とする欧州議会による民主的正当化の道筋を開拓した点でマーストリヒト判決は注目に値する。

筆者のこの見解は、まさしく注目に値します。欧州国を否定しながらも、「欧州連合市民」という言葉によって、EU自体に、国家的な民主制擁護の枠組みの将来的可能性を判決においても残したということです。

そのドイツ連邦憲法裁判所のマーストリヒト判決は言います。

欧州連合のプロセスが今後の条例改正によって最終的にどこに到達しようとしているのかは、……言及されている諸目的の中では未決定である。……少なくとも、アメリカ合衆国の国家形成と比較しうるような「欧州合衆国」の設立は、現在のところ、意図されていない。

ＥＵが最終的にどこに到達しようとしているのかは未決定である。しかし、アメリカ合衆国のような「欧州合衆国」の設立は、「現在のところ」意図されていない。そう判決は述べることによって、ＥＵの合衆国としての将来的な可能性の可否を断言することを控えているのです。

このように、誰もがＥＵの前提である各国家の独自権力を否定できないし、ではそれがＥＵの理想的到達点なのかとも断定できない。誰もが具体的には語り得ないが、それにもかかわらず、ＥＵのそのような不確定性とそこに秘められた可能性が、今日までＥＵが存続してきた根拠の一つではないかと思われます。第二次世界大戦後、ドイツはナチスによる敗戦国として何も言えない立場から、今ではＥＵ内の最強の国に成長しています。フランスは、ドイツの経済大国としての一国支配を防ぎ、ユーロ経済圏において農業国としてＥＵ内での進展を図ろうとします。また、イギリスはＥＵを市場として純経済的な理由から加盟します。これら三強国それぞれの思惑が絡み合いながら、しかしながらリーマンショックに端を発するユーロ危機や、ＥＵの南北問題であるギリシャやスペインの財政危機あるいは難民の大量流入などＥＵの存在そのものを揺るがしかねない危機をEUが乗り越えてきたのは、EUを解体して元の国家群に戻れば良いというだけで片付く問題ではないことを示しています。特に東欧諸国やマイノリティーとしてそこに住む様々な少数民族にとっては、今やEUの存在がドイツやフランスなど強国とは違った意味をもつものであることを示しています。

しかし、一方で最近、イギリスのEUからの離脱にみられるように、各国の保守勢力によるEU批判も顕著になってきています。

ヨーロッパでは、一九八〇年代以降の過去三〇年間で急進的な反エリート、移民排斥、自国民優先、反イスラムを主張する極右政党が劇的に勢力を伸ばし、一部の国ではそれらの政党が穏健化戦略を採用し、政権に参加するに至っている。まさしくポピュリズムの蔓延。これは過去三〇年間のイギリス政治の潮流ともよく重なっている。

一九四八年八月、オランダのハーグで「欧州会議」が開催された。ヨーロッパ中から八〇〇名を超える著名な政治家や知識人らが集まった。彼らはヨーロッパ統合の理念、「欧州合衆国」成立へ向けての情熱を共有していた。この会議で「欧州議会」の設立を求める決議を採択。この新しい波に乗り、フランス政府は超国家的なヨーロッパ統合の枠組みの中で、ドイツと協力する必要性を認識するようになっていく。しかし、イギリスは最初から連邦主義的なヨーロッパ統合を進めるつもりはなかった。

（『迷走するイギリス』細谷雄一、慶應義塾大学出版会）

この本の著者が述べているように、EU内の各国経済の格差や、EUの移民政策を批判する中で、極右政党によるポピュリズムがEU内のほとんどの国で浸透してきています。イギリスでは特にマスメディアの多くが保守政党と組んでEU離脱のキャンペーンを繰り広げていきます。

そもそもEU離脱派は、客観的なデータに基づいた合理的な理由について離脱の必要を説くことはほとんどない。情緒的なEU批判や、「主権を回復する」というナショナリズムの物語のような、国民感情にアピールするプロパガンダを訴えることが多い。このようにしてEU加盟存続をめぐるイギリス政治の迷走は、国益をめぐる冷静で合理的な判断に基づくものではなく、選挙における支持拡大を求める政党政治の力学や、EUへの不信感や移民への嫌悪感を煽る排外主義的なポピュリズム、さらには、次期党首を目指す保守党内の権力争いの要素が強いことが見て取れる。EUを離脱すれば、毎週三億五〇〇〇万ポンドの予算が浮いて、これを国民医療サービスに回せるという保守政党のキャンペーン。実際はEUへの拠出金額はその三分の一程度だが、それがジョンソン市長の大衆アピールの戦略だった。

（前掲書）

著者はこのように述べています。ＥＵから離脱することによる国としての経済的な損失は計り知れない、それはイギリスの財界人や多くの知識人の共通理解であったにもかかわらず、保守層のプロパガンダによって離脱がなされたのでした。

今日の経済や情報のグローバル化は、多くの民衆が自分の国というものに自分の存在のアイデンティティーを求めているという事実によって支えられています。ＥＵをめぐる民衆の評価というものは、この事実を巧みに利用するポピュリスト政党の政治家やそれをサポートするマスメディアによって如何様にも変わってくるのです。国というアイデンティティー志向がいかに現在の世界を形作っているかということを、イギリスのＥＵ離脱はまざまざと物語っています。

次にイギリスの離脱以上にＥＵの試練となったギリシャの財政危機について考えてみたいと思います。『ユーロ危機とギリシャ反乱』（田中素香、岩波新書）という本によると、一九八一年にＥＣに加盟し、二〇〇一年にユーロを導入したギリシャは、当時のポピュリスト政権の放漫な財政運営（公務員は五三歳から年金受給の権利があり、定年退職時の給与の九〇％を受け取れる。独身の娘は親の年金を継承できる。公務員は午後三時に仕事が終わり、夏には長期バカンス、民間の二倍とも言われる高賃金など）による赤字にもかかわらず、ＥＵに虚偽の報告書を出し続けて、国としての財政が破綻していきます。しかし筆者は、ギリシャには西欧のような自立した個人主義が育たなかった歴史的文化的背景がある。また、そうしたギリシャに利鞘獲得のため、お金を貸し続けたドイツなどの大銀行にも問題があったと言っています。

新政権のチプラス首相は、国民投票を実施し、その結果、ＥＵの押しつける緊縮財政は国民の反対にあいます。ドイツをはじめ債権国は猛反発、新たな支援はされず、ギリシャのデフォルト懸念は高まり、預金流出は加速、株価下落は世界的に波及しました。ギリシャ国民は多くが失業し、ギリシャの銀行は破綻し、国民はＡＴＭの前に長蛇の列を作ります。このようなＥＵそのものの危機を救ったのは、欧州中央銀行によるギリシャへの法外な資金援助でした。この行為自体はＥＵの条項からすれば、ＥＵ法違反にあたりました。しかし筆者によると、結果的にこれがギリシャの財政危機を一応収束させたのでした。多くのＥＵ構成国のギリシャ批判にもかかわらず、あえてここまでしてギリシャを救ったのはＥＵを崩壊させてはいけないというドイツやフランスなどＥＵ強国による暗黙の了解があったような気がします。それはまた、ギリシャから東欧に至る、新たなＥＵ加盟国の存在がＥＵ強国にとっても一体的な存在になっていくことを意味しています。東欧の加盟国の賃金はドイツの一〇分の一の水準にすぎず、ドイツの企業競争力は、これら低賃金によってますます高まることになります。『ＥＵ騒乱』（広岡裕児、新潮選書）という本によると、「ドイツでは、二〇一五年まで労働協約のない分野では最低賃金がなかったので、極めて低い給料でルーマニア人やブルガリア人を雇う例も少なくなかった」と述べています。と同時にドイツやフランスなどのＥＵ強国がこれら弱小国を支えるためのＥＵへの財政支出も増えていきます。

東欧諸国のEU加盟による課題と展望については、『拡大ヨーロッパの挑戦』（羽場久美子、中公新書）という本が参考になります。東欧諸国はソ連邦の崩壊後、それぞれ西欧化を目指してきましたが、ロシアの圧力や、自国内の様々な少数民族（マイノリティ）の存在にあって、一国としての自立存在の模索が続いています。著者は述べています。

ハンガリー人マイノリティはルーマニアに一六二・四万人、スロヴァキアに五六・七万人、ユーゴスラヴィアに三四・一万人、ウクライナ、クロアチアにも住んでいる。これはヨーロッパのマイノリティとしては一五〇〇万人のムスリム、一〇〇〇万人のロシア人につぎ、三〇〇万人を超えるトルコ人に並んで多いとされる。

ロマ（ジプシー）は、インド北部が発祥。一〇世紀にビザンチン帝国に入り、バルカン・中東欧に多く定着した。一九八六年の統計でヨーロッパに三〇〇～三五〇万、そのうちユーゴスラビア八五万、ルーマニア七六万、ハンガリーに五六万人住んでいるとされる。中欧各国のロマ政策は、人権擁護の観点から、EU加盟のための必須要件となっている。ロマの組織化はハンガリーで比較的進んでおり、九〇年以降は国会議員団も存在する。

そして著者は、「ヨーロッパの再編は、ＥＵが強調するごとく、「多様性の容認と異質の取り組み」という歴史的ヨーロッパの伝統に沿って穏やかに行われることが望ましい。だからこそ中・東欧はＥＵを目指すという形に発展することが望ましい。」と語っています。このような考え方を前提に、著者は、新たなＥＵの方向の可能性として、東欧諸国が果たす役割を次のように述べています。

世界における現在の国家枠組みはせいぜい二〇〇であるが、「民族」は、自己アイデンティティの認識の高まりの結果、近年七〇〇〇、あるいはそれ以上に増えてきている。ユーゴスラヴィアのように国内に一〇を超える民族が共存してきた社会や多くの中・東欧やバルカン諸国のように複数の民族が国内外に点在し、共存する地域で、すべての民族が「国家と独立」を求めて自己主張し始めると多くの混乱を生んできた。九一年前後は、社会主義体制の崩壊と西欧化の戦術として、民族の自己主張を早期の「国家承認」という形で国際的に認めていくという経緯が存在した。これが誤算の始まりであった。そこでハンガリーは、「チェチェン、ユーゴスラヴィアの分裂と紛争の泥沼化に学ぶ」ことになる。国家承認よりも、むしろ、ヨーロッパへの統合によって国境の自由な移動を周辺諸国との間で実現し、民族問題の壁を払うこと（その例は、北アイルランドやカタロニアに見られる。）がより重要だと考えるに至った。これによってマイノリティの人権、少数民族の文化的、言語的、地域的権利を保障していったのである。逆にマイノリティの抑圧と民主化の遅れは、ＥＵへの加盟交渉で息詰まる。そこでルーマニアは閣内にマイノリティを支持母体とする人民連合を迎えた。スロヴァキアでもルーマニアに学び少数民族政策の改革を急速に推し進めた。この結果、二〇〇四年にはＥＵ加盟を達成した。中・東欧においては、「国民国家形成」ではなく、「多民族の地域における平和的共存」こそが可決への道であろう。

イギリスのジャーナリストは、ＥＵの会議が開催されるたびに、このように拡大したＥＵにおける十数カ国の言語の通訳が同行するのは、費用の無駄遣いだと述べていました。（『欧州解体』ロジャー・ブートル、町田敦夫訳、東洋経済新報社）しかしこれこそ、将来あるべきＥＵの姿にとって、必要な費用ではないでしょうか。そこに大切なＥＵの役割があると思います。国に変わるアイデンティティーの根拠は、ＥＵ市民であること、そして自分の言葉と文化を持つ民族に所属しているということ、国を持たないマイノリティーにとってはそのことがなおさら重要です。彼らの存在が新しいＥＵ、新しい国家のあり方、新しい市民社会のあり方に新たな視点を提供していくかもしれません。もはや経済的な利害関係だけでは済まされない、世界情勢を視野に入れたＥＵの新たな政治的な役割がこれから試されていくことでしょう。特に強権国家の道を歩む中国やロシア、迷走状態にあるアメリカ、紛争状態が続く中東情勢にあって、ＥＵ内各国の外交政策がまとまるならば、ＥＵの発言力がこれから大きな意味を持ってくると思われます。

もちろん現在ＥＵを担う人々にとって、先に紹介したドイツ連邦裁判所主任裁判官のキルヒホフがいみじくも言ったように、「民主制は国家形態である。国家なしに民主制はあり得ない。ＥＵは国家とはなり得ない」という考え方は誰もが強く抱く考え方だと思います。それでもキルヒホフはマーストリヒト判決で、ＥＵのＥＵ市民としての将来的な可能性を否定はしませんでした。ＥＵが今後どのような道を歩んでいくかは誰にもわかりません。しかし、ＥＵの構成国の国民が、誰でも同時にＥＵ市民として欧州議会議員選挙の投票権を行使できるということ、ＥＵ域内では自由に行き来でき、自由な人格が尊重されるということ、それらがＥＵの条約として曲がりなりにも守られていることは、人類史上重要な到達点であると同時に出発点でもあると言えます。もちろん、多くのＥＵ内「国民」にとっては、いまだ「ＥＵ市民」意識は非常にか細いものにすぎないでしょう。しかし将来、若い人たちを中心に、実質的な「ＥＵ市民」意識は徐々に広がりや深まりを見せ、私たちアジアに住むものにとっても重要な示唆を与えてくれるものとなっていくかもしれません。

（二〇二〇年七月一九日）

MSF、EUそして協同組合（その三）

この表題では、今まで国境なき医師団（MSF）とEU（欧州連合）の現状と課題について紹介してきました。そこで国家を跨いで、国家を意識しない、一市民同士の繋がりの可能性について考えてきました。

今回は今までの考察を踏まえて、本題の協同組合について、これからの経済社会でどのような役割を果たすことができるのかを考えてみたいと思います。

協同組合という言葉で我々がイメージするのはどのようなことでしょうか。身近なところでは農協（農業協同組合）や生協（生活協同組合）があります。それらは組合員が共通の目的を持って利益を享受するために、共同で出資し、運営する組織です。ですから大企業と比べると、小規模で地域的な経済組織のイメージがあります。また企業と違って、原則として組合員の総意で運営されていきます。ですから組合員ではなくとも、組合で働く人々は、企業のように経営者の決定に従って超過勤務やきつい仕事を続けなければならないようなことは少ないと思います。例えば私企業としてのスーパーは、企業としての利益を確保するために、できるだけ従業員に効率的に働いてもらう必要があります。店長は従業員を監視し、様々な無駄を省いていきます。あるスーパーで、長年そこで働いていたレジのおばさんは、最近売れ行きが落ちてきたので給料が上がらない、それどころか、新採で入った若い子と同じ給料になってしまった、これではやっていられないと、苦情を言いながらもそこで働かざるを得ないようです。一方、ある畜産組合の販売所では、働いている従業員は意外とのんびり仕事をしているように見受けられます。レジの担当者も、お客が多くなっても、横の開いたレジに応援が来ないまま、淡々とやっています。売り場の効率性をチェックする上司なども見当たりません。大勢並ばされても、お客も特に苦情は言わないようです。もちろん経営を維持していくためにはそれなりの利益を上げなければなりません。そしてそこで得られた利益配分は、私企業の場合は、企業家や管理職の収入とその下で働く従業員との格差は歴然としていますが、協同組合の場合は、管理職と従業員との格差は、企業ほどではありません。企業のようにピリピリした職場環境と違う雰囲気が協同組合関係の職場にはあると思います。一般に農協の販売店や生協の職員を見てもそう感じます。実はこのことが非常に需要だと思うのです。

企業の場合、特に株式会社は、資金を広範囲に集めて、それで新たな投資を行い、会社の規模を拡大して利益を積み重ねていきます。本質的に企業活動は、資金力、技術力、情報力、効率的な組織力を駆使して市場を拡張していかざるを得ない宿命にあります。ですからそこで働く労働者は、企業戦士として、会社のために自分の生活の多くの時間をささげなければなりません。これに対して協同組合の経済活動の場合は、基本的に市町村とか部落とか一定の地域を対象にして、出資する組合員の総意に基づいて運営され、組合員はその利益供与にあずかるというものです。ですから、企業のように他の企業に打ち勝つために常に投資を行い、規模を拡大していく必要はほとんどなく、地域という限定された社会で組合員のために運営されれば良いわけです。このような形で、協同組合活動は、資本主義市場経済の中でも、企業の経済活動と地域的に共存することが可能であったといえます。農協の場合は基本的に農家が組合員で、金融部門などでは農家ではなくとも出資すれば準組合員になれるようですし、農協を運営する事務部門や販売部門は相応の従業員を雇っています。もちろん、組合員の合意により、新たな事業を拡張することはできますし、そのために出資金の増額や銀行からの借り入れも行うことができますが、株式などを発行できる企業と違って、資金力や行動範囲には限度があります。

しかし、ヨーロッパでは、協同組合の歴史は古く、現在でも企業に匹敵するような活動を行っている国もあります。次のように、スウェーデンの例があります。

消費者協同組合は二〇〇万人の組合員により、小売と卸売に置いて主要な役割りを担っている。また、食料品の六〇％が生産者協同組合の組合員所有の事業所で加工されている。さらに、一九七〇年半ばには、駐車場、芸術工芸、保育、老人介護等「ニューウェーブ」協同組合が成長しつつある。……スウェーデンの消費者協同組合や生産者協同組合は、被雇用者の数や売り上げで見ても国内の一〇の企業の中に入る。
（『市場と政治の間で―スウェーデン協同組合論―』ビクトール・A・ペストフ、藤田暁男他訳、晃洋書房）

ここでは協同組合は、事業拡張により、企業と並ぶ経済活動を行なっているようですが、しかしその場合でも、協同組合は組合員である消費者や生産者に対して平等性を維持しているようです。ただ、規模が大きくなると、組合員の総意は、理事会で議決されたことが、そのまま組合員に示される形を取ることが多くなるようです。

工業的な生産者協同組合の成功事例としては、スペインバスク地方のモンドラゴン協同組合が有名です。一九五六年に設立され、現在も活動しています。バスク地方はスペイン北部、大西洋（ビスケー湾）と接してフランスとまたがる地域です。カタルーニャと同様にスペインならではの独立性の強い地域（自治州）です。『モンドラゴンの神話』（シャリン・カスミア、三輪昌男訳、家の光協会）という本では、「モンドラゴンの協同組合システムは、自転車や銅管からコンピュータを組み込んだ工作機械や産業用ロボットに及ぶ、広範な商品を生産する工業、農業、小売業のネットワークである。このシステムは内部金融のための自分の銀行、年金や健康管理を提供する社会保障協同組合、研究開発センター、初等から修士レベルまでの学校を持っている。

個々の事業経営体は完全な労働者所有であり、民主的に運営される」（同掲書、以下同様）と紹介されています。このような地域に根付いた協同組合活動に世界中から毎年数多くの協同組合関係者が視察に訪れると言います。人口二万六〇〇〇人のモンドラゴンでは、私企業と協同組合とで約七〇の中小工場で約七〇〇〇人の労働者が働いていたようですが、協同組合の労働者は多くが組合員でもありました。しかし、著者は、本の題名にもあるように、その組合活動には様々な問題点と課題があるとして、協同組合活動のあり方の難しさを語っています。「モンドラゴンでの協同組合主義は、（キリスト教の神父によって）労働者階級の直接行動主義と社会主義に対する企業家的代案として創始された」ために、地元の労働組合運動との連携がなされたわけではありませんでした。協同組合設立の指導にあたった神父は、社会主義的な協同組合運動とは一線を画して、地域住民のための協同組合を目指し、そこでは組合員が平等に参加し、その享受を平等に受けるという考えを基本に活動を進めていきます。上述したように様々な福祉施設や教育施設も完備された組織に発展します。組合員の権利などについてもこの本では詳細に語っています。

モンドラゴンシステムを構成する個々の企業は、完全に労働者所有である。協同組合に加入し、約一年分の給料の総額（低利で借り入れできることができる）を出資金として拠出して、個人資本口座を開く。協同組合の毎年の利益または損失の分前が、この口座に貸方または借方記入される。この口座には貯蓄銀行界の標準的な利子がつく。純利益の分配はスペインの法律に従い、各協同組合の総会で決定される。少なくとも一〇%が教育、住宅建設、出版のような地域プロジェクトに用いられる社会基金にいく。最小二〇%が協同組合に属する資本基金である準備金にいく。最大七〇%の残りの利益は、組合員の個人資本口座に直接振り込まれる。

このように組合の施設整備や組合員に対する権利の保障、組合員の生活の保障に関するシステム作りは順調に行なわれていきました。しかし、協同組合の活動が私企業との競争などによって拡大すると様々な問題が生じてきます。

協同組合に、新しい機械への投資を償却するために交代制が導入された。交代制は労働者の家庭生活を妨害した。バー巡り、社交クラブでの友人との食事、山登り、言語学校での勉強のような、仕事の後の活動は、バスクの町での地域社会生活を豊かにする。そうした活動への参加は、バスク人であることの一部であった。作業現場の労働者たちは、協同組合主義に固有の欠点に基づくこの新しい経済主義を批判した。経済競争の強まりとともに、協同組合が決して資本主義に対する代案ではないことが明らかになってきた。

私企業の労働組合との連携がなかった協同組合でしたが、工業協同組合の一つが働く協同組合員に対して技術者の評価を高め、加えて個人の業績によって評価する成績本位制が導入されると、組合員たちは初めてストライキを行います。しかし、「内部的ストライキが一九七一年に組合定款で禁止されていたので、二四人の指導者が首にされた。そのうち三分の二は女性。女性たちは今回の評価改正で最も影響を受けた。女性スト実行者の多くが秘密のマルキシズム教育コースに参加していた」と述べています。

モンドラゴンの協同組合は、バスク地方の先進的な労働組合とは一定の距離を置いていたために、彼らとの共闘はできずに、ストライキは失敗に終わります。著者はここにモンドラゴン協同組合の限界を見出します。確かに私企業の経営者と労働者の待遇や所得格差に比べると、協同組合内での経営陣と労働者の格差は少ないもので、それだけ見るとモンドラゴンでの協同組合活動は世界のお手本となりうるものかもしれません。しかし本来は労働者としての組合員が経営陣（総括マネージャー等）に対して苦情を持ち出す組織である組合員評議会は、「最近は経営陣の決定を受け入れるように労働者を説得する機関とみなされている」と言います。ここに筆者はバスク地方での戦闘的な労働組合運動から乖離した協同組合活動の限界と、いきづまりも見ていたのです。

資本主義的な企業活動とは一線を画した労働者主体の協同組合活動について、マルクスは一八六四年九月二八日の『第一インターナショナル創立宣言』で次のように述べています。

所有の経済学に対する労働の経済学のいっそう大きな勝利が、まだその後に待ち構えていた。我々がいうのは、協同組合運動のことである。特に少数の大胆な働き手が外部の援助を受けずに自力で創設した協同組合工場のことである。近代科学の要請に応じて大規模に営まれる生産は、働き手の階級を雇用する主人の階級がいなくてもやっていけるということ、労働手段は、それが果実を生み出すためには、働く人自身に対する支配の手段、強奪の手段として独占されるには及ばないこと、賃労働は、奴隷労働と同じように、一時的な、下級の形態にすぎず、やがては自発的な手、いそいそとした精神、喜びに満ちた心で勤労に従う結合労働に席を譲って消滅すべき運命にあるということ、これである。

（『マルクス・エンゲルス全集第一六巻』大内兵衛・細川嘉六訳、大月書店）

モンドラゴンでは、マルクスの言うように「少数の大胆な働き手が外部の援助を受けずに自力で創設した協同組合工場」を曲がりなりにも設立することができました。しかしそれは大規模化すると同時に、企業と同じような労働者への抑圧関係が生まれてきたのでした。企業とは一線を画した経済活動としての協同組合の実現は可能なのでしょうか。旧ソ連時代の社会主義的な生産協同組合はほとんど見られなくなりました。現在の協同組合は、資本主義社会における生産・流通・消費の企業形態の経済活動と棲み分けるような形で発展し、活動しているのです。マルクスの時代とは違って、それはそれで私たちが生きている時代の現実です。

それでも最初に述べたように、私がいつもよく行く畜産組合の食肉販売店や農協の店の雰囲気は企業経営のスーパーなどと違います。店の品物の種類はスーパーの方がなんでも揃います。共稼ぎの家庭では、広い駐車場に車を止めて、スーパーで一週間分まとめて買う方が効率的でしょう。しかし、地域に根ざした協同組合の店は、規模は小さくても新鮮で、安い品物が少なくありません。売り場もそこで働く従業員もゆったりしています。そんな店をゆっくり回り歩くのも我々年金生活者にとって楽しいものです。しかし、多くの働き盛りの労働者家庭にとってはそんな時間はないかもしれません。

一方でグローバル化した今日の企業の行く末には不安がつきまといます。世界に目を向けても、経済大国のドイツでは、自動車や医薬品など先端的な大企業でノイローゼやうつ病にかかる労働者が増えていると言います。また、最近フランスのテレビ局が作ったドキュメンタリーでは、フランスのコンビニなどで低賃金で働かざるを得ない労働者の現状を伝えています。きつい労働で働き手のいなくなった店では店長が自らレジを打ったり、重い荷物まで運んだり、昼夜休みなしに働いている。アイルランドの格安航空では経営者が安い航空運賃で膨大な所得を得るのに反して、その結果、労働者は低賃金に甘んじなければならない。パイロットや他の労働者は、長時間労働での精神的肉体的ストレスと戦い続けなければならないと言います。そしてこのドキュメンタリーの製作者は、世界中で展開されている企業の低価格競争は、もはや労働者そのものが低価格の対象となってしまっていると述べています。成熟した資本主義社会とはいえ、グローバル化した経済社会で多くの企業が低価格競争に巻き込まれているのです。

私たちの社会は国民経済を単位として成り立っていますが、そこでは多くの企業による富の蓄積によって維持されています。しかし企業は市場や資源の開拓を、国を超えて展開せざるを得ません。あるグローバル企業のCEOの所得がある一国のGNPよりも多くなるというような、今までには考えられなかった事態も見うけられるようになりました。企業活動による富は地球上の裕福な地域でのみ集積してしまうような状況にも直面しています。膨大な富は、財団化されたりして、貧しい国々の人々の救済に役立てられようとはしています。しかし、グローバル企業の市場拡張競争はマスメディアを駆使して、私たちの日常生活の隅々にまで影響を及ぼしてきています。企業間競争による富の無制限の集積、それも地域や享受する人々が限定された集積は、そろそろ限界に来ているのではないか、極端な貧富の差から、多くの人々が文化的な生活が送れるような、地球上での、富の再分配の新たな方法が議論されてきてもいいのではないか。最近特にそう思います。もちろん富の新たな再分配システムが実現するまでには、まだまだ長い道のりが必要でしょう。

企業活動によらなければ、富の集積は拡大し続けることはできないではないか、企業活動による新たな技術開発や新たな生活方式、そのための需要喚起や市場開拓、これは社会の経済活動の基本ではないか、それで私たちの生活は豊かになった。そのような考え方も当然あります。しかし一方で、もうそろそろいいのではないか、グローバル化や技術の進展、富のさらなる偏った集積よりも、ある程度自足できる地域社会の連合のようなもの、贅沢しなくとも、自由な時間、自分のやりたいことができる時間が持てる社会の実現に向けて、もっと違った議論も広げていくべきではないか、経済は無限に拡張しないと維持できないのか、適正規模の地域社会同士の連合は不可能なのか、私はそういう思いから、国境なき医師団（MSF）の医療活動やEUの現状、さらには協同組合活動の具体例について考えてきました。

MSFの活動は、私たちに地域的な相互扶助、国境を越えた市民社会レベルの活動の重要性を教えてくれました。EUの取り組みは、今後欧州市民としての意識が高まっていけば、EU構成国の「国民」は「欧州市民」として、生活を安定させ、それぞれの地域に根差した独自の生活ができるのではないかと期待させるものを持っています。もちろんEUは資本主義社会の国家共同体ですし、構成国の国民経済は主に企業の収益によって成り立っています。企業活動によるEU構成国の国民経済としてのまとまりは、一〇〇年先まで変わらないかもしれません。しかし変化の兆しを一定の方向へと導いていく議論や運動も徐々に生まれてくる必要があると思います。

今、世界はコロナウイルスの蔓延、中国やロシアなどの強権国家の進出、多発する自然災害、中東情勢紛争の激化と難民問題などで、国家間の戦略的な対応が揺れ動いています。特に香港の民主化運動に対する中国の弾圧的取り締まりは、先進諸国にとっては憂慮すべき事態です。しかし、例えばEUの中心国であるドイツの大企業は中国とは経済的に強いつながりを持っていて、それがドイツ経済の繁栄とつながっているというジレンマを抱えています。しかし、これからはグローバル化した経済の弊害を反省し、同時に国民経済を乗り越えた先の、欧州市民、アジア市民、アメリカ大陸市民など地域ブロックによる相互扶助的な経済共同体の可能性も検討していくべきではないかと思います。

そうした中で、企業による過剰な富の蓄積から、生活水準が均一化した地域社会を育てるための生産組織として、協同組合活動の様々な可能性も検討していくべきです。いまだ実現は遠い未来だとしても、しかし単なる理想ではない、いつかは実現すべきものとして議論していきたいものです。そうでなければ、もう今までの社会、今までの生活はこりごりだと思っている人々に答えることはできないでしょう。ＭＳＦの中には、地元主体の地域に根付いた活動が国家を超えて広がることを願っているメンバーもいます。ＥＵに加盟する東欧諸国で生活する少数民族の人々の中には、今まで国家間の争いに翻弄されてきた経験から、市民連合体としてのＥＵの将来に期待を寄せている人もいることでしょう。そしてモンドラゴンの協同組合では、贅沢ではないが、今までのバスク地方での豊かな地域生活を守っていこうとする女性労働者たちがいました。人間の経済の新たな展開はそうした人々の思いが決して一部のものではない、と少なからぬ人々が気づくことから始まるような気がします。

（二〇二〇年八月五日）

オーウェルのガンジー批判

イギリスの植民地時代のインドで生まれたイギリスの作家ジョージ・オーウエルは、どこかでガンジーについて否定的な評価をしていたように思いましたが、最近図書館で彼の評論集を借りてきて読んでみたらそこに『ガンジーについて』という評論を見つけました。この評論の冒頭から「聖者というのはいつだって、潔白が証明されるまでは有罪扱いされなければならない」と彼特有の辛辣な言い方をしています。そしてすぐに追い討ちをかけます。

ガンジーの場合に人々が知りたいと思うのは、どの程度まで彼が虚栄心に動かされていたのか——つまりは、お祈り用の布の上に座って精神力のみで帝国を揺るがせた、慎ましい裸の老人という自意識に、どの程度動かされていたのか——そして本質的に威圧行為や欺瞞と切っても切り離せない政治の世界に参入することで、自らの原則を曲げるものと、どの程度妥協したのか、ということだろう。

（オーウェル評論集『あなたと原爆』秋元孝文訳、光文社文庫）

しかしこれは実は、主語のガンジーを、ジョージ・オーウェルと置き換えても本質的な部分で通じる文章だったのです。ときには彼自身が自分の行動にこれみよがしの虚栄心や欺瞞に満ちたものを見出していたでしょうし、彼はそのような誰にでもある負の側面を否定することなく、むしろそれらの側面を自覚し、その上での政治的な表明や行動を良しとしてきたのでした。

私が最初に読んだオーウェルの作品は『カタロニア讃歌』でした。三〇代前半の彼は、今で言うフリージャーナリストとして、共和制に反旗を翻した独裁者のフランコ軍と共和政府側の戦いを取材するためにスペインのカタロニアに出かけます。しかし彼は地元労働者の義勇軍に参加することで、そこでより多くのことを体験したのでした。彼は述べています。

僕がたまたま、ある偶然によって投げ込まれた所は、資本主義に反対する政治的信念の方が、それに賛成する立場より正常であるとされている、西欧でもただ一つの、かなり大きい社会であったのだ。ここアラゴン地方では、周囲にいる何万という人々が、必ずしも全部労働者階級の出身ではなかったけれども、すべて同じ生活水準で暮らし、平等な関係で交わりあっていた。……そこではスノッブ根性だとか、金儲けとか、ボスに対する恐怖心といった、ふつう文明社会の原動力になっているようなものが、たいてい消えてなくなっていた。……そこには農民と僕ら義勇兵しかいなかった。主人として他人を所有しているものは一人もいなかった。無論、こういう状態は長く続くはずはない。……しかし、それが存続した長さは、それを経験したすべての人に、しかるべき影響を与えるには足るものだった。その中にあっては、どんなに呪いの言葉を口にしたにもせよ、後になってみれば、自分の体験したものが、いかに希少価値を持つものであるかを理解した。その社会は、希望のほうが、無気力やシニズムより当たり前とされている社会であった。……そこで人の呼吸する空気は、平等の空気であった。……大多数の人々にとって、社会主義とは、階級のない社会を意味する。さもなければそれは何も意味しない。義勇軍における数ヶ月が、僕にとって価値があったのは、まさにこの点においてである。スペインの義勇軍こそ、それが存在していた限りにおいて、階級のない社会の小宇宙とでもいうべきものであったのだから。そこには金を儲けようとするものはいなかった。すべてのものが欠乏していたが、特権はなく、こびへつらいはなかった。このような社会に生きて初めて、社会主義の初期がどのようなものになるのか、おおよその輪郭を掴むことができた。

（『カタロニア讃歌』橋口稔訳、筑摩叢書）

若さゆえの、ある程度自己の体験を美化する表現が見られるにしても、やがて瀕死の重傷を負いながらも現地の義勇軍と共に塹壕を掘り、戦場生活を続けていった中で、彼は共に戦う義勇軍の兵士たちとの交流から、これが「階級のない社会」の絆だと思われるようなものを感じ取ることができたのでした。それはカタロニア地方の独特の平等主義的な風土が産んだ戦いでもあり、最終的には共産党勢力やフランコ軍に翻弄されてしまうことになる戦いであっても、その後の彼の創作活動に大きな影響を与えたのでした。つまり、普通の労働者たちが普通の生活水準を維持していくこと、このことが守れない限り、人間社会の真の解決はありえないと彼は認識したのでした。

そのような彼から見たガンジーは、普通の人間の戦いによる解決方法ではなく、宗教的な雰囲気を醸し出しながら、特定の人間のみが可能な克己力によって社会に影響を与えていこうとする試みに思えたのでしょう。

オーウェルの『ガンジーについて』という評論に戻ると、彼は一通りガンジーの人となりを紹介し、その倫理的な考えかたを評価してはいます。しかしその死後ガンジーが世界中の反体制派たちに崇拝されるようになったことを訝しく思っていたのです。彼は言います。

近頃ではガンジーのことを、西洋の左翼運動に共感していたのみならず完全にその一部分でもあった、と論じるのが流行っているようだ。特にアナキストと平和主義者は、ガンジーが中央集権制度と国家的暴力に反対していることばかりに注目し、彼の信条の浮世離れした反人道性を無視して、彼を自分たちの仲間であると主張してきた。しかし思うに、人間こそが万物の尺度であり、この地球しか我々にはないのだから、我々がなすべきことはこの地球を生きるに値するものにすることなのだ、という信念とガンジーの教えは、相容れることができない。……ガンジーの教えは、神が存在し物質的な世界は解脱すべき幻想に過ぎない、という過程においてのみ意味をなす。

（オーウェル評論集『あなたと原爆』秋元孝文訳、光文社文庫、以下同様）

そして具体的にはガンジーが実践したブラフマチャリヤ（動物性食品を取らず、性欲さえ排除する禁欲生活）の非人道性を批判します。

「神を愛するとか人類全体を愛するのであれば、個人に対してはいかなる人であっても分け隔てしてはいけない。」これは正しい言い方だが、ここが人道主義的態度と宗教的態度が両立しえなくなる地点でもある。普通の人間にとっては、特定の人を他の人間以上に愛するからこそ愛なのであって、そうでなければ愛ではない。……人間であることの本質とは、完璧を求めないこと、時と場合によっては誰かへの忠誠心のために喜んで罪を犯すことであり、……自分以外の人間、誰か個人へ愛を注ぐことで不可避的に代償として背負わされる、最終的には敗北し打ちのめされてしまうという結果を、受け入れる覚悟を持つということなのだ。

ここでは彼がカタロニアで見た名もない義勇軍の兵士の様々な人間的存在を心に描いて語りか

けているかのようです。人間とはこういうものだ、誰でもそれぞれの負の側面を背負いながらもそこで戦うしかないと。しかし他方で幾分ガンジーの行動を理解しようとする姿勢も窺えます。

しかしながらガンジーの平和主義は、……それが宗教的なものだったが、それは自分が望んだ政治的結果を生み出すのを可能にする単なる技術、手法に過ぎないとも主張していた。しかしそれは自分のしていることを世界が耳にする機会を得た場合にのみ可能になる。

これは鋭い指摘です。ガンジーが有名になったのはもちろん彼自身の孤独で困難な闘いがあったからだと思うのですが、オーウェルは、それはガンジーをある程度泳がせ、彼をある程度利用したイギリスや彼の主張を注目させた世界的な当時の状況があったからだと言い切るのです。ガンジー自身も当時のマスメディアにさらされている自分を十分認識していました。しかし、戦う方法は違っても、ガンジーもオーウェルと同様に、当時のジャーナリズムに迎合することはなかったと思います。オーウェルはこの評論で最後にこう述べています。

私はガンジーにあまり好意を抱くことはできずにいたが、政治的思想家として彼が概して間違っているとは確信が持てないし、彼の生涯が失敗だったとも思えない。……私自身がそうであるように、人によってはガンジーに対して美学的な面から嫌悪を感じる者もいるだろうし、彼のためになされた聖者性の宣伝文句を拒否することもできるし（ちなみにそういった聖者性をアピールするようなことはガンジー自身は一度も口にしていない。）、聖者性を単なる理想として拒否して、ガンジーの基本的な目的は反人間的で反動的だと考えることだってできる。しかし単に政治家とみなして、同時代の他の政治家と比べるなら、ガンジーが去った後に残していった匂いは何とさわやかな匂いだったことだろう！

こういう書き方がオーウェルの面白いところで、結果としてガンジーの戦いの軌跡をそれなりに評価するという彼の誠実な人となりがうかがえます。

それにしても「ガンジーに対して美学的な面から嫌悪を感じる」とはどういうことでしょうか。英文を参照していないので、「美学的」がどういう意味合いなのかよくわかりませんが、聖者のように見えることを政治的な運動として利用していることへの否定的な感情なのでしょうか。しかし、オーウェル自身がはっきりと、「そういった聖者性をアピールするようなことはガンジー自身は一度も口にしていない」と言っています。ガンジーを生んだインドの大地の宗教的許容性のようなもの、それをイギリスのような先進諸国の都市文化では受け入れられないものとして感じ取っていたのでしょうか。いや、そんなことはないと思います。『カタロニア讃歌』で、彼はイギリスでは決して経験できなかったスペインの風土での泥沼の戦い、自分たちの糞尿にまみれた塹壕での、地元の兵士たちとの戦場生活で、彼は近代的な思考とはある程度かけ離れた次元で、連帯の精神を体験し、理解したのでした。

私がガンジーに興味を持ったのは、ガンジーの非暴力主義はどこからきているのだろうかという疑問からでした。ガンジーは言います。


あなたの真実は自分自身の共感の深い井戸から生まれるべきものだ。故に真実を語るときは辛らつな言葉を避け、真実を語りながらも柔軟でなければならない。他者を思いやることは自分自身を思いやることでもある。他者に暴力を振る舞う時、自分自身にも暴力を振る舞っている。他者を中傷し辱める時、自分自身をも中傷し辱めているのである。怒りはそれを受ける人を動揺させる以上に、怒っている本人をかき乱す。

（『ガンジー自伝』蝋山芳郎訳、中公文庫）

オーウェルのガンジー批判

このような考え方に対してオーウェルは、それは理想であっても普通の人間には無理だ、他人への中傷や暴力は、時には社会的人間としてのやむを得ない本質的な行動パタンであって、その自覚を前提にしてこそ、本来の政治的な運動は生まれてくる、と反論するでしょう。しかしガンジーは続けます。「人間は他の形態の生命を奪ったり管理したり支配したりする絶対的権利など持っていない。そればかりか、人間は非暴力を実践し、生命世界の、謎に満ちた、偉大で豊かな、たぐいまれなる現象の前に謙虚であるという特別な任務を負っている」（前掲書）と。

「生命世界の、謎に満ちた、偉大で、豊かな、たぐいまれなる現象の前に謙虚である」という気持ち、確かにこの言葉はインド伝来の思想であるヴェーダの世界の言葉です。「偉大でたぐい稀なる現象の前に謙虚である」とは、ある意味では善悪入り混じり、様々な人格、意志の強い人間、虚弱な人間　あるいは人を貶めても平然とする人間、吝嗇な人間、反対に人の良い人間、こうした様々な人格が醸し出す人間世界の存在そのものをそのまま認めるということにもなります。この謎に満ちたたぐいまれなる多様な人間世界が逆に暴力を許さないとガンジーは言うのです。厳然たる多様な現実世界をまずしっかりと見つめるという意味では、戦い方は違っても、オーウェルの考え方と通じる面があると思います。

ガンジーは神について次のようなことを述べています。私は神を見たことがない。それでも私は神の存在のようなものを実感することがある。私が歩んできた道筋、そこで私は様々な出来事や人々と出会い、そこで私の躊躇や苦悩も増大していった。それでも先へ進むことができたのは、決して私自身の意志や力によるものではない。そういう思いが湧き上がってくるとき、私は神の存在を認めてもいいような気がする。私自身は自己主張が強く、わがままでかつ小心な男に過ぎない。そういう私自身に、様々な出来事があちらから襲ってきて、そこで私は様々な試練にさらされたが、それなりに前に進むことができた。そしてそこまで私を導いてきた何かを私は感じ取っている。その何かが神と言ってもいいのではないかと。確かにここまでくると、オーウェルが嫌悪した宗教的な権威で政治的な運動を行なっていこうとするような信念を感じます。ガンジー自身は、何の取り柄もない自分がここまでたどり着いたのは、母から伝えられたインド伝来の宗教的な教えがあったからだと告白しています。彼はインドではこのような宗教的な心情に基づいた戦い方があると確信していたのでしょう。イギリスでは通用しない戦い方です。

ガンジーの政治的主張の中で私が注目したのは、インド伝来のカースト制度に対する考え方です。ガンジーは不可触賤民出身で仏教徒に改宗し、後に法務大臣としてインド憲法の制定に関わったアンベードカルと、カースト制度を巡って、激しい論争を展開しています。アンベードカルはカースト制度をインドの悪癖として根底から否定し、ヨーロッパの民主主義と機械文明を自由平等と進歩の象徴として擁護します。現在でも私の出会った多くのインド人はシステムとしてのカースト制度を話題にすることを回避したがります。現実としてカースト制度は少なからぬ弊害をもたらす場面があることでしょう。

しかしこの民主主義社会においても、民主主義社会であるが故の名ばかりの形式的な平等主義とそのことによってもたらされる不平等がどこにでも見られます。ガンジーは必ずしも民主主義を否定してはいませんが、民主主義を生んだヨーロッパの近代文明にはその成果を認めながらも、ある種の疑念を抱いていることは確かでした。カースト制度は、多種多様な人間がそれぞれの持ち場を確保して共存していくインド伝来の社会的仕組みでした。ヴェーダでは、人間一人一人にはそれぞれ異なったダルマ、すなわち人それぞれに実践すべき課題、あるいは彼独自のカルマ（運命）が与えられている、と言います。他人のダルマやカルマは自分のダルマやカルマのように理解することは決してできない。他人のダルマを我々は決して背負うことはできない、他人のダルマを実践しようとするのなら我々は誰でも地獄に堕ちてしまう、と言うのです。他人の顔や境遇には我々が立ち入れない場所がある。その場所で他人も我々も、もがき苦しみ、また立ち上がることもできる。ヴェーダの解説書であるウパニシャットでは、下層カーストの民であっても、その逆境の中で切磋琢磨し、勉学に励めば、バラモンになりうる、またバラモンであっても、財産や地位にあぐらをかいて、節制し簡素な生活の中で人々に教えを広めるという本来の役割を放棄するのなら、あっという間に下層に転落する、と説かれています。ガンジーが擁護したカースト制度の本質的な部分には、近代民主主義における自由・平等について考え直してみる上で重要な意味があるのではないかと思われます。

もちろん、私はオーウェルに対して、そこまでガンジーを理解すべきであったとは思いません。当時彼が得ることができた情報の範囲内で彼が印象付けられたガンジー像も当然あり得たのです。一方で、私たちは、オーウェルがその後進んだ道のりにも注目すべきです。『カタロニア讃歌』執筆の後、オーウェルは小説家として『動物農場』や『一九八四年』という衝撃的な作品を世に問うていきます。どちらもスターリン主義のような全体主義的強権国家の恐ろしさを、多種多様な人間間の亀裂が生み出す、ある意味では不可避な社会現象ではないかと問うていきます。彼は理想的な社会に向かって我々は戦っていくべきだという結論に導こうとはしていません。むしろ、このまま人間社会は全体主義国家へと収斂していくかもしれないという悲壮感をいだかせます。特に四六歳という若さで死去する直前に完成した小説『一九八四年』は人間社会の負の側面の描写力で我々を圧倒させます。主人公は自由と平等のために戦いながらも、徐々に権力の側に引きずり込まれていくのです。尋問や拷問の場面の緊迫感あふれる表現は、彼がビルマで警察官として経験したことやカタロニアでの政治的体験から得たものでしょう。小説としてもどんどん読ませていく力があります。それはオーウェルが、物を書くということは、誠実であればどこかに政治的な意思表示が現れざるを得ないと言っていることから導き引き出せた力だと思います。私たち人間社会はこういうことにもなり得るのだと真剣に表明しているのです。

二〇一八年にカナダで中国人監督が製作した『馬三家からの手紙』というドキュメンタリーをＮＨＫＢＳテレビで見ました。中国で政治犯として捕らえられた男性が、馬三家（マサンジャ）強制労働施設で様々な拷問を受けますが、彼は密かにその実態を書いた手紙を施設外に持ち出すことに成功し、世界中に中国における人権侵害の事実を広めることができたのでした。その結果、男性は施設を出た後も国家権力から見張られる生活を余儀なくされ、家族とも離れた一人暮らしをしますが、執拗な官憲を振り切るため国外へ脱出しようとします。阻止されると思った空港での検閲もすんなりと通過して、彼はインドネシアで辛い一人暮らしを始めます。しかしそこまでも中国の公安当局は忍び寄り、最終的には「病死」ということで彼は異国の地で葬り去られてしまいます。これはまさにオーウェルが描いた『一九八四年』の世界と同じです。全体主義国家の権力によって、誰にも気づかれずに最終的に個人は追い詰められて、消されていく、そういうこともありうるのだということを強く印象付けた作品でした。『一九八四年』も『馬三家からの手紙』も。

オーウェルは、人間社会の未来にはそういうこともありうるのだ、と警告しているのです。といって、作品の中で、理想的な自由平等社会を思い描きそこへ向かって人々は戦っていくべきだと強く主張することはしませんでした。全体主義国家成立への警告こそが彼の誠実な政治的表現でした。それでも前述したように彼は『カタロニア讃歌』で語っていたのです。再度引用します。

ここアラゴン地方では、周囲にいる何万という人々が、必ずしも全部労働者階級の出身ではなかったけれども、すべて同じ生活水準で暮らし、平等な関係で交わりあっていた。そこには農民と僕ら義勇兵しかいなかった。主人として他人を所有しているものは一人もいなかった。無論、こういう状態は長く続くはずはない。……しかし、それが存続した長さは、それを経験したすべての人に、しかるべき影響を与えるには足るものだった。その社会は、希望のほうが、無気力やシニズムより当たり前とされている社会であった。そこで人の呼吸する空気は、平等の空気であった。

オーウェルは彼が身をもって体験したことをしっかりと心に保持しながらも、誠実な政治的批評家として作品を創造しつづけたのでした。

ガンジーにしろ、オーウェルにしろ、それぞれの民族的な土壌の中で、それぞれにふさわしい言葉の表現を使って、政治的な戦いに臨んでいったのだと思います。

（二〇二〇年九月五日）

人間の歴史を生きる

人間の歴史をつづった最古の書物は何でしょうか。部分的であればエジプトやメソポタミア、インダスなどの古代文明に若干の記述が見られるでしょう。通年的なものとして我々が一般的に知る歴史書を残したのは紀元前五世紀ごろの古代ギリシャのヘロドトスやツキジデスでしょうか。古代中国では、春秋戦国時代の歴史を記述した『春秋』（紀元前四世紀ごろ作成）や紀元前一世紀の漢の時代に生きた司馬遷の『史記』などがあります。

司馬遷は、代々漢王朝に仕えた学者の家系に育ちます。彼は『春秋』などの書物だけからではなく、若いころから漢王朝以前の楚や魏のあった東南地方を旅して、これらの文化的な遺産から多くを学んできたと言われています。やがて彼は漢の武帝に使える身分となります。当時の漢を悩ます匈奴を征伐するために武帝は将軍李陵を出陣させます。李陵は匈奴を追い詰める戦いを展開しますが、やがて力つき降伏し、匈奴の王（単于）の配下となります。（李陵については、中島敦の同名の小説があります。）司馬遷はその李陵の戦いの意義を弁護しますが、それを聞き及んだ武帝は怒り、司馬遷は宮刑（去勢の刑）に処せられます。獄中で死んだほうがまだましだと、この屈辱に懊悩する司馬遷でしたが、自分の残された人生は立派な歴史書を作ることしかないと決意し、出獄後の紀元前九一年ころに『史記』を完成させます。後漢に完成した『漢書』とともに、紀伝体と呼ばれる記述で歴史書を完成させたものでした。紀伝体とは王自身の戦いなどの事績を記した「本紀」と、主要人物の伝記である「列伝」などを辿りながら歴史を記述するという手法でした。『史記』は特に王や家臣の人格描写を生々と描きながら歴史を語っていくという意味では出色のものです。

この『史記』や『漢書』をもとに、漢王朝に至るまでの君主同士の争いを描いた小説が司馬遼太郎の『項羽と劉邦』です。大国であった始皇帝の秦が衰弱し、各地で騒乱が続く中、江南の楚の国の大将、項羽は当時の中国全土の制覇を目指します。一方、沛県（現在の江蘇省徐州市）出身で、ヤクザの親分格であったような劉邦も、秦との戦いに参加して西へ向かい、やがて項羽よりも先に秦都であった咸陽に攻め入ります。それを知った項羽は、大軍でもって劉邦軍を包囲します。項羽が劉邦を追い詰めた時、項羽の側近、范増は劉邦を殺せと進言しますが、項羽は劉邦の能力を甘く見て生かしてしまいます。もしここで劉邦を葬っていたら、漢王朝は出現せず、歴史もまた変わっていただろうと司馬遼太郎は述べています。もしここで違った方向に向かっていたら、という言い方は人間の歴史を読み解くとき、よく語られます。ヘーゲルに言わせれば、いや結果がすべてであって、そこに理性の狡知を読むのが歴史解釈だと言うでしょう。またライプニッツは、ローマ皇帝カエサルがルビコン川を渡って領土を拡大したのも、ルビコン川を渡ることが彼の運命としてすでに予定されていたのだと言っています。そうすると項羽が劉邦の首を切らなかったことも予定されていた運命だったという言い方にもなります。とにもかくにも歴史はそう動いたのでした。司馬遷も、司馬遼太郎もそのように動いた歴史を演じるに至った大いなる人物の存在を浮き彫りにしたのでした。項羽と劉邦、二人とも大柄でヤクザのような人格です。項羽は気性が激しく戦闘的で自ら先頭に立って戦いに挑みます。大量の非征服者たちを生き埋めにするような残虐さと、か弱い女性や親類縁者に涙もろいところを見せる優しさを兼ね備えた人格です。一方の劉邦は、ヤクザの親分といっても、案外小心で戦場でも前面には出ず、むしろ配下の参謀に任せて結果を見出していくようなところがあります。しかしそれは逆に彼が参謀たちの意見を尊重し、取り入れていく包容力のようなものを有していたといえます。司馬遼太郎はそれを劉邦の心のうちは壮大な空虚であったと表現しています。項羽に首を跳ねられようが、生かされようが、どうなろうと先のことはわからない。項羽にはとてもかなわない、そのときはそのときだ、とあっさり観念してしまう空虚でもありました。

司馬遼太郎は日露戦争前後の民衆像を描いた『坂の上の雲』で、当時の海軍大臣山本権兵衛が、閑職にいて予備役を待つばかりの境涯にいたと言われている東郷平八郎を連合艦隊の司令長官に抜擢したことについて述べています。明治天皇が驚いてその理由を聞くと、山本は、東郷は運のいい男ですから、と答えたそうです。東郷はバルチック艦隊との日本海観戦で、戦術は信頼する部下の秋山や佐藤に任せ、運悪く破れたら自分が全責任を取るまでだという心構えで戦いに挑んでいきます。信頼する部下の意見を取り入れた結果、勝利という運を呼び起こすことができたという意味では、漢の高祖となった劉邦と同じように運の良い男だったといえます。劉邦の心に潜む巨大な空虚は、運を取り込むことによって、彼を漢帝国へと導いていくのでした。しかし項羽にしても劉邦のような空虚さはないにしても巨大な「人物」でした。二人とも秦の崩壊から漢帝国に至るまでの歴史を演じる「人物」であったといえます。

「人物」という言葉で、私はトーマス・マンの小説『魔の山』を思い出します。主人公ハンス・カストルプは、人里離れたサナトリウムでの入院生活を送りますが、そこでショーシャというロシア夫人に恋します。彼女はまた戻ってくることをハンス・カストルプに約束してサナトリウムを離れます。彼は狂おしくも彼女の帰還を待ち望みますが、やがて彼女はかなり年配の裕福なオランダ人、メインヘール・ペーペルコルンを伴ってサナトリウムに現れます。ハンス・カストルプは、彼女がペーペルコルンの愛人になっていたことに深く落胆します。しかし、同時にハンスは、ペーペルコルンの巨漢に漂う「人物」の大きさを素直に認めるのでした。ハンスは入院生活で知り合った知識人たち、民主主義と人道主義を標榜するセテムブリーニとそれを批判し古来の神秘主義に価値を見出すナフタから多くの影響を受けますが、彼らは、ペーペルコルンに比べたらほとんど小人のようにしか見えないと思うのでした。ハンスはセテムブリーニに語ります。

セテムブリーニさん、あなたが神秘めかした混淆を憎んでいて、価値、判断、価値評価を重んじていることはよく承知しています。それはそれで文句なく正しいことだと思います。しかし、馬鹿と利口という問題は時によると完全な神秘なのです。あなたはあの人（ペーペルコルン）が僕らよりも優れた人物だということを否定できますか。あのひとは曖昧な人です。感情の人です。感情こそ彼の身上です。肉体的なものが介入してくると、物事は神秘的になるのです。肉体的なものは精神的なものになっていくし、またその逆でもある。この二つは区別がつけられないし、同じように馬鹿と利口の区別もつけられません。しかしダイナミックな作用というものは現にそこにある。そのために僕らはしてやられるのです。こういう作用を表現する言葉はただ一つしかない。それは「人物」という言葉です。なぜなら彼はまず第一に大人物です。これだけでも女性には大きな魅力でしょう。第二に僕みたいな文化人ではなくて、亡くなったいとこヨーアヒムと同じように軍人だといってもいいくらいなのです。つまり名誉を重んじ、誇りとか体面とかを看板にしています。それが彼の感情、生活なのです。

（『魔の山』高橋義孝訳、新潮文庫）

文化人的な知識は皆目ない。判断も曖昧で感情に依拠したところがある。しかし彼はあなた方文化的知識人とは違う大人物なのです。馬鹿と利口という問題は時によると我々文化人にとっては完全な神秘なのですから。ハンスはペーペルコルンをそう評価するのです。項羽や劉邦が利口ではなくとも大人物であり、意図せずとも彼らの人格が核となって人間の歴史が築かれていく。そういう思いをハンスの「人物」評価からも導き出せるような気がします。

アメリカの前大統領ドナルド・トランプもまたある意味で歴史上に現れた「人物」といえます。今回の大統領選挙で民主党候補のバイデンに敗れはしましたが、トランプに投票した有権者は全体票の半数近くを占めました。個人的な利権の追求、性的な奔放さ、好悪まるだしの人物批判や独りよがりの妄想的な考え方など、トランプが好ましくない性格の持ち主であることは誰が見ても明らかです。しかし、トランプの多くの支持者はそんなことはおりこみ済みなのです。彼らはトランプに押しのきく大将格としての「人物」を見出したいのです。単純でわかりやすく、民衆を奮い立たせる大統領になってほしい。民主主義を謳歌するマスメディアや彼らに乗っかって利殖を積み上げる企業家や有名文化人には我慢がならない。彼らが叫ぶ黒人や移民などの迫害の摘発以上に、白人であっても、貧しく、虐げられた人々は少なくないのだ。何よりも有象無象の小物たちがマスメディアの応援のもと、民主主義、民主主義を叫ぶ社会はもううんざりだ。それだけでは我々の生活は一向に良くならない。トランプを支持する人々の中にはそのような考えを持つ人々も少なくないことでしょう。

今、民主主義を擁護する声は世界中で叫ばれています。しかし、この言葉は資本主義が台頭し始めた産業革命以前は、今のように肯定的な評価を与えられていたわけではありませんでした。民主主義は、資本主義社会を発展させるための基本的な社会的制度や基盤である私有財産制、自由な労働市場、自由な商品売買市場とともに深化してきました。それぞれの国家に保護された企業間競争による技術革新や投資の推進とそれに伴う賃金の上昇によって、一部の民衆の生活は飛躍的に豊かになって来ました。一方で豊かさは中間階級を産みだし、彼らの所得を上昇させると同時に、貧困層の拡大をも許してきました。民主主義社会では、個人の政治参加は議会制民主主義における選挙の投票権行使という間接的な形で多くは満たされます。さらに個人資産が十分に確保された一部の人にとっては、個人的な豊かさがこれからも保証されれば何も問題はない。彼らにとっては、どこに住もうと、何をしようと、何を考えようと、何を欲求しようと、社会的責任を問われることなく人生を全うできる可能性が広がってきたのでした。

プラトンは『国家編』で、民主制国家の問題点について述べています。

たとえ君に支配する能力が十分にあっても、支配者とならなければならないなんらの強制もなく、さりとて君が望まないならば、支配を受けなければならないという強制もない。また他の人々が戦っているからといって、戦わなければならないこともない。どうだね、この暮らし方は。当座の間は、この世ならぬ快い生活ではないだろうか。それにこの国制が持っている寛大さと、ささいなことにこだわらぬ精神、我々が国家を建設していた時に厳粛に語った事項に対する軽蔑ぶりはどうだろう。ここでは国事に乗り出して政治活動をする者が、どのような仕事と生き方をした人であろうと、そんなことは一向に気にもとどめられず、ただ大衆に好意を持っていると言いさえすれば、それだけで尊敬されるお国がらなのだ。

そして第三の階層をかたちづくるのは、民衆だということになろう。これは、自分で働いて生活し、公共のことには手出しをしたがらず、余り多くの財産を所有していない人々からなる。民主制のもとでは、この階層は最も多数を占め、いったん結集されると最強の勢力となるのだ。

（『国家編』プラトン、藤沢令夫訳、岩波文庫）

プラトンの言説からは、当時民主制国家というものが、決して最良のものとはされていなかったということを示しています。それでも民衆というものはいつの時代でも多数を占め、最強の力になりうるのだと言っています。しかし民衆の意向は、現在ではマスメディアのアンケート調査などによって傾向がある程度掴めるにしても、一概にその傾向が国の政策に反映されるというものでもありません。現在でも、強烈な「人物」の出現によって、民衆の意向は如何様にも政治的に左右される可能性を持っているといえます。
強烈な「人物」は、項羽や劉邦のような奔放な人物であれば、民衆を理想的な社会へと導くどころではありません。当時の歴史が民衆のものではなかったことは歴然としています。プラトンは、理想的な社会は、優秀な「人物」による民衆の教育と指導が必要だと言っています。ここのところは難しい問題です。確かに大多数だからといって、民衆の意向のみで理想的な政治を動かすわけにはいきません。優秀な人間による民衆への適切な教育と指導も必要です。優秀な人間とそうでない人間はいる。両方を平等に扱うことへの疑問は確かにあります。しかし同時に、では誰がどのようにして優秀な人間を決めるのか。プラトンはイデアとか永遠の魂がそのような仕組みを要請するのだと言います。本来人間に備わる正義感や道徳心といったものが自ずから優秀な選ばれし者の存在を認めあう根拠となるのでしょうか。だが、優秀な人間を選別することで、そうでない人間の存在がまったく意味を持たない社会になっていく危険性はないのでしょうか。

ニーチェは、魂の持続や理想社会を追い求めるプラトンを批判しています。イデアとか永遠の魂などといったものはない。あるのは善も悪もめくるめく出現し続ける混沌とその繰り返しの世界だと。しかしプラトン自身も、理想的な社会が実現されたとしても、自然の摂理によって、そうした社会もいつかは滅びると言っています。それでも理想社会を追求し、構築していこうとする営みこそ、人間の歴史を生きることになる、とプラトンは言っているように思われます。

ニーチェの時代にはまだ、貧困の問題が社会的な課題となるに至らない時代でした。資本主義の発達によって、民主主義社会が定着すると、極端な所得格差は社会的に無視できなくなってきます。貧富の差の解消で人間社会の問題がすべて解決できるわけではないにしても、十分な生活をするための財産がないということは人間にとって深刻な問題です。ですから資本主義の発展によって、これだけの富が世界に溢れるようになった現代、この問題を解決できる方向で検討することは、取り組むべき大きな課題ではないかと思われます。

ニーチェの著作は、我々も学生時代には大いに影響を受けたものです。しかし彼が熱烈に恋したルー・サロメに対する恋文などを見ると、情けない虚弱なニーチェも発見できます。ニーチェ自身は、こんなもの、俺の死後に公開されるなんて、と墓の中から歯軋りしているかもしれませんが。「超人」は、まだ資本主義が今日のように発達していなかった時代の中で生まれた思想のような気もします。

人間の歴史を振り返ると、今まで理想を掲げて人々が生きてきた時代はあったのかと考えてしまいます。項羽や劉邦の時代は、理想と言うよりも世界を制覇するという権力獲得の争いであったといえます。それがいつまで続いたのか、やがて産業革命を経て資本主義と民主主義の社会が到来し、二度の世界大戦を経ると、今までのようにあからさまに世界征服を権力的に目指すことはできなくなりましたが。

資本主義の到来を人間の歴史の必然と捉えながらも、そこから社会主義社会の到来の必然性も説いたマルクスの思想は、レーニンや毛沢東の時代、理想を掲げた政治権力闘争として結実しました。しかし、今ではロシアや中国は資本主義的なグローバル市場経済に組み込まれながらも、自らの支配地域を拡大していこうと模索し続ける国家権力となってしまいました。彼らがもたらす地域間紛争が頻発しています。また、貧困や宗教対立に根差した難民問題も解決の糸口が掴めない状態です。政治的混沌と衝突の連鎖の中で相変わらず人間の歴史は昔も今も変わらぬ動機で動いていくのでしょうか。

私自身が、知識を詰め込んで理想社会を描こうとしても、それだけで人間の歴史を生きることとつながるわけではないでしょう。個々の人間はいつかは死んで何もなくなります。しかし生きている限り、人間としての歴史を生きているという実感を掴むことは可能でしょうか。

古来、人間にひそむ感情は変わらないと思います。人々はいつでも自分に現れる出来事が自分の幸せと自己実現にプラスに働くことを願ってきました。自己実現のあり方は人それぞれに異なります。いつの時代にも、容易に到達しえない目標を目指して、人々は戦ってきました。家族や愛する人に不幸があれば大声で泣いて悲しみ、社会から不当な扱いを受けたら怒りやあるいはどうしようもない閉塞感に襲われたり、自分の業績が誰にも評価されないと孤独や寂寥感に浸ったりしたことでしょう。これはいつの時代でもどこの国でも人間である限り現れる感情の奔出でした。また、人々は天災や戦争、犯罪、病魔など自分にはどうにもならない運命にもさらされてきました。
それでも、時代や個々の運命に制約されながらも、誰もが生まれた時から与えられた自分の時代と世界を生きてきました。人間同士の様々な絡み合いや反発、共同作業や戦いが起こり、様々な人間模様が歴史の上で展開してきたのでした。資本主義市場経済と民主主義は確かに人類が到達した社会です。しかしそこにも様々な問題が生じてきています。

私などは、生きる時間は多くも残されていない、平凡な老人に過ぎません。取り立てて人々をよろこばす技能や知識もない人間です。それでも私の乏しい経験から、私なりにまだ語れることがあればしっかり語っていきたいと思っています。カントもどこかで語っていました。人はみな、どんなに些少でもそれぞれの資質や能力を利用せずにこの世を終えていくことのないように、身体的能力を維持し、人間に本来備わる動物的な感性さえも絶えず活気づけておかなければならない。それは、自己自身に対する人間の義務である、と。

人間のそれぞれの資質や能力は、本人が意図しなくとも、歴史的、社会的人間関係の中でなんらかの形で実現されているのかもしれません。しかしカントは、人間はしっかりとした心身の鍛錬と維持によって、それらがいつかは効果的にあらわれでるように備えなければならないと言っているのです。

（二〇二〇年一二月五日）

人間の自由について

自由について考える場合、人間以外のものにも自由という感覚があるのでしょうか。自由という思いはないにしても、例えば野鳥が人間に捕らえられて、鳥籠に入れられると、最初は森へ戻ろうと籠の中で暴れるかもしれません。籠は鳥の自由を束縛する存在でしょう。鳥は森に戻れる自由を求めて羽ばたいているようにも見えます。もちろんその場合の自由は、見ている人間が、自由という言葉で考えているに過ぎないでしょう。言葉を変えて、鳥は籠の中の生活を望んではいない、いままでのように森の中での生活を望んでいる、あるいは欲求している、というふうに言えば、少しは鳥の気持ちに近づくのでしょう。例えばライオンの欲求を考えると、獲物を捕らえて自分の生存を維持するという欲求や、種を維持するために性欲を満たすという欲求、あるいは子供のライオンであれば、母親に甘えたり、子供同士でじゃれ合うという欲求があるのでしょう。そしてこれらの欲求が何らかの理由で遮断されるとき、自由がなくなるということになるのでしょう。

人間も動物である限り、同じような欲求に支配されています。食欲、性欲だけではなく、人間の場合には、名誉欲、権力欲、自己表現欲も見られます。ですからこれらの欲求を満たすべくある行動を試みますが、その試みが何かによって遮断されると、自由ではない、という意識を持ちます。したがって自由とは人間にとっても他の生き物たちと同じように、様々な欲求を満たすことができる、あるいは満たすためにあることを試みることができるという意識が基本としてあると思います。人間も、生まれた時から与えられた自分の自然な欲求を満たすことが、自由であることの大前提です。しかし、なかなか思うように自然な欲求を満たすことはできない場合が少なくありません。人間以外の動物とて同様です。あるライオンにとっては、強いボスのライオンが獲物を横取りして自分の食欲を満たすことができないこともあるでしょう。その場合、彼は他のライオンたちの中における自分の社会的な位置を確かめて、少しでも獲物にありつける方策を考えていくのでしょう。欲求を即座に満たすことができない壁にぶつかって、彼はまた次の段階へと彼にとっての自由な行動を模索し続けるのです。

　人間の場合も、社会的な動物として、自然に身についた欲求を満たせない様々な壁に出会います。いつでも、どこでも、誰に対しても、自由に自分の欲求を満たすことはできない。そこで、欲求を満たす独自の工夫をそれぞれ重ねていきます。しかし、人間の場合、他の動物と違って、そのような経験の積み重ねによって、自由の意味合いが変わってくるのです。人間独自の自由の観念がそこに形成されていきます。

　人間にとっての究極的な自由とはどのようなものかを真剣に考えた哲学者が、一八世紀後半、ドイツ帝国領の東プロイセンで著作活動を続けたエマニュエル・カントでした。大学生時代、私は彼の主要著作である三批判書（純粋理性批判、実践理性批判、判断力批判）を読みふけりましたが、難解な書物でした。我々の生活の周囲に存在する物は、我々の悟性がもともと保持する仕方に従って我々に見える現象であって、物そのものではない。物そのものは我々人間の認識能力では把握できない。彼はそういうふうに述べています。物そのもの（Ding an sich）は、物自体と訳されて、彼の著作では重要な概念です。確かに私たちは、私たちに生まれながらに与えられている把握の仕方で世界や現象を見ているに過ぎない、という考えであれば、それはそれだけで納得できます。しかし彼は三批判書を通じて、我々が把握する現象の基底にあるという物自体について執拗に述べているのです。そこまで物自体を追求する必要があるのだろうか、そのようなものを前提とせずとも、人間の認識能力の限界を説くだけで十分ではないか、カントの説く物自体は我々が把握するする個々の現象としての物の基底に個別に対応するのだろうか、しかし物自体は我々の認識能力の基礎的枠組みである空間や時間にとらわれないものだということであれば、そういう個別のものの底に物自体が対応するわけはないだろう。他方でカントが物自体を我々の認識能力にとらわれない自由の理念と結びつけていることはわかっていましたが、当時の私はまだ納得を得られるような状況にはありませんでした。

大学紛争で混乱した時期になんとか大学を卒業した私は、地元の県庁に就職しました。最初に配属された出先機関で私はある女性に心を惹かれました。高卒後まだ入りたての職員でしたが彼女と結婚したいとまで思いました。彼女は私の思いに応えようとすることもありました。しかし、映画や食事に誘っても、決定的な回答は得られませんでした。そんな悶々とした思いを吹っ切るかのように、私はそのころ毎夜アパートの近くを走ったものでした。それでも彼女と生活を共にしたいという欲求はつのるばかりでした。ある冬の夜、満天の寒空を私は無心に走っていました。すると突然、思いがけない感興が私の心を支配したのでした。彼女への強い欲求は変わらない。これからもそのために、ああだこうだと思い悩むことだろう。それでも彼女への欲求が自分に現れ出ているということ、その欲求そのものが自分自身の世界でもあるということ、そうした感慨が私の心を圧倒的にとらえたのでした。これはなんともいえない高揚感を伴った感覚でした。これだ、これが自由の感覚なんだ。これでいいんだと走りながら思いました。そしてこのとき、私は物自体が人間の究極の自由とつながっているという、カントの考えがはっきりと理解できたように思えたのでした。

人間の自由というものは、我々が日常生活の出来事を原因と結果の連鎖の中で理解しようとするのと違って、自己の内部に自己を触発させる何かを見いだすことによって進展する。客観的な因果関係の追求に終始する悟性の働きを離れたところに位置する自由こそ、カントのいう物自体と直接結びついている人間の営みでした。カントの場合、人間の究極の自由は善意思に基づく道徳的心象と結びついています。でも私はそのとき、道徳とは良心とか倫理的規範といったものだけではなく、それは人間の欲求というもののあるべき姿を自らの責任で持って実現することだと考えたのでした。ここに人間の自由の根拠がある、道徳とは良心とか倫理的規範といったものだけではなく、それはどうしようもない欲求の現れという自らの現実を、自らの責任でもって、あるべき方向へと実現していくことである、と。あの子が欲しいという欲求、この欲求を肯定し、この欲求を積極的に生きることこそ自分にとっての道徳だと思ったものです。物自体と自分の欲求を勝手に結びつけて道徳を解釈するなんともおかしな論法に達したのでした。しかし、その当時は自分のカント解釈こそコペルニクス的転回だと思いました。即ち物自体は、どうしようもない欲望として私を突き動かす当のものなのであり、私はそこから逃れることはできない。結果はどうであれ、この欲望の示す道筋を歩むことによって、新たな自分に脱皮することこそ本当の私自身なのだという感覚なのでした。

その後、彼女は他に付き合っている職員がいる、同じ高卒で入った男性で、どうやら結婚するらしいという噂を私は聞きました。そこで私はその男性職員と会って真意を確かめることにしました。彼は私の申し出に彼女がどんなに今まで苦しんできたかを私に語りました。彼も彼女と一緒に悩んできたと言います。私を責めるような言い方に私はなんの反論もせず、ああ、そういうことだったのかと、深い悲哀を味わいました。彼女がすでに付き合っていた男性がいたことを私に内緒にしておいたことへの怒りはありませんでした。それよりも二人が共に私との関係で苦しみ、私を違った世界の人間として見ていたのだなあ、という思いでした。二人は私とは違う別の人生を歩んでいくのだろう。それはそれで仕方のないことだ。それよりも私はこの一連の辛い経験から、私自身の歩むべき道を見いだしていかなければならない。そう思いました。

現象としてものを把握する人間と物自体との関係はカント哲学の重要な帰結ですが、当時の哲学界では、ほとんど理解されませんでした。理解どころか、誹謗中傷にも晒されたカントは、彼を理解できない浅薄な学者連中を批判すると同時に、自説をわかりやすく読者に示そうという意図で『プロレゴメナ』という注釈書を出しました。それとてわかりやすいというわけでもないのですが。『プロレゴメナ』の最後で、カントは自分の理論のさらなる発展は次の世代に期待するというような言い方もしています。（『プロレゴメナ』篠田英雄訳、岩波文庫）

カント哲学を深く理解して自分の思想に取り入れた思想家の一人として、日本には波多野精一（一八七七―一九五〇）という宗教哲学者がいました。彼の書いた『時と永遠』は、私たちが大学紛争の最中にいたころ、静かなベストセラーとでもいうべき書物でした。前述したように、カントは物自体との関連において人間が到達すべき究極の自由を人間の道徳性に見出していました。道徳は一般に解釈されるような、善意思に基づく、対他的、あるいは社会的人間関係の良好な進展に現れる人格的性向です。しかし、現実には、我々の社会は、善悪入り混じって、人々の間で様々な対立や軋轢が生じ、その中で様々な自己主張や自己表現が入り混じって、総体としての社会が動いていきます。そのような人間社会の様態を波多野は文化という言葉で表現しました。文化はまた世間と一体となって形成されます。文化は大衆の意見が集約される世界であると同時に、あるいはそれとは裏腹に知識文化人の自己表現の欲求を満たすことのできる世界でもあります。そこではマスメディアが縦横に活動しています。そこで私たちは承認しあったり、反対したり、それぞれの主張を表現しあっています。これは現代に限らず、人間社会である限りいつの時代にも見られる光景です。

波多野は人間の文化活動はそれが人間社会の現れである限り、あるいは我々の日常世界を形成する限り、消滅することはあり得ないと言います。しかし、人間社会の基本である人と人との関係を道徳的に問いつめていくと、文化という世界を離れたところで、違った世界を体験しなければならないと言います。その世界は、自分と他者との根本的な関係、死すべき人間同士の根本的な関係が織りなす世界だと言います。

　人間の存在は死への存在である。現在を楽しみつつ生の甘き夢に浸る人間主義の人間に覚醒を促しつつ、我が正体、我が真の現実を知らしめるのが死の意義である。

　我々は時間性の克服である永遠性は同時に死の克服でなければならぬことを知る。主体の現在が将来を失うことが死であるならば、永遠は過去が無く将来のみある現在である。それと関連して、死は他者よりの完き離脱であるに反し、永遠は他者との生の完全なる共同でなければならぬ。孤独は死を意味し、永遠は愛としてのみ成り立つのである。

（『時と永遠』波多野精一、岩波書店、以下同様）

この場合の愛は、エロスではなくアガペーであると自らがクリスチャンであった波多野は述べています。彼の文章は簡潔ですが断定的です。しかし理解するのは容易ではありません。我々は様々な人間的欲求が満たされるであろうという期待に生きています。しかし我々はまた同時に死すべき存在です。いつかは死がおとずれて我々は無にたどり着きます。また死に近づくにつれて我々は老いを感じ、今までの欲求とは違った欲求を模索するようになります。そこでは人々が自己承認を求めて自己を主張し表現し合う文化の世界とは違って、身近な目の前の他者と単純に向き合う世界が広がってくるのです。カントが捉えた道徳性の極みがここにあります。カントは他者を自分の目的のための手段としてとらえてはならないと言います。波多野はもっと先へと人間の道徳の意味を深めて、他者の中に自分の目的さえも見出すこと、他者を生かすことで自分も生きること、そこに究極の道徳性、すなわち死をも乗り越える人間の究極の自由を見出したのでした。

この世では他者は自然的文化的主体であり、従って永遠の愛に背きつつ世の悩みにもだえる主体、絶えず存在を失い欠乏と壊滅とにゆだねられる「汝」である。この窮状より彼を救うことが、それゆえ我の急務とならねばならぬであろう。我は人の罪悪と苦悩とを我が身に背負うことによって、自己を他者のものとなしつつ、他者の存在の、従って結局は他者の主体性、自然的文化的のみならず人格的主体性の維持と促進とにまい進するであろう。慈しみ・憐れみ・進んでは奉仕・献身等が我の態度となり、乃至はそれとして要求されるであろう。かくの如く生きるものは今現に時の真ん中にこの滅びつつ有る世にありながら、既に滅びぬ現在において永遠的生を生きるのである。

このように断言して憚らない哲学者を日本は生み出していたのです。

カントは人間の自由な欲求が道徳的な理念の獲得へと進展していく様を「純粋理性」の役割において解明していったのでしたが、波多野は究極の道徳性、したがって真の自由を人間社会が形成する文化的な世界を乗り越えたところで、死すべき存在としての自己が他者とどう向き合っていくのかというところに問うていったのでした。

難しい考え方です。もちろん私などはまだ、波多野の言うような究極の道徳性を私自身の生活の中で理解し体現できているわけではありません。カントも道徳性に自由を見出せるのは個々人の経験を通じてのことだと言っています。我々人間は、個々人に起こってくる出来事、それは幸福な経験ばかりではない、出口のなかなか見つからない不幸な経験に出会うこともあります。自分に出会い、自分だけに起こった出来事の意味を問い続けることで、私たちの自由への欲求は徐々に変化していくことになるのでしょう。

究極の自由はカントのいうように道徳的な世界に到達することです。しかしそこに至らなくとも、人々は自分の欲求を実現するために自由を求め続けていきます。つまり、出会う経験や、そのときの欲求状態こそが自分自身の自由の体現だと確信することもあるでしょう。経験によって個々人それぞれに与えられた運命というか、個々人に起こっていた出来事の意味するところを問い続ける中で、自分にはこういう生き方しかできないという確信を持ち、それに沿って生きていくことは、誰にでも現れるであろう人間本来の自由の実現であると言っていいような気もします。そういう意識にさせた出来事を各人は必ず持っているのではないか。ですから究極の自由が誰にとっても道徳性に行き着くとは言えないでしょう。というか我々は自分以外の他者がどのような経験を経て自由を認識し、それに沿って生きているのか全くわからないのです。他者の世界は闇に包まれています。私たちは自分の経験で得た世界を生きることで他者とのつながりを一歩一歩確認していく他ないのでしょう。

冒頭で述べたように、そもそも自由は欲求の充足を目指すことから始まります。しかし今まで述べてきたように、すべての人がそうではなくとも、人間の場合は自由の意味を道徳的存在として掘り下げていくことのできる存在です。カントはそのことを『判断力批判』の中で述べています。

人間の存在の価値は彼の感受し享楽するところのものにかかっているというような欲求能力ではない。自己の存在の価値を自分自身に与え得るものは人間だけである。そしてこの価値の本源は彼が行為するところのものにある、すなわち彼がいかに行為するか、またいかなる原理に従って行為するかというところにある。しかし、その場合に人間は、自然の単なる一環としてではなく、彼の欲求能力の自由において行動するのである。換言すればここでいうところの欲求能力の自由とは善意志に他ならない。人間の存在はこの善意志によってのみ絶対的価値を持ち、また世界の存在は人間のかかる存在に関して初めて究極目標を持ちうるのである。人間は道徳的存在としてのみ創造の究極目的たり得る。

（『判断力批判』篠田英雄訳、岩波文庫）

しかし人間の自由に関して、問題はまだあります。個人の限界状況的な経験から、知的直観のようなものとして、自己のうちに道徳的な何ものかが出現することは認めます。だが、自分の心に湧き上がってくるものを糧にして自分の行動に責任を持つことが究極の自由だとすると、その湧き上がるものを個人に与えた状況を作ったのは誰なのか、という問題も起こってきます。自由な私なのか。そうではありません。私があの冬のアパートを飛び出て走り続けた時の心から湧き上がる感覚に自分は何か確かなものを感じたのでした。しかしそれは自分にどこかから与えられた感覚でした。そしてその感覚にそれ以降自分は従った。従ってもいいという絶対的な意識がありました。これが究極的な自由なのでしょうか。カントは我々が物を認識する現象界は原因と結果の因果関係で成り立つが、自由は理性がそのような因果関係にとらわれずに志向する理念であると言います。そして我々をそういう方向に触発する根底に物自体が存在すると言います。自由とは、理性による理念とは言っても、私の経験から、私の心に直接湧き上がってくるものによって初めて理解できる理念ではないのか、あのとき、自分は悟性による因果関係の世界とは別の領域にとびこんだのでしょうか。それは何か向こうからやってくる知的直観のような確信であり、これこそ自分の歩むべき道を開いてくれる。そう思ったのでした。

ですから、あのとき、あのような感慨は少なくとも私の意志や意図でもって架空的に現れ出たものではないことは確かです。ではそれがなぜ自由につうじるのか。むしろ私は何処かからはわからない感興に襲われて、それを基盤に生きることが自由だと思い込んでいるだけではないのか。私はそのような私ではない何かに触発されて動いているだけではないのか、自由ではなく、何かに束縛されて動いてきたに過ぎないのではないのか。そういった疑問です。しかしその触発によって、私は自分がこれから自由に生きることができる、これが自分の生き方だと思う世界を獲得できたのも事実でした。カントはそこらあたりも自由という観念をめぐるアンチノミー（二律背反）と捉えて、物自体の存在にいきつくしかないと説いているように思えるのですが。究極の自由はいまだ語り得ないあるものとどこかで、ある仕方でつながっているのかもしれません。

前述したように、『プロレゴメナ』でカントが将来に問題を託したように、我々にはまだまだわからないことがたくさんあります。しかしそれを紐解いていこうとする人間の知性は少なくとも人間の真の自由の地平線上にあると思うのです。

（二〇二〇年一二月三〇日）

あとがき

私は二〇〇七年に初めてインドを訪れました。その後ホームページやブログを立ち上げ、インドで学んだことを糧として、今日の民主主義と市場経済の課題と問題点を考えてきました。この評論集は、そこに掲載してきたものの一部です。選んだものは成立順序に並んでいます。第二部の「ベルクソンと人間の未来」、「魔の山」、「フランツ・カフカの城」が私の考えたことの根っこにあるような気がします。それが結果的に最後の第四部に反映されていくような具合になっていると思います。しかし基本的には雑多な評論です。どこからでも気軽に読んでいただけたら幸いです。

私がこの評論集を出そうと思ったのは、私自身に起こった出来事を辿る中で、私の内部の出来事と外部の出来事がいわば自ずから意味を持ったものとして結びついてきたように思われたからです。成立順に並んでいますが、最初の「ナマステ」から最後の「人間の自由について」は同じような結論に至ることで奇しくも円環を成しています。円環にたどり着くことで、その内部に、人間の自由意志と運命の問題や民主主義と市場経済についても同じ次元で語っていけたのではと思っています。

まだ世界はコロナパンデミックから回復してきたとは言い切れません。コロナはグローバル化した市場経済の行く末にも少なからぬ課題や問題点を浮かび上がらせたのではないかと思っています。この評論集が、同じ思いを抱いておられる方の参考になれば望外の喜びです。

表紙の絵は永年南房総の地域文化の振興に寄与されてきた画家植松七重様の作品を採用させてもらいました。また、装丁は『サラリーマン常磐満作の時間』に引き続き中島かほる様にお願いしました。お二人に感謝申し上げます。

最後に、本書の出版にあたっては、鳥影社編集室の北澤康男様に大変お世話になりました。また小野英一様にも前回の『満作』の出版と同様にご指導いただきました。あらためて鳥影社スタッフの皆様のご協力に感謝申し上げます。

参考文献

マハトマ・ガンジー（蠟山芳郎訳）『ガンジー自伝』中央公論新社　二〇二一年
Sri Chandrasekharendra Saraswathi Swamigal
『ACHARYA'S CALL』published by Sri Kamakoti Peetam Second Edition 1995
ウパニシャット全書八（神林隆浄訳）『ヴァジュラ・スーチカー』東方出版　一九八〇年
柳田國男『豆手帳から』定本柳田國男集第二巻　筑摩書房　一九八八年
ミハイル・ブルガーゴフ（法木綾子訳）『巨匠とマルガリータ』群像社　二〇〇〇年
Arkady & Boris Strugatsky『Roadside Picnic』Orionbooks 2012
Edwin Arnold『Sreemad Bhagavad Gita』published by Sri.L.Ravisankar 2015
鎧　淳訳『バガヴァッド・ギーター』講談社学術文庫　二〇〇八年
ベルクソン（熊野純彦訳）『物質と記憶』岩波文庫　二〇一五年
ベルクソン（合田正人訳）『創造的進化』ちくま学芸文庫　二〇一〇年
ベルクソン（原章二訳）『思考と動き』平凡社ライブラリー　二〇一三年

トーマス・マン（菊森英夫・高橋義孝訳）『ヨセフとその兄弟たち』新潮社　一九七二年
トーマス・マン（高橋義孝訳）『魔の山』新潮文庫　一九八二年
ユング（河合隼雄他訳）『自伝』みすず書房　一九七二年
カント（篠田英雄訳）『純粋理性批判』岩波文庫　一九七五年
カント（上野直昭訳）『美と崇高との感情性に関する観察』岩波文庫　一九六九年
ベルクソン（原章二訳）『精神のエネルギー』平凡社ライブラリー　二〇二〇年
フランツ・カフカ（高橋義孝訳）『変身』新潮文庫　一九五二年
フランツ・カフカ（原田義人訳）『城』角川文庫　一九六八年
フランツ・カフカ（池内紀訳）『城』白水ブックス　二〇〇六年
フランツ・カフカ（浅井健二郎訳）『カフカセレクションⅢ』ちくま文庫　二〇〇八年
フランツ・カフカ（本野亨一訳）『ある流刑地の話』角川文庫　一九六九年
折口信夫『作品2短歌』折口信夫全集二二巻　中公文庫　一九九二年
折口信夫『死者の書』折口信夫全集二四巻　中公文庫　一九九二年
モーリス・メルロ＝ポンティ（森本和夫訳）『ヒューマニズムとテロル』現代思潮社　一九六五年
マルチン・ハイデッガー（桑木務訳）『ヒューマニズムについて』角川文庫　一九六九年
マルチン・ハイデッガー（原佑・渡邊二郎訳）『存在と時間』中公クラシックス　二〇〇三年
宮崎かづゑ『長い道』みすず書房　二〇一二年

小林司／萩原洋子『4時間で覚える地球語エスペラント』白水社　二〇〇六年
ライプニッツ（河野与一訳）『単子論』岩波文庫　一九七〇年
スピノザ（畠中尚志訳）『エチカ』岩波文庫　一九五一年
ライプニッツ（橋本由美子監訳）『形而上学叙説・ライプニッツ―アルノー往復書簡』平凡社ライブラリー　二〇一三年
夏目漱石『明暗』漱石全集　第七巻　岩波書店　一九九三年
夏目漱石『道草』新潮文庫　一九五一年
中垣俊之『粘菌―その驚くべき知性―』ＰＨＰ新書　二〇一〇年
マルチン・ハイデッガー（森一郎編訳）『技術とは何だろうか』講談社学術文庫　二〇一九年
カント（宇都宮芳明訳）『実践理性批判』以文社　二〇〇七年
レネー・Ｃ・フォックス（坂川雅子訳）『国境なき医師団』みすず書房　二〇一五年
中村民雄『ＥＵとは何か』信山社　二〇一九年
石川明・櫻井雅夫編『ＥＵの法的課題』慶應義塾大学出版会　一九九九年
細谷雄一『迷走するイギリス』慶應義塾大学出版会　二〇一六年
田中素香『ユーロ危機とギリシャ反乱』岩波新書　二〇一六年
広岡裕児『ＥＵ騒乱』新潮選書　二〇一六年
羽場久美子『拡大ヨーロッパの挑戦』中公新書　二〇一四年

ロジャー・ブートル（町田敦夫訳）『欧州解体』　東洋経済新報社　二〇一五年
ビクトール・A・ペストフ（藤田暁男他訳）『市場と政治の間で―スウェーデン協同組合論―』
　晃洋書房　一九九六年
シャリン・カスミア（三輪昌男訳）『モンドラゴンの神話』家の光協会　二〇〇〇年
カール・マルクス『第一インターナショナル創立宣言』「マルクス・エンゲルス全集」
　大内兵衛・細川嘉六訳、大月書店　一九五九年
ジョージ・オーウェル（秋元孝文訳）『あなたと原爆』光文社文庫　二〇二〇年
ジョージ・オーウェル（橋口稔訳）『カタロニア讃歌』筑摩叢書　一九七四年
ジョージ・オーウェル（高畠文夫訳）『動物農場』角川文庫　一九七二年
ジョージ・オーウェル（高橋和久訳）『一九八四年』ハヤカワepi文庫　二〇〇九年
司馬遷（小竹文夫、小竹武夫訳）『史記1本記』ちくま学芸文庫　二〇一八年
中島敦『李陵』角川文庫　一九六八年
司馬遼太郎『項羽と劉邦』司馬遼太郎全集　四五・四六巻　文芸春秋社　一九八四年
司馬遼太郎『坂の上の雲』司馬遼太郎全集　二四〜二六巻　文芸春秋社　一九七三年
プラトン（藤沢令夫訳）『国家編』岩波文庫　一九九四年
フリードリヒ・ニーチェ『ニーチェの手紙』（塚越敏、眞田収一郎訳）ちくま学芸文庫
　二〇一二年

参考文献

カント（篠田英雄訳）『判断力批判』岩波文庫　一九七七年
カント（篠田英雄訳）『プロレゴメナ』岩波文庫　一九七七年
波多野精一『時と永遠』岩波書店　一九八三年

〈著者紹介〉

大木邦夫（おおきくにお）

昭和 23 年（1948 年）宮崎県児湯郡高鍋町で生まれる
昭和 41 年（1966 年）宮崎県立大宮高校卒
昭和 49 年（1974 年）東京大学経済学部卒
昭和 49 年（1974 年）千葉県庁就職
平成 21 年（2009 年）インド哲学を学ぶため南インド旅行
平成 22 年（2010 年）千葉県庁退職
平成 23 年（2011 年）Website「タラの芽庵便り」を作成公表
令和　3 年（2021 年）3 月「サラリーマン常磐満作の時間」を出版

ポットをたたきわる
ハリジャン

定価（本体1200円+税）

2021年　9月28日初版第1刷印刷
2021年10月　4日初版第1刷発行
著　者　大木邦夫
発行者　百瀬精一
発行所　鳥影社（www.choeisha.com）
〒160-0023　東京都新宿区西新宿3-5-12トーカン新宿7F
電話　03(5948)6470, FAX 0120(586)771
〒392-0012　長野県諏訪市四賀 229-1（本社・編集室）
電話 0266(53)2903,　FAX 0266(58)6771
印刷・製本　モリモト印刷

ISBN978-4-86265-927-9　C0095